Quelque
chose mijote
chez Joe

SJD PETERSON

Quelque chose mijote chez Joe

SJD PETERSON

Publié par
DREAMSPINNER PRESS

5032 Capital Circle SW, Suite 2, PMB# 279, Tallahassee, FL 32305-7886 USA
www.dreamspinnerpress.com

Quelque chose mijote chez Joe
Copyright de l'édition française © 2018 Dreamspinner Press.
Titre original : Something's Brewing at Joe's
© 2017 SJD Peterson.
Première édition : juin 2017
Traduit de l'anglais par Sully Holt.

Illustration de la couverture :
© 2017 Reese Dante.
http://www.reesedante.com
Les éléments de la couverture ne sont utilisés qu'à des fins d'illustration et toute personne qui y est représentée est un modèle

Édition e-book en français : 978-1-64080-646-7
Édition imprimée en français : 978-1-64080-647-4
Première édition française : février 2018
v 1.0

Édité aux États-Unis d'Amérique.

À LuLu, qui a tout fait pour m'empêcher d'écrire cette histoire.
J'ai gagné !

I

MURPHY AURAIT pu décrire la Floride en juillet en un seul et unique mot : diablement brûlante !

OK, ça faisait deux mots, mais c'était totalement approprié. Il avait connu des étés intenses dans le Michigan, mais ici, l'humidité de l'air combinée à une température de plus de trente degrés était quelque chose dont il aurait facilement pu se passer.

Trempé de sueur, il s'effondra sur un banc du parc, essuya ses yeux brûlants puis fit glisser ses lunettes de soleil sur son nez pour éviter à ses rétines d'être grillées par l'éclatante lumière de l'après-midi.

— Qu'est-ce que je suis censé faire, maintenant ?

— Pardon ?

Murphy tourna la tête vers la droite. Il était tellement perdu dans ses pensées qu'il n'avait même pas remarqué l'homme plus âgé assis à l'autre bout du banc.

— Désolé, je réfléchissais tout haut.

Le vieil homme lui jeta un regard désapprobateur et grogna, avant de retourner à la lecture de son journal.

La tête de Murphy retomba et il fit courir ses doigts à travers ses cheveux mouillés.

Il avait eu de trop grandes ambitions. Il avait toujours été têtu et c'était souvent comme ça que les autres le voyaient, même si lui n'aurait pas nécessairement choisi ce terme-là pour se décrire. Le truc, c'est qu'il préférait simplement faire les choses à sa manière.

Il avait ignoré les avis pleins de bon sens de ses amis et de sa famille, vendu son camion et acheté une vieille Ford Focus. Il avait également vidé son compte en banque, qui n'était pas très conséquent – neuf cent quarante-huit dollars en tout – et avait pris la route. Il aurait probablement dû y réfléchir à deux fois, mais à la place, il avait été pris d'une sorte de folie et la seule chose dont il se souvenait, c'était que la minute suivante, il était sur la route. Il s'était jeté tête baissée dans ce projet en espérant retomber sur ses pieds. Malheureusement, les choses ne s'étaient pas passées comme prévu. À présent, il se tenait sur ce qui ressemblait fort aux portes de l'enfer.

Il était peut-être un peu impétueux, mais il n'était pas complètement stupide. Il avait quitté le Michigan en espérant obtenir un emploi à son arrivée à Tampa. Et voilà qu'il était à présent question de manifestations, de droits fonciers, de permis de construire, etc., etc. Il avait cessé d'écouter alors que la panique se frayait un chemin jusqu'à son cerveau, pendant qu'on lui expliquait que le job était suspendu jusqu'à nouvel ordre.

Pour résumer, il était coincé sur ce banc, sous un soleil brûlant, quatre-vingt-dix dollars de moins en poche, et sans aucun travail.

Deux choix s'offraient néanmoins à lui. Retourner dans le Michigan, la queue entre les jambes sur un air de *On t'avait prévenu* et supplier pour récupérer son ancien job à l'usine. Ou étudier le journal local pour trouver du travail. Allait-il tenter sa chance, dépenser son argent dans un hôtel en espérant tomber sur un job bien payé qui l'aiderait à passer le cap jusqu'à ce que le projet reprenne, s'il était repris ?

Des choix, toujours des choix.

Sa mère, ses frères et sœurs l'appelaient Murphy-le dingue. Ses amis lui avaient conseillé d'attendre. Même son récent ex-petit ami, Dylan, avait parié que Murphy serait de retour dans le Michigan d'ici deux semaines, en l'implorant de le reprendre. *Ouais. Quand, il gèlera en enfer.* Qu'il retourne ou non dans le Michigan, Dylan ne ferait plus jamais partie de sa vie. Ses crises étaient épuisantes, et les hommes aussi difficiles à vivre que lui étaient officiellement sur sa liste de *choses à bannir.*

À partir de maintenant, il n'est plus question que de moi, de moi, de moi.

Il avait bien appris sa leçon. Il était trop jeune et n'avait pas assez de patience pour devoir s'inquiéter des sentiments d'une autre personne à longueur de temps. Utiliser la bonne eau de toilette, le bon shampoing, porter une ceinture qui s'accorde avec ses chaussures, s'essuyer les pieds avant d'entrer ou plier correctement le dessus-de-lit aux trois quarts avant de se coucher... Mon Dieu ! En repensant à toutes les conneries que Dylan lui rappelait constamment de faire, c'était même surprenant qu'ils aient tenu aussi longtemps ensemble. Une année et demie, rien que ça.

Il tira une cigarette de la poche de sa chemise, la glissa entre ses lèvres et l'alluma. Il prit une grande inspiration, la fumée brûlant sa gorge desséchée. Le vieil homme se remit à grogner, agita une main alors même que le vent repoussait la fumée dans l'autre sens, et finit par s'éloigner. Murphy aurait dû se sentir coupable de l'avoir obligé à partir, mais il était quelque peu vindicatif après son attitude impolie. Le besoin en nicotine dépassait largement l'embarras ou la culpabilité, et il prit une nouvelle bouffée.

Ses bras posés sur ses genoux, il roula la cigarette entre son index et son pouce en observant la fumée tournoyer vers le ciel et se dissiper dans l'air lourd, alors qu'il réfléchissait à la situation actuelle.

Bon sang, il était supposé démarrer son job de rêve d'ici deux jours. Il avait passé l'année précédente à se tuer au travail chaque nuit pour pouvoir se rendre au collège technique la journée afin d'obtenir son diplôme. Tous ces sacrifices avaient semblé mérités quand Barton Marlow Corporation lui avait offert ce job en Floride. D'accord, ce n'était pas vraiment son domaine d'activité – il allait se retrouver dans l'équipe de construction –, mais il aurait déjà un pied dans la place grâce à l'une des plus grandes et plus prestigieuses entreprises de sous-traitance de l'état. C'était l'occasion d'acquérir de nouvelles compétences, jusqu'à ce que quelque chose se présente dans les domaines du chauffage et de la climatisation.

Murphy tira une autre bouffée de sa cigarette et la garda un instant en bouche, laissant la brûlure et la nicotine l'ancrer à la réalité pendant qu'il étudiait ses options. La seule chose qu'il y gagna, ce fut une douleur sourde dans les tempes. *Une minute. Pourquoi est-ce que je me mets toute cette pression ?* Il secoua la tête face à sa propre stupidité. Après tout, il n'avait pas besoin de se décider maintenant, et certainement pas alors qu'il était en manque de sommeil.

Il termina sa cigarette et l'écrasa sur le sol avec le talon de sa botte, avant de se redresser. Ce n'était pas en restant assis sous un soleil accablant qu'il allait trouver des réponses à ses questions. Il pouvait toujours s'offrir une nuit dans un hôtel abordable. Peut-être qu'après une douche froide, quelques heures de sommeil et un repas décent, il récupérerait le journal et étudierait les offres d'emploi. Tampa était une ville débordante d'activité, et c'était la haute saison touristique. Il pouvait certainement trouver quelque chose, jusqu'à ce que BMC lui fasse de nouveau signe pour son projet d'installation.

Assis dans le siège conducteur de sa voiture pleine à craquer – c'était triste que le peu de choses qu'il possède tienne dans un si petit espace –, Murphy démarra, referma ses mains autour du volant en métal et les retira aussitôt en sursautant.

— Aie ! C'est chaud !

Il les secoua, comme si ça pouvait changer quelque chose. Il allait finir par fondre. En quittant la maison au lever du jour, il s'était habillé pour

3

affronter l'étonnante vague de froid qui traversait le nord du pays. Et dans sa hâte d'arriver à Tampa, il n'avait pas pensé à se changer. Qu'il avait été stupide ! Son tee-shirt pendait sur lui ; la sueur dégoulinait le long de son dos et de ses tempes, et il était pratiquement sûr qu'il devait s'en trouver cinq bons litres rien que dans ses bottes. Le pire c'est qu'elle perlait à son front et lui brûlait les yeux en tombant.

Il avait besoin de trouver une chambre de toute urgence, si possible avec un système d'air conditionné imparable. Il serra les dents, attrapa le volant et déboîta. Tous ses autres problèmes devenaient insignifiants devant l'urgence de se rafraîchir avant de terminer en bestiole grillée.

Il n'eut pas à aller bien loin avant de repérer un Motel 6. L'endroit était une véritable oasis : propre, climatisé et bon marché. À la seconde où Murphy se retrouva à l'abri derrière la porte close de sa chambre, il retira ses bottes, se débarrassa de ses vêtements trempés de sueur, et se laissa tomber sur le matelas bosselé en soupirant. Le journal de Tampa, qu'il avait sélectionné dans le hall d'entrée, devrait attendre encore un peu avant qu'il parcoure les offres d'emploi. La chaleur excessive le rendait nauséeux, et il se sentait tellement fatigué que son cerveau semblait sur le point de griller – comme une bonne vieille friture du Sud.

Dormir. Tout ce dont il avait besoin, c'était…

Murphy se réveilla en sursaut et, pendant quelques secondes de pure panique, il scanna la pièce en essayant de comprendre où il se trouvait. L'affreuse chaise en plastique, la commode amochée des années soixante-dix, et le tapis élimé couleur or le mirent sur la piste assez rapidement, et il réprima un soupir. Il était dans une chambre affreuse, dans une ville inconnue où il n'avait ni job, ni ami, ni famille. Il retomba sur le matelas et se frotta les yeux. Apparemment, ça n'était pas un cauchemar.

Il croisa les bras derrière sa nuque.

— Très bien. Qu'est-ce qu'on fait, maintenant ? demanda-t-il à la pièce vide.

Bien sûr, personne ne lui répondit et il ne reçut aucun indice. Au contraire, seul le silence l'enveloppait.

— Merci beaucoup.

Il continua à fixer le vide, sans réellement voir quoi que ce soit et sans trouver de réponse à son dilemme. Il n'accomplirait pas grand-chose en restant allongé ici, alors il glissa lentement du lit et se rendit dans la salle de bain pour prendre une douche. Peut-être allait-il descendre en ville et se renseigner dans les bars et les restaurants. Acheter à manger, boire quelques cocktails, et voir si quelqu'un n'était pas à la recherche d'un barman.

Il n'avait plus occupé le poste de barman depuis qu'il avait commencé à travailler pour Lear Industries, quelques années plus tôt, mais c'était surement comme le vélo. Il avait été assez populaire en son temps. Il avait juste besoin de retrouver un club branché, d'empocher quelques bons pourboires et de tenir comme ça jusqu'à ce qu'il sache ce qu'il voulait vraiment faire ensuite. Si lesdits bars servaient la communauté gay, ou étaient au minimum suffisamment gay friendly, il pourrait obtenir un très bon moyen de subsister. Il était charismatique et savait comment travailler au milieu de la foule. Et puis, même s'ils n'embauchaient pas, peut-être serait-il suffisamment chanceux pour tomber sur un corps chaud et musclé qui lui permettrait d'oublier tous ses soucis, ne serait-ce que pour une nuit. Ce serait toujours mieux que de rester allongé ici, en fixant un plafond couvert de Dieu sait quoi, toute la nuit.

Il prit une douche rapide, accordant une attention particulière à certaines zones sensibles – il était toujours bon d'être préparé à tout – puis se tint debout devant le miroir avec une serviette drapée autour des hanches.

Il fit courir un œil critique sur son propre reflet. Ses cheveux n'avaient pas été coupés depuis des mois et son visage, habituellement rasé de près, portait une barbe d'une semaine – lui conférant un air d'homme des cavernes un peu rude. Il tourna la tête d'un côté puis de l'autre et sourit. Il aimait son nouveau look. Ce n'était peut-être pas le meilleur pour se mettre en quête d'un emploi, mais c'était parfait pour se mettre en quête d'un homme.

— On s'en fiche. Je m'inquiéterai demain pour le travail.

Il fit un clin d'œil à son reflet.

— Il est temps de s'envoyer en l'air.

Après avoir pris soin de son corps, enfilé un jeans serré et un tee-shirt qui l'était encore plus, Murphy glissa dans ses mocassins et se dirigea vers la porte. Le premier souffle d'air chaud le fit haleter et revoir ses plans. Il était huit heures du soir, il faisait toujours aussi chaud, et l'humidité dans l'air était insupportable. Avoir une peau rouge et luisante de sueur n'était pas exactement le look qu'il recherchait. *L'insolation, c'est loin d'être sexy.* Il se précipita dans sa chambre pour se changer et enfiler un débardeur blanc, un short de plage vert vif et des tongs. Puis il ressortit.

Murphy erra le long des rues du centre-ville – les sons de Jimmy Buffett, Kenny Chesney et un rythme reggae issu de différents clubs se mêlant dans les rues bondées. Comme le soleil commençait à disparaître derrière l'horizon, les devantures colorées, les restaurants et les bars éclairaient la nuit dans un étalage de néons brillants. Partout où il posait les yeux, les gens souriaient et riaient, certains se balançant au rythme de la musique et d'autres, chantant. L'ambiance de fête qui flottait dans l'air s'insinua en lui, chassant ses dernières bribes d'inquiétude, et il se mit à siffloter alors que son pas devenait plus léger.

L'atmosphère s'allégea encore quand il tourna au coin d'une rue et qu'il repéra deux étudiants d'une fraternité quelconque sortir d'un club, main dans la main. *Ça ressemble fort à mon style d'endroit.* Murphy prit un moment pour observer l'enseigne usée et blanchie à la chaux qui pendait au-dessus de la porte ouverte. Un flamant rose cartoonesque en équilibre sur une patte, tenant un parapluie aux couleurs de l'arc-en-ciel, se tenait de chaque côté des mots *Flaming Flamingo* écrits en lettres cursives.

Sans surprise, les murs étaient peints en rose fluorescent, et le même flamant rose tapageur que celui de l'enseigne était placardé sur de nombreuses affiches. Il y avait tellement de rose et de paillettes que ses dents se mirent à le lancer devant cet étalage sucré. Pourtant, il aimait les vieilles tables blanches, les poutres badigeonnées à la chaux, et le bar en bois sculpté – lui aussi passé à la chaux. C'était triste que tout cela soit noyé sous un excès de paillettes.

La techno résonnait à travers des enceintes invisibles, le son pulsant en rythme avec les lumières basses qui balayaient la piste de danse située au-delà d'un grand espace ouvert. Plusieurs hommes s'agitaient, se dandinaient et se pelotaient sur un rythme entraînant.

Murphy se tenait aussi éloigné que possible de tout ce qui était extravagant. Il ne possédait pas un seul article rose ; ni strass, ni paillettes, ni falbalas ne pouvaient être trouvés parmi sa collection de tee-shirts et de jeans. Habituellement, il se rendait dans des endroits légèrement moins excentriques. Sa définition d'un moment sympa tenait à une soirée passée dans un bar sportif à boire des bières locales, en profitant d'une ou deux parties de billard ou de fléchettes. Il n'avait rien contre une sortie occasionnelle en boîte de nuit. Il dansait, lui aussi, particulièrement quand les lumières s'estompaient et que la musique devenait agréable et plus lente. Il aimait ses hommes comme il aimait sa bière : robustes, forts et vieillis à la perfection. Quelques personnes seulement remplissaient ces critères à l'intérieur du *Flaming Flamingos*, comme l'homme grand, sombre et robuste qui surplombait les autres danseurs.

Murphy se rapprocha du bar, conservant un œil sur l'inconnu.

6

— Salut beauté, je suis Rory. Qu'est-ce que je peux faire pour toi ? demanda un jeune homme blond et mince qui s'occupait du bar.

À la façon dont Rory détailla le corps de Murphy, il était évident qu'il n'était pas en train de parler d'alcool.

Les mots imprimés sur la poitrine de Rory – *Je m'enflamme* – voulaient tout dire. Mais Murphy n'était pas le moins du monde intéressé par ce type de flamme. Il lui adressa pourtant un grand sourire et s'assit sur l'un des tabourets en le tournant légèrement pour observer monsieur Grand, Sombre et Baraqué secouer un cul dans lequel il espérait bien taper avant que le soleil ne se lève de nouveau.

— Je vais prendre une Guinness extra-forte, si vous avez.

LE MIX de musique Dance s'acheva, laissant la place à un son lent et sensuel. Joe passa le dos de sa main sur son front humide de sueur et se tourna vers le bar. Avant qu'il puisse l'atteindre, quelqu'un agrippa son poignet et l'obligea à s'arrêter.

— Où est-ce que tu vas, beauté ?

Joe libéra sa main.

— Désolé, je ne danse pas sur les slows.

— Ooh, vas-y, bébé, danse avec moi.

Joe grimaça au son de la voix haut perchée du jeune homme blond, et pire que tout, devant le désespoir dans ses yeux.

— Désolé…

Merde, le gars lui avait donné son prénom, mais évidemment, il était incapable de s'en souvenir en dehors de la piste de danse.

— Il faut que j'aille aux toilettes et que je boive une bière. Je suis sûr qu'il y a beaucoup d'autres hommes qui seraient ravis de danser avec toi.

Il tourna les talons et se glissa entre les couples avant que Peu-Importe-Son-Nom ne vienne le supplier.

En temps normal, il appréciait de venir au *Flamingos*. C'était un endroit sympathique, la musique était toujours surprenante et les prix relativement bas. À une époque, il y avait encore pas mal de choix au niveau des hommes, mais à présent, il lui semblait que les jeunes les plus tapageurs et les plus extravagants avaient tendance à surpasser le reste des clients. Non qu'il ait quoi que ce soit contre les hommes efféminés. Il s'était fait faire l'une des meilleures pipes de sa vie par un gars minuscule dans une robe longue et des talons de quinze centimètres. Il lui avait d'ailleurs été presque impossible, à l'époque, d'effacer de ses testicules les traces cireuses de son rouge à lèvres. Mais ça en valait le coup ! Pourtant, ce soir il souhaitait quelque chose de différent.

Il s'affala sur un tabouret à l'extrémité du bar et fit un signe pour attirer l'attention de Rory.

— Un whisky coca avec des glaçons ! cria-t-il.

Rory lui fit un sourire plein de fossettes et hocha la tête.

Joe fit pivoter son tabouret et posa ses coudes sur le bar, fixant la piste de danse. Il était encore tôt et l'endroit n'était pas bondé, laissant aux hommes suffisamment de place pour danser. De manière plutôt libre, d'ailleurs, parce que ça ressemblait plus à une séance de sexe tout habillée qu'autre chose. Ce n'était pas son truc. Il n'aimait pas vraiment s'afficher de cette façon en public, et ce soir, il n'avait pas envie d'un blond trop maigre, de jouer les actifs, ou même d'une fellation. Ce soir, il rêvait d'une autre forme de plaisir. Il avait envie d'être un peu malmené. Il voulait quelqu'un de fort, de sûr de lui, qui soit capable de le pilonner à travers le matelas.

— Et un whisky-coca avec des glaçons, annonça Rory derrière lui.

Joe fit pivoter son tabouret dans l'autre sens, s'arrêtant à moitié quand il repéra exactement le type de friandise qu'il recherchait. Assis à l'extrémité opposée, se tenait un homme séduisant et baraqué que Joe n'avait jamais vu avant. Pas juste séduisant, mais vraiment sexy. Sans le quitter des yeux de peur qu'il ne disparaisse, Joe tendit la main à l'aveugle et attrapa sa boisson. Il essuya la salive sur son menton avant d'humecter sa gorge devenue soudain sèche.

L'inconnu avait une chevelure châtain en bataille et une note de rouge dans la barbe de trois jours qui dévorait sa mâchoire masculine. Sa peau était trop pâle pour qu'il soit du coin. Même en travaillant de longues heures à l'intérieur, il aurait dû arborer une touche de couleur sur son visage et ses bras, mais il avait une peau crémeuse, à tomber, délicieuse, et Joe avait envie de le lécher. Il eut un aperçu de son corps et vit qu'il était solidement bâti. Son débardeur moulait sa large poitrine, et ses bras étaient épais avec des muscles bien définis.

— Baise-moi, supplia-t-il. S'il te plaît.

Kenny, l'un des dépravés régulièrement présents ici, était en train de peloter l'inconnu qui paraissait peu impressionné. En fait, il donnait plutôt l'impression d'avoir besoin d'être sauvé de ce petit merdeux persistant. Joe pouvait jouer au chevalier en armure étincelante.

Sa boisson à la main, il se redressa et s'approcha tranquillement de l'homme, en adressant une petite prière silencieuse afin que tous ces muscles proéminents soient le résultat de nombreuses séances de pompes.

— Est-ce que je peux avoir une autre bière ? cria l'inconnu à Rory, comme Joe s'approchait.

— Mets-la sur ma note, l'informa-t-il.

Joe vida son verre et le reposa sur le bar.

— Et je vais en prendre un autre.

L'inconnu leva vers Joe d'incroyables yeux verts pailletés d'or, et un léger sourire retroussa ses lèvres pleines.

— Merci.

Sa voix rauque lui recroquevilla les orteils et poussa sa queue à s'agiter, en mode anticipation totale.

— Avec plaisir.

Joe lui retourna son sourire. Il soutint son regard, mesurant ses chances de pouvoir éviter les civilités et un certain nombre de verres avant de pouvoir se diriger tout droit vers son lit king-size.

— Hé ! Occupe-toi de tes affaires, gémit Kenny en tentant de se faufiler entre Joe et l'objet de son désir. J'étais là le premier.

— Pourquoi n'irais-tu pas embêter quelqu'un d'autre ? suggéra Joe sans quitter l'étranger des yeux.

Leurs regards se soudèrent l'un à l'autre et le monde parut s'estomper, une forte connexion se créant instantanément entre eux. Kenny en fut bien évidemment témoin ou peut-être qu'il se rendit compte que Joe et l'inconnu l'ignoraient complètement. Peu importe, car il finit par comprendre le message et tourna les talons en s'éloignant sans un mot.

— Enfin seuls, commenta Joe d'une voix sensuelle.

— Merci de m'avoir sauvé. Je suis Murphy, et toi ?

Il lui tendit la main. Joe serra la main offerte.

— Enchanté de te connaître, Murphy. Je suis Joe.

Il indiqua le tabouret vacant près de Murphy.

— Est-ce que je peux me joindre à toi ?

Murphy fit courir son regard sur le corps de Joe. La manière dont il se lécha les lèvres quand ses yeux se posèrent sur son entrejambe acheva de lui indiquer de façon évidente qu'il avait, lui aussi, senti leur connexion, et qu'il appréciait ce qu'il voyait.

— Avec plaisir.

9

Joe tira le tabouret à lui et se hissa dessus, s'arrangeant pour ne rien cacher du renflement qui déformait le devant de son short.

— Tu n'es pas du coin. Je me souviendrais de toi, sinon, affirma-t-il d'une voix traînante.

— Michigan.

— Un Yankee, alors ? J'ai entendu dire que vous, les habitants du Michigan, vous pouviez vous montrer un peu froids sur les bords.

— Tu as mal compris. La température descend peut-être au-dessous de zéro, mais ça signifie juste qu'on doit se livrer à d'autres activités physiques pour se réchauffer.

La voix de Murphy était séductrice et évocatrice.

— Tu ne connais pas Detroit ?

— Non, mais j'espère bien apprendre à connaître autre chose, ce soir, dit Joe. Il n'avait pas l'air de vouloir tourner autour du pot et il paraissait excité.

Rory déposa leurs boissons. Il sourit à Joe puis jeta un regard noir à Murphy avant de se détourner pour aller s'occuper d'un autre client.

Joe prit sa boisson et but une gorgée.

— Il semblerait que tu te sois fait un ennemi du petit Rory.

Murphy haussa les épaules.

— Je n'avais pas l'intention de l'offenser, mais je n'étais pas intéressé. Il n'est pas mon type.

— Et c'est quoi, ton type ?

Murphy amena la bière à ses lèvres.

— Toi, répondit-il sur un ton incroyablement sûr de lui puis, il prit une grande gorgée de bière.

— J'espérais bien que tu dirais cela.

Joe palpa son érection.

— Est-ce que tu cherches quelque chose en particulier ?

Joe serra sa queue en la poussant légèrement à l'intérieur de sa main.

— J'avais l'impression que c'était plutôt évident.

Murphy prit une autre longue gorgée de sa pression avant de faire courir un doigt sur la mousse qui s'était déposée sur sa lèvre supérieure. Joe grogna quand Murphy plaça son doigt dans sa bouche pour le sucer avant de l'en retirer délibérément.

— Ouais, ça me paraît évident aussi. Très bien. J'étais justement en train de me dire qu'on devrait discuter de certains détails. Inutile de perdre notre temps.

— Bonne remarque. Allons-y.

— Je bosse dur et je joue encore plus durement. Je préfère être actif, mais j'accepte d'être passif de temps en temps. Je ne fais rien sans protection, je ne l'ai jamais fait et je ne le ferai jamais. J'évite aussi les conneries embarrassantes du lendemain matin et je ne fais pas de câlins.

Joe resta impassible, faisant mine de réfléchir à la proposition de Murphy, quand tout ce qu'il voulait faire c'était de sauter sur place et crier alléluia.

Incapable de contenir son excitation une seconde de plus, il vida son verre et le posa en claquant sur le bar.

— Eh bien, Murphy du Michigan, ce soir c'est ton soir de chance. Finis ton verre.

Murphy haussa un sourcil.

— Et peux-tu me dire pourquoi je suis si chanceux, je te prie ?

Joe se rapprocha de lui jusqu'à ce que ses lèvres soient contre son oreille, saisissant au passage son odeur d'eau de Cologne et de sueur légère.

— Parce que je vais te laisser me démonter le cul autant que tu le voudras, et je vis seulement à deux minutes à pieds d'ici.

Il lécha la courbe de son oreille, souriant au frisson provoqué.

— Maintenant, finis ton verre.

Murphy se remit sur ses pieds.

— Oublie le verre. Allons-y.

Sans un mot, Joe sauta de son siège et tira Murphy derrière lui à travers la foule grandissante, sentant s'épanouir sur son visage un gigantesque sourire de satisfaction. Il avait la vague impression que Murphy ne serait pas le seul chanceux de la soirée.

II

LA PEAU de Murphy fourmillait là où elle entrait en contact avec la main de Joe, et la sensation courait le long de son bras et explosait dans son entrejambe.

— Je croyais que tu avais dit que tu vivais tout près ?

— On est impatient ? gloussa Joe.

— J'ai gaspillé une pinte entière d'une très bonne bière. Qu'est-ce que tu crois ?

— Un point pour toi.

Joe l'entraîna au coin d'une rue et plus loin, dans une allée étroite. Après quelques pas dans l'obscurité, il s'arrêta et le colla contre un mur de briques. Il poussa ses hanches en avant, son érection incroyablement dure contre la queue tout aussi rigide de Murphy.

— J'aime que tu sois aussi impatient, grogna Joe.

Murphy fit glisser ses mains autour de lui et agrippa ses fesses.

— Ah oui ?

Joe mordilla sa lèvre inférieure.

— Oh oui.

— Alors, tu vas aimer comme je peux me montrer impatient quand je vais te baiser dans ton lit. J'espère que tu n'as pas besoin d'aller travailler, demain.

Murphy serra ses fesses encore plus fermement.

— En fait, je me fiche pas mal que tu doives aller travailler. Tout ça est à moi, pour le moment.

Joe ouvrit la bouche, mais ce qu'il s'apprêtait à dire disparut dans un grognement, alors que Murphy poussait ses hanches contre lui, frappant leur érection l'une contre l'autre.

— Est-ce que tu es sûr de pouvoir t'occuper de tout cela ? lui demanda Joe.

Ses hanches roulaient contre celles de Murphy, et il n'y avait aucun doute sur ce qu'il insinuait. Putain. Un peu plus tôt dans le bar, Murphy avait noté son sexe impressionnant. Il n'avait pas pu ignorer non plus à quel point Joe lui-même était remarquable. Il était grand, au moins un mètre quatre-vingt-douze ou quatre-vingt-quinze, sept bons centimètres de plus que Murphy, et alors qu'il n'était pas aussi corpulent que lui, il possédait des muscles bien définis, et il y avait de la puissance dans ses membres déliés.

Murphy poussa sa main droite entre leurs deux corps et attrapa l'érection de Joe. Bon Dieu, elle était épaisse, longue et tellement dure.

— Je peux prendre en charge tout ce que tu me proposeras. Ce soir, je vais utiliser tout ça comme un levier de vitesse pendant que je chevaucherai ton joli petit cul.

Joe se mit à rire.

— Waouh ! J'ignore si c'est le truc le plus ringard ou le plus sexy que j'aie jamais entendu !

Plutôt que de lui répondre, Murphy agrippa les cheveux de Joe, abaissa son visage et l'embrassa durement. Joe répondit avec enthousiasme, ouvrant largement la bouche et offrant autant qu'il recevait. Ils tentèrent chacun à leur tour de contrôler le baiser, s'affrontant à coup de dents, de langues et de lèvres. Murphy augmenta sa prise et pressa son sexe contre la cuisse de Joe, se frottant un peu pendant qu'il continuait à masser son érection. Une fois de plus, Joe récompensa les efforts de Murphy avec l'un de ces gémissements rauques qui faisaient tressaillir son sexe.

Le baiser se poursuivit encore et encore, les mouvements de leurs corps s'intensifiant, durs et pleins de désir, jusqu'à ce que les genoux de Murphy faiblissent. Il était tellement excité que s'ils ne faisaient pas une pause, il risquait de balancer Joe contre le mur rugueux et – au diable les conséquences – prendre son délicieux petit cul ici et maintenant.

Murphy relâcha Joe et mit fin au baiser, respirant difficilement.

— Il faut qu'on s'arrête, vieux, à moins que tu ne veuilles attraper des brûlures avec les briques du mur.

Joe recula d'un pas et passa une main sur sa bouche avant de la glisser sur sa poitrine, puis plus bas, jusqu'à son entrejambe pour réajuster sa queue.

— Aussi tentant que ce soit, je préfèrerais les brûlures de mon tapis. Allons-y.

Avec une trique pareille, le chemin jusqu'à la maison de Joe fut court, mais douloureux. Murphy lâcha un soupir de soulagement quand ils s'arrêtèrent devant un bungalow peint dans un jaune éclatant et que Joe déverrouilla la minuscule porte bleue. Dès l'instant où ils furent à l'intérieur, Murphy le poussa contre le mur et enfouit son visage dans son cou, respirant son parfum enivrant sans cesser de lécher, de mordre et d'embrasser sa peau salée.

Joe se mit à gémir et enfonça ses deux mains dans les cheveux de Murphy.

— C'est bon.

— Toi aussi tu es bon. Murphy traça un chemin humide le long de son cou et fit glisser ses dents sur sa clavicule.

Il fit glisser ses mains sous le tee-shirt de Joe, le souleva par-dessus les lignes dures de son estomac, puis sur ses épaules et le long de ses bras minces et puissants, embrassant et goûtant chaque pouce de peau exposé au fil de son exploration.

— Tu vas me baiser ici ? demanda Joe avec un petit sourire satisfait.

Murphy y songea sérieusement pendant un instant. Il était impatient de s'enfoncer dans le cul étroit de Joe, mais parfois, la montée du désir pouvait être aussi jouissive que l'orgasme lui-même.

— Non, tu vas me sucer ici, répliqua Murphy. Mais ne t'avise pas de me faire jouir. Je veux exploser quand je serai enfoncé en toi jusqu'au bout.

Joe haussa un sourcil.

— Je vais essayer de me retenir, mais la question c'est plutôt, est-ce que toi tu y arriveras ?

— Je n'en sais rien. Ça va dépendre de tes capacités dans ce domaine.

— S'il y avait une compétition, j'en serais le gagnant.

Murphy les fit rouler jusqu'à ce que son dos soit contre le mur et que Joe se tienne devant lui. Il plaça l'une de ses mains sur son épaule et l'obligea à se baisser.

— Prouve-le.

Joe tomba à genoux, soutenant le regard de Murphy, et il fit lentement glisser son short afin d'exposer sa queue et ses bourses.

Il enroula ses longs doigts autour de sa hampe, pompant doucement une fois ou deux avant de se pencher vers lui pour frotter sa joue piquante sur les bourses de Murphy et le long de sa queue.

— Tu sens tellement bon que j'ai envie de te manger.

Murphy enroula les cheveux de Joe dans son poing, lui inclinant la tête en arrière jusqu'à ce qu'il lève les yeux sur lui.

— Tu peux mâchouiller, lécher, et sucer autant que tu le voudras, mais fais gaffe à tes dents.

Ignorant la prise ferme sur ses cheveux, Joe baissa la tête.

14

— Ces dents-là ? demanda-t-il avant de frotter lesdites perles blanches sur l'extrémité hypersensible de Murphy.

Murphy frissonna et lâcha les cheveux de Joe.

— Celles-là mêmes.

Joe fit courir un chemin humide sur la hampe de Murphy. Ses taquineries lui tirèrent des gémissements qui auraient pu vite devenir embarrassants si Murphy n'avait pas été si totalement perdu dans les sensations que la langue de Joe provoquait en s'attardant sur le dessous hypersensible de son membre. Il serra les poings pour s'empêcher d'agripper les cheveux de Joe une nouvelle fois et baiser durement et rapidement cette bouche si sexy, si chaude et si humide. *Retiens-toi, mec.* Ça faisait bien trop longtemps qu'il n'avait pas pris son pied ; quelques coups de langue et il était déjà prêt à éjaculer comme un adolescent libidineux.

Les choses se compliquèrent quand Joe lui adressa un léger sourire coquin avant d'écarter les lèvres et d'avaler lentement sa queue, un centimètre à la fois. Murphy l'observa, fasciné, alors que sa queue disparaissait entièrement dans la bouche de Joe. En quittant sa chambre d'hôtel un peu plus tôt, il avait espéré pouvoir s'envoyer en l'air. Mais il n'aurait jamais imaginé être aussi chanceux. Joe n'avait pas seulement un corps sexy et un petit cul étroit, il pouvait aussi le prendre entièrement dans sa bouche ! Oui, Joe était en train de se transformer lentement en rêve devenu réalité. Et si son cul se révélait aussi bon que sa bouche, Joe était la perfection incarnée.

Joe lâcha son sexe avec un pop reconnaissable et leva les yeux sur Murphy.

— Comment ça se passe, pour toi ?

Murphy avala sa salive avant de pouvoir répondre.

— Très bien. Et maintenant, pourquoi n'utiliserais-tu pas cette belle bouche pour faire autre chose que parler ?

Joe s'y plia de bonne grâce en prenant le sexe de Murphy jusqu'à la garde, enfonçant son nez dans ses boucles courtes.

— Oh, merde.

Murphy trembla sous l'effort qu'il faisait pour ne pas se laisser aller, baiser le visage de Joe et lui balancer son sperme au fond de la gorge.

Joe, comme promis, était un champion de la fellation. Il était capable de l'avaler profondément, engloutissant toute la longueur de sa queue avant de la relâcher tranquillement pour taquiner son extrémité d'une langue

15

habile. En quelques minutes, Murphy se retrouva à haleter et frissonner et – oh ! Jésus…

— Stop !

Il pressa sa main contre le front de Joe. À la seconde où ce dernier relâcha son sexe, Murphy agrippa la base et le serra étroitement.

— Merde, je n'étais pas loin.

— Quand je te disais que j'avais du talent, s'exclama Joe avec un sourire satisfait.

Murphy serra les paupières et haleta. Il lui fallut quelques secondes avant de pouvoir faire redescendre la pression. Quand il les rouvrit, le sourire de Joe s'était élargi.

Murphy aimait son assurance, mais il n'allait pas le laisser s'en tirer de cette façon.

— Je ne vais pas te contredire. Maintenant, retire ton pantalon.

Joe ne répliqua pas. Il se remit aussitôt sur ses pieds, retira ses tongs, et s'extirpa de son short. Si son sexe avait paru remarquable lorsqu'il tendait le coton de ses vêtements et remplissait la main de Murphy, sa vue était cette fois plus qu'impressionnante. Il était rouge, les veines bleues saillaient, lui conférant une teinte violette. L'extrémité se dilatait et brillait sous la faible lumière et une unique goutte de liquide pré-séminal coulait de la petite fente. Ses bourses paraissaient pesantes, pendant lourdement vers le bas, aussi appétissantes que le reste.

— Tu vois quelque chose qui te plaît ? lança Joe d'une voix traînante.

Il mit les mains sur ses hanches et les fit onduler, faisant danser et rebondir sa queue gigantesque.

— J'aime tout ce que je vois.

Murphy s'humecta les lèvres, le regard fixé sur le sexe de Joe et sur ses testicules.

— Certaines choses plus que d'autres.

— Tout est à toi. Du moins, pour ce soir.

À présent que Monroe n'était plus occupé à fourrer sa queue ou sa langue dans la bouche de Joe, il avait un premier aperçu du lieu où il se trouvait. C'était un studio d'une pièce. Il remercia le ciel qu'il n'y ait aucun signe révélateur du club où il avait rencontré Joe, pas une pointe de rose nulle part. Il était décoré dans des tons bruns, bleus et blancs, façon ambiance plage, et cela semblait propre. Mais ce fut le très grand lit king-size qui retint toute son attention.

— Grimpe sur le lit. Allonge-toi sur le dos et écarte les jambes.

Joe se releva et baissa les yeux sur Murphy avec un sourire espiègle. Il faisait bien huit centimètres de plus que lui, mais Murphy n'était pas intimidé. Il était bien trop excité pour y faire attention, et il ne comptait pas se faire prendre de haut.

— Maintenant !

Le sourire de Joe devint deux fois plus brillant, comme s'il n'avait attendu que cela. Il se retourna, se dirigea d'un pas tranquille vers le lit en faisant onduler ses hanches minces, et grimpa dessus. À genoux au centre du matelas, il regarda par-dessus son épaule et agita ses fesses pour le plaisir, avant de prendre la position exigée par Murphy.

Ce dernier ignorait pourquoi il le taquinait de la sorte, mais si son objectif était de l'agacer suffisamment pour qu'il le baise jusqu'à faire disparaître son sourire suffisant, Joe était sur le point d'obtenir ce qu'il voulait. Murphy déchira son débardeur, le lança quelque part derrière lui avant de ramper à son tour sur le lit.

Joe pointa du doigt la table de chevet.

— Tiroir du haut.

Murphy ouvrit le tiroir et y dénicha un tube de lubrifiant usagé et un grand nombre de préservatifs – petits, moyens, larges et extra-larges. Il attrapa une grande taille ainsi que le lubrifiant, avant de se tourner vers Joe en levant un sourcil interrogateur. Ce dernier haussa simplement les épaules, sans paraître le moins du monde embarrassé ou confus. Murphy ouvrit la bouche pour lâcher une réflexion mordante, puis il changea d'avis. À cette seconde précise, il se moquait que Joe ait déjà couché avec la totalité de l'état de Floride. Pour l'instant, son cul lui appartenait.

Il rampa entre les jambes de Joe et lâcha le préservatif sur sa poitrine.

— Ouvre-le.

Pendant que Joe s'exécutait, Murphy ouvrit le tube de lubrifiant et en fit glisser sur ses doigts.

— Je t'ai montré les miennes. Maintenant, à toi de me montrer les tiennes.

Sans un mot de plus, Murphy s'inclina, et tout en pressant un doigt glissant contre l'ouverture de Joe, il se mit à sucer l'une de ses bourses, la faisant rouler sur sa langue. Joe se cambra et laissa échapper un son étranglé, un bruit aigu bien différent de sa voix rauque habituelle. Passé le premier choc, il s'empala sur le doigt de Murphy, tentant d'en absorber un maximum, mais il lui refusa ce plaisir. À la place, il tapota son doigt contre

17

l'ouverture étroite, taquinant l'entrée tout en continuant à le lécher et à le sucer, alternant entre son sexe et ses testicules.

— Tu n'es qu'un allumeur, grogna Joe.

— Tu n'as encore rien vu, affirma Murphy.

Avec le plat de sa langue, il traça un chemin humide le long de sa verge, jusqu'au-dessous de son large gland.

— Je te rends la politesse.

— Qu'est-ce que…

Sa phrase fut coupée net quand Murphy referma ses lèvres autour de son gland et se mit en même temps à le sucer durement, plongeant sa langue dans la fente minuscule. La saveur de Joe était légèrement amère, un peu musquée, mais délicieuse.

Murphy continua à se nourrir avidement de la verge de Joe jusqu'à ce que ce dernier se mette à crier.

— Tu as gagné !

Il empoigna les cheveux de Murphy, et tira dessus.

— Stop ! Oh, merde, arrête avant que je jouisse, supplia-t-il.

Murphy le prit en pitié et laissa sa hampe glisser hors de sa bouche. C'était un acte purement intéressé, car il ne souhaitait qu'une chose : voir comment ses fesses allaient se resserrer autour de lui pendant que Joe s'abandonnerait.

— Putain.

Joe agrippa les fuseaux de la tête de lit si fermement que ses articulations blanchirent alors qu'il prenait de rudes et profondes inspirations.

Murphy s'accroupit et récupéra le préservatif là où il était tombé sur le matelas.

— Tourne-toi et ne bouge plus.

— Donne-moi une minute pour reprendre ma respiration.

— Tu la reprendras plus tard. Maintenant, tourne-toi.

Murphy lui tapota la cuisse pour le faire bouger.

— Sale con autoritaire, grogna Joe, mais il roula sur lui-même, rétablissant sa prise sur la tête de lit, et il souleva ses fesses.

Murphy se pencha, frotta sa barbe sur l'une de ses fesses, et Joe se tortilla. Murphy recommença sur l'autre fesse, puis sans pouvoir s'en empêcher, il enfonça ses dents dans le muscle bien tendu de sa fesse droite, pas suffisamment pour abîmer la peau, mais assez, à sa grande satisfaction, pour le faire glapir. Il embrassa la chair irritée puis se rassit pour dérouler le préservatif sur lui. Il aimait les jeux érotiques, mais il n'était ni un sadique ni un imbécile. Il savait qu'une fois qu'il aurait commencé à étirer l'entrée de Joe, ce dernier serait de nouveau au bord du plaisir, et vu la manière dont il vibrait, Murphy doutait qu'il puisse se retenir encore bien longtemps.

Les sons qui s'échappaient de Joe prirent de l'ampleur, se répercutant entre les murs de la petite pièce alors que Murphy poussait un doigt à l'intérieur de ses fesses. Les gémissements de Murphy se mêlèrent aux siens en voyant combien le cul de Joe était étroit et son sexe tressaillit d'anticipation.

OK. Il n'avait peut-être pas autant de contrôle sur lui que ce qu'il avait bien voulu faire croire, parce qu'il ne pouvait pas s'empêcher d'étirer son entrée. Il tomba sur les genoux pour pouvoir faire glisser le bout de son érection le long des testicules délicats. Des éclairs de plaisir explosèrent en lui et son corps tout entier se mit à picoter. Il avait besoin d'être à l'intérieur de Joe. Maintenant.

Murphy retira son doigt et aligna son sexe. Il agrippa fermement chacune des fesses de Joe, les écarta et se mit à grogner en voyant l'extrémité de sa queue disparaître à l'intérieur de lui.

— Bon sang, ton cul est extraordinaire. Brûlant et étroit…

Murphy cessa de respirer et inclina la tête en arrière, lâchant un grognement rauque lorsque Joe se poussa contre lui, et il s'enfonça en lui jusqu'aux bourses.

— Vas-tu la fermer et me baiser, Murphy ? J'en ai assez de jouer, bordel !

Murphy sentit le grognement de Joe jusque dans ses orteils. Lui aussi en avait assez. Joe l'avait débarrassé de ses dernières bribes de patience. Il plaqua les mains sur son dos, s'inclina au-dessus de lui et utilisa la force de ses jambes pour s'enfoncer en Joe encore et encore.

Le son de leur peau claquant l'une contre l'autre, muscles fléchis, les gémissements, les grognements, les plaintes, tout se mélangea dans un plaisir confus alors que Murphy continuait à pilonner Joe. Celui-ci était peut-être passif, mais il était loin d'être soumis ou complaisant. Il se rejetait en arrière pour prendre chaque coup de reins aussi profondément que possible, leur force s'opposant l'une à l'autre jusqu'à ce que le lit se mette à trembler.

— Je vais jouir… Je ne peux plus… Je…

Joe se rejeta en arrière une dernière fois puis hurla.

Murphy serra les dents et continua à le pilonner jusqu'à ce qu'il ait extrait les dernières parcelles de son orgasme. Ce ne fut qu'à ce moment-là qu'il accepta les contraintes de son corps et qu'il se permit de jouir à un rythme interminable, les fesses de Joe s'agrippant à son sexe, le retenant, bouleversant Murphy. Il retint sa respiration et se cambra, perdu dans le plaisir jusqu'à ce que sa vision s'obscurcisse à cause du manque d'oxygène. Il s'affala alors en avant, s'étalant sur le dos glissant de sueur de Joe, luttant pour retrouver sa respiration.

Il se raccrocha à Joe jusqu'à ce que sa respiration et les battements de son cœur s'apaisent. Il resta là complètement inerte, il n'avait même plus la force de bouger. D'une manière ou d'une autre, il y parvint quand même. Il fit tomber le préservatif dans la poubelle placée sous la table de chevet, puis il retomba sur son estomac et enfouit son visage dans le matelas. Il avait à peine conscience des mouvements près de lui. Il crut entendre Joe dire quelque chose, mais il n'en était pas certain, et il était bien trop lessivé pour s'en assurer ou pour poser la question. Il ferma les yeux et s'enfonça dans le lit. Il s'en inquiéterait plus tard. Ou pas.

III

Un coup à la porte suivie des mots « Service de nettoyage » réveilla Murphy. Il glissa hors de son lit, traîna les pieds jusqu'à la porte et l'entrebâilla.

— Je n'ai besoin de rien, et pour l'amour du ciel, ne me réveillez plus aussi tôt à l'avenir.

— Je m'excuse du dérangement, monsieur, répondit une voix féminine d'un ton doux.

Murphy referma la porte et s'appuya contre, la culpabilité tordant son estomac à cause de son emportement. Il rouvrit aussitôt la porte.

— Désolé de vous avoir hurlé dessus, lança-t-il avant de la refermer une nouvelle fois.

La femme de ménage n'était pas responsable de sa mauvaise humeur.

Juste avant l'aube, il avait trébuché jusqu'à sa chambre, si épuisé qu'il avait oublié de placer le panneau « Ne pas déranger » sur la porte, et de tirer les rideaux. Le brillant soleil de Floride se déversait à présent dans la pièce, l'aveuglant au passage. Il fit courir ses mains sur son visage et frotta ses yeux brûlants. Après une nuit de sexe hallucinant, le meilleur de sa vie, Murphy s'était senti vidé, mais heureux – du moins, jusqu'à ce qu'il se réveille ce matin et découvre où il était, et qu'il se remémore sa situation.

— Ah oui, c'est vrai. Toujours pas de boulot et mes finances sont au plus bas. Bonjour à toi, monde réel ! marmonna-t-il.

Il se dirigea lentement vers la salle de bain.

Après avoir réglé les robinets de la douche, Murphy se tint sous le flot d'eau chaude et gémit quand elle tomba sur les muscles douloureux de son cou et de son dos. Il promena le savon sur sa poitrine et son estomac. Quand il commença à savonner son sexe, des images de Joe explosèrent dans sa tête : il revit l'homme à genoux, en train de le sucer avec ses lèvres délicieuses, la manière dont son cul avait enterré son sexe et ce qu'il avait ressenti à ce moment-là… Murphy grogna et sa queue durcit dans sa main. Ça ne faisait que quelques heures qu'il avait joui et apparemment, la situation désespérée dans laquelle il se trouvait ne pesait pas lourd face à sa libido incontrôlable.

— Merci, Joe.

Murphy prit soin de ses besoins matinaux, se lava et expédia ce qu'il avait à faire en même temps. Il avait toujours été bon pour la polyvalence. Maintenant qu'il s'était soulagé d'une partie de son stress – ou plutôt qu'il avait fait redescendre la pression –, il se sentait bien mieux qu'à son réveil. Il tira les rideaux, fit tomber au sol la serviette qu'il avait enroulée autour de sa taille et se détendit sur le lit avec le journal. Il feuilleta les pages jusqu'aux petites annonces et trouva la rubrique emploi. Il survola la plupart des annonces, sachant que certaines mettraient des semaines voire des mois à lui apporter une réponse. De plus, il savait qu'une fois que BMC aurait trouvé une solution, il obtiendrait rapidement un job stable et bien payé. Ce dont il avait besoin pour l'instant, c'était de quelque chose de rapide et temporaire. Il scanna les annonces jusqu'à ce qu'il trouve celles qui réclamaient des serveurs et des barmans.

Murphy se mit à rire tout haut lorsqu'il tomba sur une annonce indiquant que le *Flaming Flamingo* était à la recherche d'un barman. Il était définitivement trop macho pour arborer du rose et des paillettes. Il traça une croix en travers de l'annonce.

Son portable se mit à vibrer et il l'attrapa sur la table de chevet. Il vérifia l'écran et accepta l'appel.

— Salut, maman

— Salut, mon cœur. Comment ça va ?

— Je crois que j'ai couru tête baissée dans les problèmes, mais sinon ça va.

— Qu'est-ce que tu entends par « problèmes » ? demanda-t-elle avec un soupçon d'inquiétude dans la voix.

Il avait vingt-six ans, mais sa mère se tracassait et se faisait encore du mauvais sang pour lui comme s'il en avait neuf.

— Rassure-toi, maman, je vais bien, quoique pour l'instant, je sois toujours sans emploi.

— De quoi parles-tu ? Je pensais que tout était organisé afin que tu puisses démarrer dès lundi ?

— Oui, c'est ce que je pensais aussi, mais apparemment, il y a eu des problèmes à propos de permis de construire et d'autres choses.

Murphy soupira.

— Je suis certain qu'ils vont contourner le problème.

Je l'espère.

— Je t'avais dit que ça semblait trop beau pour être vrai. Tu devrais remonter en voiture et rentrer à la maison. Vlasic est sur le point d'embaucher.

— Sérieusement, maman, je ne vais pas rentrer à la maison et reprendre un autre job à l'usine, et certainement pas un boulot à cause duquel je sens le cornichon.

— Je pensais que tu aimais les cornichons ?

Elle se mit à rire.

— Ha, ha ! Oui, je les aime. Mais pas les trucs puants au vinaigre.

— Alors que vas-tu faire, maintenant ?

— Eh bien là, je vais attraper le journal, foncer au café du coin et voir si je peux trouver du boulot. Je te rappelle plus tard, OK ?

— Très bien, tiens-moi au courant. Oh, et si ça ne marche pas, tu es le bienvenu pour réintégrer ton ancienne chambre.

— Je vais garder ça en tête.

— Est-ce que tu as besoin d'argent ?

— Non, c'est bon pour l'instant, mais merci de le proposer. Je t'aime.

— Je t'aime aussi.

Il raccrocha et secoua la tête. Maman Lola avait vraiment du mal à s'habituer à l'idée de se retrouver dans un nid vide. Murphy avait dix-neuf ans et il était le plus âgé de la fratrie lorsque son père était subitement décédé d'une crise cardiaque. La situation avait été dure pour chacun d'entre eux, mais plus particulièrement pour sa mère. Pourtant, elle s'était concentrée sur Murphy et ses trois frères et sœurs et grâce à elle, ils avaient grandi heureux, et ils étaient tous normaux. Elle avait fait un boulot formidable en jouant le rôle à la fois du père et de la mère. Cependant, depuis que Jenny, leur plus jeune sœur, était partie pour l'université à l'automne précédent, sa mère devenait folle. Il devait vraiment faire l'effort de l'appeler plus souvent.

Il mit son portable de côté, attrapa le journal et le rouvrit.

— Avant tout, le boulot.

LE JOURNAL coincé sous son bras, Murphy se baladait le long des rues. Il s'était arrêté à différents endroits qu'il avait repérés sur les petites annonces, mais n'avait eu, jusque-là, aucune chance. L'un cherchait une personne capable de reprendre le poste de manager, mais il n'était pas disponible avant l'automne, le temps pour le manager actuel de retourner en cours. Les deux autres offres avaient trouvé preneur le jour précédent. Pas de chance.

23

Il n'allait même pas s'attarder sur les raisons pour lesquelles il n'avait pas pu être disponible le jour précédent, à moins qu'il ne souhaite se rendre sur son prochain lieu d'embauche potentiel avec une trique terrible.

En fronçant les sourcils, il repoussa ses cheveux de son front humide de sueur. Dix heures du matin et il était déjà en train de cuire. Avec une gaule terrible, des vêtements trempés de sueur, des cheveux longs et une barbe négligée. *Ouais. Moi aussi je m'embaucherais…*

Il s'arrêta devant une vitrine arborant une énorme tasse de café fumant en son centre, et juste au-dessus, les mots « *Kaffeinate* » imprimés en lettres défilantes qui s'entremêlaient à la vapeur.

— Parfait, murmura-t-il en pénétrant à l'intérieur.

Une agréable odeur de café fraîchement coulé emplit ses narines, et alors même qu'il suait comme un cochon trop gras, son besoin en caféine – ou plutôt en *Kaffeinate* – prit le dessus. Un souffle d'air frais frappa sa peau brûlante et couvrit ses bras de chair de poule en provoquant des frissons le long de son dos. La sensation fut merveilleuse, et quoique la température à l'intérieur du café soit légèrement trop fraîche, l'atmosphère dégageait quand même une impression de chaleur et d'hospitalité. Les murs brillants couleur crème arboraient de nombreuses illustrations sur le café dans des tons doux et brillants. Un parquet usé, de hauts plafonds révélant des poutres en bois et des canapés en cuir bien rembourrés conféraient aux lieux une atmosphère douillette. De petites tables de bistro et des chaises, ainsi qu'un bar en bois qui courait sur toute la longueur du fond, occupaient également l'espace. Une mélodie entraînante sortait de la réplique d'un antique poste de radio placé sur une étagère, parmi des bouteilles de sirops parfumés et de tasses de café blanches de toutes formes et de toutes tailles.

Un couple était assis, buvant et sirotant du café autour d'une table près du fond, et à une autre table, un jeune homme aux cheveux blond platine avait le visage plongé dans un livre. Le seul autre client était une fille assise sur l'un des canapés, tapant sur les touches de son ordinateur portable. Peu d'activité, quoique Murphy soupçonna la plupart des clients d'avoir déjà pris leur dose de café quotidienne.

Une jeune fille avec un visage poupin et de brillantes nattes bleues salua Murphy alors qu'il s'avançait vers le comptoir.

— Bonjour ! Puis-je vous proposer notre boisson du jour : le thé Chai latte ? demanda-t-elle en lui lançant un gentil sourire amical.

— Bonjour.

24

Murphy lui retourna son sourire et étudia le menu placé au-dessus des étagères. Il ne s'était jamais intéressé à toutes ces boissons sophistiquées qu'on facturait beaucoup trop cher, et il détestait le goût du thé. Mais il aimait le café noir et fort.

— Non merci. Je vais prendre un grand café noir et un verre d'eau glacée, s'il vous plaît.

— Tout de suite, monsieur.

Murphy attrapa un cookie emballé et l'étudia. Bio et sans gluten. *Ça a l'air absolument dégoûtant.* Il le remit à sa place. Il aperçut alors des roulés à la cannelle de la taille d'une petite assiette et recouverts de glaçage, posés sur un plateau à gâteau protégé par une cloche en verre.

— Maintenant, on peut discuter.

— Pardon ? demanda la serveuse en plaçant devant lui une grande tasse de café et un verre d'eau glacée.

Il pointa les rouleaux du doigt.

— Est-ce qu'ils sont bio et sans gluten, eux aussi ?

Elle pencha la tête sur le côté et l'observa attentivement comme s'il venait de se mettre à parler chinois.

— Vous savez. Bons pour la santé et tout et tout, clarifia-t-il.

Ses yeux se mirent à briller.

— Oh, je comprends. Non, ceux-ci viennent de chez Madame Williams. Ce lieu lui appartenait avant, c'était sa pâtisserie, et elle utilise la même recette depuis plus de trente ans. Je ne pense pas que les gens étaient aussi obsédés par leur santé, à cette époque. Je vous les recommande chaudement si vous vous moquez de ce qui est calorique.

Ses yeux glissèrent sur le corps de Murphy avec une lueur d'appréciation.

— Non que vous ayez du souci à vous faire à ce stade-là.

— Vendu.

Elle sortit un plateau de derrière le bar et posa ses boissons dessus, avant d'y ajouter un roulé sucré.

— Au fait, je suis Kallie.

— Enchanté de vous rencontrer, Kallie. Je m'appelle Murphy.

— Vous n'êtes pas du coin, n'est-ce pas ?

— C'est si évident que ça ?

— Ouep.

Elle avança les lèvres et l'étudia durant quelques instants.

— Ohio ou Michigan. Peut-être l'Illinois.

— Qu'est-ce qui vous fait penser ça ?

— Vous avez ce son nasillard dans votre accent.

Murphy hocha la tête.

— Michigan. J'y suis né et j'y ai grandi.

Kallie fronça son petit nez mutin.

— Beurk, toute cette neige. Je ne comprends pas comment on peut traverser l'hiver sans un rayon de soleil.

Elle jeta un autre coup d'œil à Murphy et agita ses sourcils.

— Ne vous inquiétez pas. Nous allons vous débarrasser de ces vêtements contraignants et vous rendre tout bronzé en un rien de temps. Je serais ravie de vous montrer tous les meilleurs endroits pour ça, si ça vous intéresse. J'en connais même quelques-uns qui sont complètement à l'écart, des plages de nudistes très privées.

— Merci, c'est très aimable à vous. Je tâcherai de m'en souvenir, répondit-il en gardant un ton aimable, mais pas trop.

Il ne voulait lui donner aucun faux espoir en termes de rendez-vous, ou peu importe ce qu'elle recherchait.

— Qu'est-ce que je vous dois ?

Kallie tapa sur la caisse enregistreuse.

— Cinq dollars vingt-cinq.

Murphy sortit de sa poche le montant correct et y ajouta un ou deux dollars en guise de pourboire.

— Merci. C'était très sympa de vous connaître, Kallie.

— Tout le plaisir est pour moi.

Murphy hocha la tête, prit le plateau et s'installa à l'une des tables situées près de la fenêtre. Pendant qu'il dégustait son café et piochait dans le roulé – il comprenait mieux pour quoi Madame Williams était restée aussi longtemps en activité, c'était délicieux –, il étudia le journal et passa quelques coups de fil. Il n'y avait pas une seule réponse positive.

— Après tout, j'aime les cornichons.

Il vida le restant de son café.

— Je vous ressers ?

Murphy leva les yeux sur Kallie qui tenait une cafetière à la main.

— Allez-y, shootez-moi à la caféine.

Et il lui tendit sa tasse.

— Est-ce que vous souhaitez autre chose ? Un autre roulé à la cannelle ?

— Non merci. À moins que…

ça pouvait valoir le coup.

— Est-ce que par hasard, vous ne connaîtriez pas quelqu'un qui recrute, dans le coin ? Je suis plutôt bricoleur, serveur, plongeur. Je suis un touche-à-tout, dit-il avec un sourire. Je prends n'importe quoi.

— Vous êtes sérieux ?

— Totalement.

— Suivez-moi, s'écria-t-elle.

Elle se précipita derrière le bar, en sortit une pile de papiers et commença à fourrager dedans.

— Êtes-vous en train de me dire que *Kaffeinate* recrute ?

Un café situé sur la bouche de l'enfer n'était pas son meilleur choix de carrière, mais s'il démarrait rapidement, peut-être pourrait-il collecter suffisamment d'argent pour tenir jusqu'à ce qu'il trouve quelque chose de mieux. Bon sang, il adorait le café, surtout le café gratuit. Ça pourrait devenir un second job très agréable.

Kallie ne leva pas les yeux des documents.

— Non. Mais le patron, oui.

— Comment ça ? demanda-t-il, confus.

— Monsieur Sterling, c'est le propriétaire. Il cherche quelqu'un pour rénover l'appartement du dessus.

Elle attrapa une feuille de papier froissé dans la pile et la tendit à Murphy.

Il étudia le document. C'était une liste de choses à faire rédigée à la main. Cloisons en placo, peinture, nouveaux équipements, et environ une quinzaine d'autres choses relativement simples à réaliser y étaient listées. La seizième le fit rire. *Bousiller tout et en faire une remise.*

— Je suppose que le patron n'en a pas encore fait une remise ?

— Non, pas encore. Ça fait une éternité qu'il n'arrête pas de dire qu'il va faire les travaux lui-même. Mais nous savons tous que c'est impossible. Il est déjà en train de rénover une maison sur la plage et quand il n'est pas là-bas, il travaille ici. Ce mec n'a même plus le temps de dormir !

— Et bien ! Il m'a tout l'air d'être un véritable bourreau de travail !

Kallie soupira tristement.

— Ce n'est rien de le dire. C'est un type génial, mais peu de gens le savent puisqu'il passe son temps à s'agiter d'un endroit à un autre. Il ne reste jamais suffisamment longtemps nulle part pour entretenir une conversation avec qui que ce soit.

Murphy lui rendit la liste.

— Pensez-vous qu'il soit sérieux à propos des rénovations ? Et si c'est le cas, quand est-ce que je pourrais commencer ?

— Joe… je veux dire, monsieur Sterling, est parti pour quelques jours, et il m'a laissé responsable de tout.

Kallie tapota l'un de ses ongles peints sur le dessus du comptoir, et une lueur malicieuse brilla dans ses yeux verts quand elle croisa le regard de Murphy.

— Seriez-vous capable de faire toutes ces choses sur la liste ?

Elle lui tendit le papier et Murphy reprit la liste et l'étudia plus attentivement, cette fois.

Il était vraiment bon avec les outils électriques. Au lycée, le père de son meilleur ami possédait une entreprise de construction, et Murphy y avait passé bien des étés en tant qu'homme à tout faire et ouvrier polyvalent. L'argent amassé n'avait pas été très conséquent, mais les talents qu'il avait acquis n'avaient pas de prix. Il était capable de faire à peu près tout : de la pose du carrelage à la charpente, en passant par l'électricité et la plomberie.

Il leva les yeux vers Kallie.

— Il n'y aura rien de plus compliqué à faire ?

Elle battit des mains.

— Hourra ! Vous êtes engagé !

Murphy sentit un poids énorme disparaître de ses épaules. Il ravala un soupir soulagé et lui tendit la main.

— Merci mille fois.

Une pensée le saisit et il plissa les yeux en l'observant.

— Vous êtes sûre de pouvoir prendre ce genre de décision ? La dernière ligne sur la liste disait d'en faire un lieu de stockage. Peut-être a-t-il d'autres plans. Peut-être que je devrais d'abord en parler avec lui.

Elle lui prit la main et la secoua.

— Non, il me remerciera. Faites-moi confiance.

Elle le relâcha et passa devant lui pour faire le tour du bar et atteindre une porte fermée.

— Venez dans le bureau avec moi et je vais vous trouver une clé. Vous pouvez jeter un œil à l'appartement et établir la liste de ce dont vous aurez besoin.

Murphy la suivit, se sentant soudain bien mieux que quelques instants plus tôt.

La fille derrière le pc leva les yeux lorsqu'il passa près d'elle. Il lui adressa un sourire et hocha la tête. Le froncement de sourcils qu'il récolta ne réussit pas à entamer sa bonne humeur. Il était jeune, il était beau, et il était de nouveau pleinement embauché, même si ça n'était que temporaire. Ça signifiait qu'il n'aurait pas à rentrer précipitamment à la maison.

La vie s'améliorait de nouveau au pays du soleil.

IV

JOE CROISA les mains derrière sa tête et fixa le plafond. Cette saleté d'horloge interne refusait de s'arrêter, et il ne possédait pas de bouton de mise en veille. Pendant huit ans, il s'était levé à quatre heures du matin, et maintenant, y compris pendant ses congés, il était incapable de dormir même si sa vie en dépendait. Ce matin-là n'était guère différent des autres, excepté que ce n'était pas son tictac interne qui l'obligeait à rester éveillé à fixer le vide, c'était son érection. Et pas une érection du type « J'ai besoin d'aller aux toilettes », mais plutôt une de celles qui n'étaient produites que par des rêves coquins. *Satané Murphy avec son corps sexy.*

Ça faisait bien longtemps que quelqu'un ne l'avait pas autant affecté, au point d'avoir le privilège de faire une apparition dans ses rêves. *Baise et oublie* avaient été sa devise durant... bon, il n'allait pas se mettre à réfléchir à ce genre de détail. Pourtant au cours des deux dernières années, il était resté ancré à cette devise à de très, très nombreuses occasions – de merveilleuses occasions – et il n'avait pas l'intention d'en changer. Ses succès professionnels, et sa volonté de quitter le minuscule bungalow qu'il louait étaient les seules choses qui importaient dans sa vie, pour l'instant. Et c'était un sacré bon point qu'il aime passer son temps au café. En fait, en rester éloigné trop longtemps finissait par le rendre nerveux. Il avait une équipe géniale en qui il avait une confiance absolue, et il se sentait toujours de mauvaise humeur lorsqu'il n'y était pas. Le seul moment où il parvenait à se concentrer sur autre chose, c'était lorsqu'il baisait ou qu'il rénovait sa maison de la plage.

Mais apparemment, il fallait croire que deux ou trois nouvelles choses accaparaient maintenant son attention : des cheveux marron, une barbe rousse et un corps fort et musclé. Depuis que Murphy avait quitté son lit le matin précédent, Joe n'avait songé à rien d'autre et ça commençait à le rendre dingue. Il n'avait jamais repensé aux rencontres éventuelles qu'il faisait, une fois que les hommes étaient sortis de son lit. Et il n'allait pas pouvoir le supporter longtemps. Qu'il soit damné s'il restait allongé dans son lit et gaspillait son temps à se languir après un coup d'un soir, même si le coup en question lui avait offert le meilleur orgasme de sa vie. Bon sang, la manière dont Murphy l'avait rempli, la force de chacun de ses coups, les sons torrides qu'il avait émis quand il avait joui, son air béat une fois comblé...

Joe frissonna et son sexe frémit.

Arrête ça ! Dégoûté par lui-même, Joe repoussa les couvertures et marcha d'un pas lourd vers la salle de bain, en goûtant la douleur délicieuse dans son postérieur. Satané Murphy avec son corps sexy, se plaignit-il, laissant, cette fois, l'irritation le gagner.

À six heures, son érection disparue, il était douché et habillé, et grimpait déjà aux murs. Il avait bien envie d'aller faire un tour au *Kaffeinate*. Il le ferait s'il pouvait s'y rendre sans se faire surprendre par Kallie. Elle n'était qu'une toute petite chose, le haut de sa tête atteignant péniblement sa poitrine, pourtant elle avait un tempérament de feu. Elle était capable de mettre ses menaces de démission à exécution s'il se montrait avant lundi.

— Des vacances. Tu parles ! Je n'ai pas besoin de vacances. J'ai besoin de bosser et de faire sortir Murphy de ma tête.

Et d'un psy aussi à force de se parler à lui-même. Il avait surtout besoin de laisser derrière lui son petit appartement confiné avant que les murs ne se referment sur lui.

Il attrapa ses clés et son portefeuille, les glissa dans la poche de son short cargo, saisit son casque et se dirigea vers la porte. Il pourrait tout aussi bien placer son énergie dans quelque chose d'utile, peinture, sexe ou n'importe quoi. Il mit son scooter en route et le manœuvra aisément à travers les rues désertes de ce dimanche matin. Au bout de la rue, au lieu de tourner à l'est vers la plage comme il aurait dû, il se dirigea vers l'ouest. Il tenta de se convaincre que Kallie n'avait rien dit contre le fait de s'arrêter boire une tasse de café avant d'aller travailler.

Il emprunta l'allée à l'arrière du café et gara son scooter. Il récupéra ses clés et commença par se diriger vers la porte arrière. Et puis il se rappela les menaces de Kallie et les remit dans sa poche. Il secoua la tête et fit le tour par l'avant du bâtiment. Non, il n'allait pas se laisser effrayer par ce petit dictateur !

À qui essayait-il de faire croire ça ? Bien sûr qu'elle le terrorisait. Il ne la laissait tout diriger que pour une seule raison : il était incapable de se passer d'elle. Elle était l'une des causes principales du succès du *Kaffeinate*. Pas seulement parce que les clients étaient dingues d'elle, mais parce qu'elle se consacrait aussi à l'établissement autant que lui.

Joe entra dans le *Kaffeinate* avec un sourire gigantesque sur les lèvres. Le trafic en ville était peut-être léger, mais c'était loin d'être le cas ici, à l'intérieur du café. *Ding-Ding.*

— Bonjour à tous ! s'exclama-t-il.

Un chœur de « Bonjour, Joe », lui répondirent venant des habitués.

— Oh non, pas ça, » lui reprocha Jeremy quand il fit le tour du bar. Il posa un café devant Doc, l'un des plus anciens habitués des lieux, puis croisa les bras sur sa poitrine.

— Tu sers, ne serait-ce qu'une seule personne, et je le dis à Kallie.

Joe plissa les yeux.

— Tu n'oserais pas.

— Bien sûr que si. Je lui ai promis de lui dire, si tu te montrais.

Joe prit un mug sur l'étagère et lui lança un regard implorant.

— Oh, allez. Nous les mecs, on doit se serrer les coudes.

— Je le ferais si j'étais sûr que ça pouvait me rapporter quelque chose.

Joe attrapa le pot de café et remplit sa tasse.

— Tu n'as toujours pas renoncé à t'introduire dans sa petite culotte, hein ?

Jeremy se mit à rougir.

— Je vais l'avoir à l'usure. Maintenant, va-t'en d'ici avant qu'elle n'arrive et qu'elle ne nous pende par les couilles.

Joe pencha la tête et leva les yeux sur l'horloge. Mais attends une minute. Qu'est-ce que tu fais là, d'abord ?

Kallie ouvrait toujours le magasin alors que Jeremy travaillait le plus souvent dans l'équipe de l'après-midi.

— Elle m'a demandé de la remplacer. Elle va être occupée avec le nouveau gars.

Joe rapporta son café du côté client et se hissa sur un tabouret. Jeremy n'était pas le seul à être nerveux à l'idée de se faire prendre.

— On a un nouveau gars ?

— Oui, Kallie l'a embauché hier. Elle a dit qu'elle devait venir plus tôt pour le voir et récupérer sa liste. Mais vu son emploi du temps qui commence à l'aurore, comme toi, elle ne m'a pas donné d'heures et j'ignore à quel moment ils devaient se rencontrer.

— Sa liste ? demanda Joe, confus.

Jeremy servit un autre client avant de répondre.

— Oui, il rénove l'appartement du dessus.

— Oh là ! Attends une minute. Elle a embauché quelqu'un pour travailler sur ce projet ?

Il sentit l'irritation le gagner. Ce n'était pas de la colère – attendez un peu, si ça l'était. Mais c'était parce qu'il était sur le point de le rénover lui-même, après… Il secoua la tête intérieurement. C'était ce qu'il se répétait depuis… oui, bien trop longtemps. À qui essayait-il de faire croire ça ? Il n'avait pas le temps. Malgré tout, ça l'irritait vraiment qu'elle ait pris ce genre de décision sans le consulter auparavant.

— A-t-elle dit qui c'était ?

Joe pouvait seulement espérer que ça n'allait pas lui coûter un bras. Connaissant Kallie comme il la connaissait, ce serait probablement le cas, avec les deux jambes en supplément.

— Non.

Il prit le mug de Joe et versa le restant du café dans un gobelet à emporter qu'il lui tendit.

— Voilà. Maintenant, est-ce que tu vas enfin te décider à partir et me laisser travailler ? Mon patron devient grincheux quand je laisse les clients attendre trop longtemps.

— C'est faux, protesta Joe en acceptant le gobelet. Je suis aussi doux qu'un chaton. À côté de ça, j'ai envie de parler à ce nouveau mec et de jeter un œil sur la liste avec lui.

— Ils ont déjà fait le tour de l'appartement et de ce que tu voulais y faire. Tu pourras le rencontrer lundi avant qu'il démarre.

Jeremy frappa le comptoir devant Joe puis recula et interpella tout le monde dans la salle.

— Tout le monde dit au revoir à Joe.

— Au revoir, Joe !

Apparemment, se faire une certaine fille était devenu plus important que satisfaire son patron. Mais Joe s'était déjà retrouvé à la place de Jeremy. Il savait ce que ça faisait de perdre tout sens commun lorsqu'on était piqué par le virus du désir. Bon, ce n'était pas tout à fait la même chose. Il n'avait jamais couru après les filles et ne le ferait jamais – Joe plissa le nez à cette seule pensée. Mais il comprenait très bien à travers quoi Jeremy était en train de passer – pauvre andouille.

Joe attrapa son café et se remit sur ses pieds.

— Très bien, très bien, je sais reconnaître quand je ne suis plus désiré.

— Quel homme intelligent ! À lundi, patron.

Joe hésita.

— Tu réalises que c'est moi qui signe tes chèques ?

— Oui, mais toi et moi, on sait bien que c'est Kallie qui dirige cet endroit. Maintenant, ouste ! Je fais ça pour ton bien.

— Ouais, ouais.

Joe le salua par-dessus son épaule comme il se dirigeait vers la porte. Comment s'était-il débrouillé pour terminer avec deux employés qui lui dictaient sa conduite à longueur de temps ? Avec un peu de chance, le nouveau gars serait de son côté. Quoique, comme c'était Kallie qui l'avait recruté, il y avait peu de chances pour ça.

L'ODEUR DE nourriture, de renfermé et d'un soupçon de moisissure assaillit les narines de Murphy quand il pénétra dans le petit appartement au-dessus du *Kaffeinate*. Fermé pendant plus de six mois sans air conditionné, l'atmosphère était nauséabonde, mais il était quand même en bien meilleur état que ce que Murphy avait craint, considérant la liste interminable que Kallie lui avait donnée.

Les plans montraient une ouverture qui apportait à la pièce une sensation d'espace non négligeable, sachant que l'appartement ne devait pas dépasser les soixante-cinq mètres carrés. Les lieux avaient sévèrement besoin d'un nouveau sol et de nouvelles peintures. En dehors de ça, le travail paraissait assez simple. De nouvelles lampes, un bar ou un îlot pour séparer la cuisine de la pièce à vivre, un peu de décapage et de peinture sur les placards et de l'huile de coude, et le résultat constituerait vraiment un beau logement.

Les idées germaient dans sa tête et il se dit que ce serait mieux de les noter avant de les oublier. Il prit quelques notes, ainsi que des mesures avec le mètre qu'il avait emprunté à Kallie, puis il se dirigea vers la chambre. Elle n'avait rien d'extraordinaire, juste quatre murs et un sérieux manque de place pour les placards, mais il découvrit un sol en bois massif sous le tapis de fil usé, et elle possédait une jolie vue sur les rues en contrebas grâce à une grande fenêtre.

Il ébaucha des plans, ajouta quelques mesures puis alla vérifier la dernière pièce. À l'instant où Murphy poussait la porte de la salle de bain, il découvrit la source de l'odeur de moisissure. La pièce sombre et humide était l'endroit idéal pour la prolifération des champignons.

— Un vrai travail de fond.

Il alluma et revint aussitôt sur ce qu'il s'était dit. La vieille baignoire en fonte avec ses pieds en forme de pattes d'animaux paraissait en bon état. Le carrelage au sol était craquelé et le plâtre des murs avait besoin d'être refait – tout comme l'affreux lavabo avait besoin d'être changé –, mais la salle de bain pouvait être restaurée. Curieusement, les toilettes semblaient neuves, ce qui rendrait son job encore plus facile et lui épargnerait de se rendre au rez-de-chaussée chaque fois qu'il aurait envie de pisser.

— Murphy ? Tu es là ? Appela Kallie depuis la pièce du devant.

— Oui, je ressors, répliqua-t-il en retour.

Il prit les dernières mesures, coinça son stylo derrière son oreille et sortit de la salle de bain.

Kallie lui fit signe en souriant largement.

— De quoi ça a l'air ? Aucun regret d'avoir accepté le job ?

Murphy secoua la tête.

— Pas du tout. En fait, c'est en bien meilleur état que ce que je pensais. En voyant la liste de monsieur Sterling, je m'attendais à pire.

— Il est un peu trop perfectionniste, expliqua Kallie.

— Ah.

Kallie agita la main.

— Pas de « Ah ». Je suis sûre que tu vas bien te débrouiller.

Elle ouvrit et ferma les placards et les tiroirs de la cuisine.

— En même temps, tu n'as pas tort. Cet endroit n'a pas l'air si mal que ça. Il ne sent pas très bon, mais il n'est pas en mauvais état. Un peu d'eau de javel, un peu d'huile de coude et il pourrait vraiment rapporter de l'argent.

— C'est aussi ce que je pense.

Une pensée lui traversa l'esprit et il se mit à opérer quelques calculs rapides dans sa tête. S'il ne payait pas de loyer, il pourrait faire durer l'argent qu'il possédait pendant encore six ou peut-être huit semaines. Ce serait surement suffisant pour attendre la reprise de son job.

— Dites ! Vous pensez que monsieur Sterling serait d'accord pour passer un marché avec moi ?

Kallie se tourna vers lui et s'appuya contre le comptoir.

— Que voulez-vous dire ?

— Je suis à la recherche d'un endroit où vivre jusqu'à ce que mon emploi permanent redémarre. Vous pensez qu'il pourrait être intéressé pour échanger une chambre contre du travail ? Je pourrais rester ici jusqu'à ce que les rénovations soient finies ?

— Oh ! Je pense que le patron va vous adorer. Mignon, bricoleur et bon marché.

C'est exactement comme ça aussi que j'aime mes hommes. Mais il ne s'exprima pas tout haut. Il allait simplement garder ses vilaines pensées pour lui. Il ne cachait jamais sa sexualité et il était toujours honnête, mais Kallie ne lui avait posé aucune question. Mentalement, il s'administra une claque dans le dos. En général, son détecteur était plutôt mauvais, même dans les meilleurs jours.

— Donc, vous pensez qu'il sera d'accord ?

— Oui, je sais qu'il le sera. Bon sang, il pourrait même m'offrir une augmentation.

Elle sourit d'un air sûr d'elle.

— Mais quoi qu'il en soit, je suis en retard. Tout cela a pris plus de temps que je pensais, dit-elle en agitant ses ongles fantaisie vers lui pour lui indiquer ce qui l'avait accaparée pendant tout ce temps. Rapportez-moi votre liste de fournitures quand vous serez prêt, et je verrai ce que je peux déjà avoir de disponible pour demain.

Kallie se dirigea vers la porte.

— Oh, et faites comme chez vous avec les produits d'entretien. Ils sont sur une étagère, dans la réserve.

Après ça, elle quitta les lieux.

Murphy bondit sur le comptoir et s'assit en regardant autour de lui, puis il hocha la tête. C'était un endroit sympathique, avec un café toujours disponible en bas du petit escalier. Peut-être que si le loyer n'était pas trop élevé, il parlerait à monsieur Sterling pour signer un bail une fois que les rénovations seraient terminées. Sinon, il était certain de pouvoir trouver quelque chose de raisonnable ou quelqu'un qui serait à la recherche d'un colocataire. Quoi qu'il en soit, pour le moment, il n'y aurait pas de retour dans le Michigan la queue entre les pattes, pas même en pensée.

V

— BONJOUR à toi, lundi ! s'exclama Joe aussitôt que ses yeux s'ouvrirent.

Tout autoritaires qu'ils soient, ses amis ne pourraient pas le garder loin de son business, aujourd'hui. Il allait devoir faire quelque chose pour reprendre un peu de contrôle. Il ignorait encore comment, mais peut-être que ce nouvel employé jouerait sur le même terrain que lui et se tiendrait à ses côtés. Il en doutait, mais il pouvait toujours espérer.

Il se doucha, s'habilla et se retrouva dehors, tout ça en moins de quinze minutes. Son excitation accélérait son pouls et un grand sourire imbécile s'étirait sur sa figure alors qu'il prenait le chemin du café. En général, il appréciait sa promenade matinale et tranquille le long des rues vides ; mais aujourd'hui, il était simplement trop impatient de démarrer la journée et il décida de prendre son scooter à la place. Ce n'était pas comme s'il avait vraiment besoin de brûler des calories, ce matin, et vu son rythme de vie et sa manière de se masturber constamment en ce moment – merci à Murphy – Joe pouvait se permettre d'être un peu paresseux, pour une fois. Il était tellement impatient, bon sang !

Il se gara dans l'allée à l'arrière du commerce, descendit du véhicule et posa son casque sur le siège. Sa sacoche à l'épaule, il marcha jusqu'à l'entrée de service et déverrouilla la porte du fond. Il pénétra à l'intérieur, son sourire s'élargissant encore plus, et il referma la porte avec sa hanche.

— Bonjour, mon bon vieux *Kaffeinate* ! s'exclama-t-il en faisant tomber son sac sur le sol. Je t'ai manqué ?

Évidemment, personne ne lui répondit, mais ça ne découragea pas sa bonne humeur. Il adorait cet endroit. Kallie avait beau l'accuser d'être un drogué du travail, se retrouver entre les murs du *Kaffeinate* n'avait rien à voir avec le travail. Il aimait les gens – ceux qui y travaillaient et les clients qui y venaient – et l'odeur du café en train de couler. Il aimait absolument tout ce qui touchait à ce lieu et l'appréciait bien trop pour le considérer comme un simple job.

Dans la salle principale, il programma un mix de musique pour l'ambiance et remua ses fesses, dansant sur des rythmes sympathiques pendant qu'il démarrait la préparation du café et préparait la salle avant le rush matinal. En général, c'était le job de Kallie ; Joe aurait dû se trouver dans le bureau, à jongler avec les commandes, les factures et les paies, mais il n'en avait pas envie. Il se sentait en pleine forme et la dernière chose qu'il voulait c'était se retrouver coincé dans le minuscule bureau privé de fenêtre. Pas encore.

Stylo et bloc-note en main, Joe se tint devant les différents arômes, inventoriant les stocks. La musique le submergea et il savoura les ondes positives.

— Salut Joe.

Joe se retourna et faillit s'étaler la tête la première, son bloc-notes tomba sur le sol avec un bruit sourd quand il se mélangea les pieds pour se raccrocher au comptoir.

Une fois qu'il se fut rétabli, il posa une main sur son cœur qui battait comme un fou.

— Mon Dieu, Kallie. Tu as failli me provoquer une crise cardiaque.

— Désolée, je croyais que tu m'avais entendu entrer.

Elle dansa et se balança elle-même jusqu'à l'autre bout du comptoir.

— Jolie danse, patron.

Il plaça un bras autour de sa taille, se pencha et l'embrassa sur le haut du crâne.

— Arrête de me lécher les bottes. Toi et moi savons très bien que je n'ai aucun rythme.

— Je n'étais pas en train de te lécher les bottes. Tu t'améliores réellement.

En se dégageant de l'étreinte de Joe, Kallie ramassa le bloc-note et le lui tendit. Puis elle leur servit une tasse de café à chacun.

— En même temps, pourquoi est-ce que je te lécherais les bottes puisque tu m'es redevable ?

— Merci.

Il souffla sur sa tasse avant d'en prendre une gorgée.

— Et pour quelle raison, je te prie, te devrais-je quelque chose, cette fois-ci ?

Il pointa sur elle un doigt accusateur avant qu'elle puisse répondre.

— Et je t'interdis de dire que c'est pour m'avoir obligé à prendre des vacances. Je ne te remercie pas, et je ne te dois rien non plus pour ton chantage. Si j'étais un homme intelligent, je te mettrais dehors, la menaça-t-il derrière son mug.

Elle agita une main minuscule pour balayer ses propos.

— Mais tu es un homme intelligent. C'est la raison pour laquelle tu ne me renverras pas. À côté de ça, je parlais du marché que j'ai passé pour les rénovations. J'ai trouvé un bricoleur, il est bon marché et sexy.

Joe se déplaça de l'autre côté du bar pour la laisser faire – elle avait sa propre manière d'organiser les choses – et s'assit sur l'un des tabourets.

— Oh, oh, ça c'est mauvais pour Jeremy, dit-il.

— Jeremy n'a aucune inquiétude à avoir. J'ai juste dit qu'il était sexy, pas qu'il était mon type. Trop grand et trop négligé pour moi, mais…

Elle se retourna et écarquilla les yeux.

— Oh mon Dieu. C'est totalement le tien. Peut-être est-il gay ? Je devrais lui poser la question…

Joe leva les mains comme pour repousser cette horrible suggestion.

— Arrête ça tout de suite. Je peux déjà entendre les rouages grincer dans ta tête, et la réponse est non ! On s'était mis d'accord sur le fait que tu ne jouerais plus jamais aux entremetteuses.

— Mais…

— Tais-toi. En plus, je ne sortirais jamais avec quelqu'un qui bosse pour moi. C'est totalement…

Il plissa les lèvres.

— C'est juste pas possible. Je ne cherche pas à me caser, et le jour où ça arrivera, je me débrouillerai par moi-même. C'est compris ?

Kallie haussa les épaules et se détourna pour finir de préparer le comptoir.

— Fais comme tu veux.

Les mots donnaient peut-être l'impression qu'elle ne tenterait rien, mais son ton malicieux rendit Joe nerveux. Elle allait découvrir la sexualité de ce nouveau gars dès qu'elle en aurait la possibilité, et s'il était gay, que le ciel vienne en aide à Joe.

— Je n'arrive pas à croire que tu aies embauché quelqu'un pour rénover l'appartement sans m'en parler avant. Tu aurais vraiment dû me consulter.

— Pourquoi ? Tu en parles depuis des mois, lança-t-elle. Je t'ai juste aidé à épurer ta liste de choses à faire. Je sais à quel point tu aimes les listes.

— Mais je t'avais dit que j'allais m'en occuper.

— Sérieusement, Joe ? Quand aurais-tu trouvé le temps pour le faire ? Et puis, quand tu vas découvrir le prix qu'il te coûte, tu vas probablement vouloir m'offrir une augmentation, affirma-t-elle, les mains sur les hanches, en se pavanant avec un grand sourire de satisfaction.

— Combien ?

— C'est gratuit.

Joe la fixa bouche bée. Il avait dû mal entendre.

— Non, sérieusement. Combien ?

Kallie se pencha au-dessus du bar et tira sur son oreille gauche pour attirer son visage jusqu'à elle.

— Gratuit, lui répéta-t-elle dans l'oreille. Du moins, en ce qui concerne les travaux.

— Comment est-ce possible ?

Kallie lui tapota la joue et retourna à ses préparatifs matinaux.

— Il cherchait un endroit où loger, donc il est prêt à faire le job tant que tu te procures les fournitures et qu'il peut vivre dans l'appartement pendant les travaux.

Joe la fixa encore.

— Tu as embauché un SDF ?

— Tu as un problème avec les SDF ?

— Eh bien… non… C'est juste que…, bafouilla Joe.

Il ignorait ce qu'il avait eu l'intention de dire, mais la pensée de Kallie récupérant un homme au hasard des rues n'avait rien de correct.

— OK, détends-toi. Aucun SDF ne m'a suivi jusqu'à la maison, et je n'étais pas en train de draguer dans le parc non plus.

Kallie leva les yeux au ciel.

— Est-ce que tu peux me faire confiance sur ce coup-là ? Je te promets qu'il a des qualifications. Il va faire un super boulot, j'en suis sûre.

Joe soupira tristement.

— Est-ce que j'ai le choix ?

— Non.

— Quel est son nom ?

— Eugene. Il sera là à dix heures. Maintenant, file faire ton boulot de patron et laisse-moi finir de tout préparer.

— Comme si j'étais le patron, ici, maugréa Joe. Rappelle-moi pourquoi je supporte que tu passes ton temps à me donner des ordres ?

— Parce que tu m'aimes. Elle se pencha par-dessus le comptoir et lui planta un baiser sur le nez. Et parce que j'ai toujours raison.

— Ouais, en général, concéda-t-il, avant de lever le doigt. Mais uniquement quand il est question du *Kaffeinate*, pas de ma vie amoureuse. Alors, promets-moi que si cet Eugene est gay, tu n'essaieras pas de le pousser dans mes bras.

40

Kallie lui fit une moue impressionnante, qui devait probablement mettre tous les hommes à ses pieds en promettant de faire tout ce qu'elle voulait. En général, elle n'avait même pas besoin de bouder, seulement de battre des cils et Jeremy lui tombait dans les bras. Mais Joe n'était pas comme les autres, il n'était pas attiré par ce qu'elle proposait, et il était capable de faire preuve d'une sacrée volonté quand elle en venait à ses pratiques boudeuses et adorables.

— Promets-le, répéta-t-il.

Kallie leva les mains en signe de défaite.

— Très bien. Maintenance, ouste. J'ai du travail qui m'attend et toi également. Non, mais t'as entendu ? Je suis une poète qui s'ignore !

La sonnette au-dessus de la porte se mit à tinter et Joe tourna la tête et vit Doc entrer. Même s'ils n'ouvraient jamais avant cinq heures, Joe laissait toujours la porte ouverte, sachant que son vieil ami se montrait en général un quart d'heure avant l'ouverture.

— Bonjour Joe.

— Salut Doc, dit Kallie. Est-ce que tu peux dire à Joe que je suis un vrai poète ?

Doc pris place sur le tabouret près de Joe.

— J'ignore de quoi tu parles. Je sais juste que tu es une petite impertinente.

— Ah ! En voilà un qui ne se laisse pas marcher sur les pieds !

Kallie lui tira la langue.

— Là-dessus, je vous laisse. J'ai du boulot.

Joe attrapa son café et se releva. Il tapota le bras de Doc.

— Bonne matinée. Crie si tu as besoin d'aide, dit-il à Kallie, avant de se diriger vers son bureau.

Kallie lui fit un geste de la main avant de servir Doc. Joe partit en direction de la cuisine et trouva madame Williams en train de décharger ses roulés sucrés.

— Bonjour à vous, beauté, la salua-t-il.

— Bonjour, Joseph. Comment étaient vos vacances ?

— Horribles. Tout le monde m'a manqué, surtout vous, ma Gracie, lui dit Joe.

Il fit glisser ses bras autour de sa taille rebondie et la fit tournoyer.

— Dansez avec moi.

Madame Williams plaça sa main dans la sienne et l'autorisa à la faire virevolter en riant. Joe la connaissait depuis très longtemps. Grace Williams était l'une des principales raisons pour lesquelles il voulait posséder son propre commerce. L'un de ses souvenirs les plus tendres, c'était ses visites du samedi matin dans la pâtisserie des Williams avec ses parents. Le fait qu'il obtienne toujours un roulé sucré tiède et gluant quand il s'y rendait ne représentait qu'une partie de son plaisir : à côté de cela, il y avait les parfums, la camaraderie des membres du voisinage qui venaient régulièrement, comme lui et sa famille, et la bonne humeur de madame Williams avec son sourire communicatif.

Quand monsieur William était mort, Grace avait décidé de revendre l'endroit à Joe et de se retirer. Cependant, elle était incapable d'arrêter de cuisiner. Et heureusement pour Joe, car sa présence autant que ses délicieuses créations jouaient un rôle important dans le succès du *Kaffeinate*.

Tout en riant, Grace le frappa gentiment.

— Rends-moi ma liberté, mauvais garnement. J'ai encore du travail à faire, et toi aussi.

— Pourquoi les femmes de ma vie doivent-elles toujours me dire ce que je dois faire ? Et la vraie question c'est : pourquoi est-ce que je me sens forcé de leur obéir ?

— Parce que nous avons toujours raison et nous savons ce qui est le mieux pour toi, répondit Grace avec un immense sourire qui creusa des petites rides au coin de ses yeux.

— Vous avez encore parlé avec Kallie, l'accusa-t-il.

— Je lui ai tout appris.

— Je suis destiné à échouer avec vous deux, plaisanta-t-il et il l'embrassa sur la joue avant de lui obéir.

Il l'entendit glousser même après avoir refermé la porte de son bureau.

Il y avait beaucoup de choses pour le tenir occupé, incluant du retard dans sa paperasserie, l'une des choses qu'il aimait le moins dans la gestion de son commerce. Malgré tout, les points positifs rattrapaient les aspects négatifs, alors il n'allait pas se plaindre. Il avait vraiment besoin d'apprendre à se tenir à jour régulièrement, pour ne plus passer des heures penchées au-dessus de son bureau, chaque mois. Mais ça ne risquait pas d'arriver. Il se le disait depuis des années et gardait quand même du travail à faire à la dernière minute.

Son estomac se mit à gronder et Joe leva les yeux sur l'horloge, surpris qu'il soit déjà plus de neuf heures.

— Le temps passe si vite quand on s'amuse, se dit-il sur un ton sarcastique.

Joe se leva de sa chaise et étira ses bras au-dessus de sa tête, et son dos protesta contre les contraintes imposées à grand renfort de craquements. Il ratait rarement le petit déjeuner, merci aux femmes dominatrices de sa vie. Kallie et Grace ne l'auraient pas permis. L'activité avait vraiment dû être terrible ce matin-là pour qu'elles oublient de lui apporter quelque chose.

Il sortit de son bureau et heurta quelque chose qui ressemblait à un mur de briques.

— Putain de m...

Les mots moururent sur sa langue quand il réalisa que ce n'était pas un mur, mais...

— Murphy ! Oh mon Dieu ! Mais qu'est-ce que tu fiches ici ? Je veux dire, c'est bon de te voir, mais je ne m'attendais pas à te revoir. En particulier ici.

Joe, confus et ravi, pencha la tête sur le côté et baissa les yeux sur Murphy.

— Sérieusement, qu'est-ce que tu fais ici ?

Murphy l'observa en clignant des yeux, aussi étonné que Joe alors que le choc de ce dernier virait rapidement en excitation quand des images de son corps nu explosèrent dans sa tête. Les genoux de Joe se transformèrent en caoutchouc et il s'agrippa à la porte pour se soutenir, en espérant que Murphy ne noterait pas le soudain renflement entre ses cuisses.

— Et bien ?

— Kallie m'a demandé d'être là à dix heures pour rencontrer le patron. Et toi ? Quelle est ton excuse ?

— Je suis le patron.

Ses traits confus se muèrent en une expression prudente.

— Qu'est-ce que tu entends par « Le patron » ?

— Que cet endroit m'appartient comme dans « j'en suis le propriétaire ainsi que de l'appartement à l'étage. »

Toute couleur quitta le visage de Murphy.

— Tu essayes de m'avoir, là ?

Non, mais j'adorerais que toi, tu essayes. Ils se tinrent l'un devant l'autre sans se quitter du regard, le corps de Joe vibrant de désir. Il avait espéré revoir Murphy, peut-être même avait-il un peu prié pour avoir la chance de refaire quelque chose qui lui arrivait rarement – coucher deux fois de suite avec la même personne. Cependant, quand il avait réalisé qu'il ignorait son nom, son numéro de téléphone et son adresse, il s'était dit qu'il était peu probable que ça lui arrive. Et voilà que Murphy était là, en chair et en os, plus sexy encore que dans ses souvenirs.

À ce moment précis, Kallie tourna au coin du couloir et son visage s'illumina quand elle vit Murphy.

— Oh ! Je vois que tu viens de faire la connaissance de notre nouvel employé : Murphy !

— Kallie ?

La voix de Joe sonna comme un couinement et il avala sa salive avec difficulté pour l'éclaircir.

— Tu m'as dit que tu avais recruté une personne du nom d'Eugene.

Murphy lui tendit la main.

— Eugene Murphy. Mais ne t'avise pas de m'appeler Eugene ou pire encore : Gene.

Le regard de Kallie passa de l'un à l'autre.

— Est-ce que vous vous connaissez déjà, tous les deux ?

— Non, répondit Murphy, brusquement.

Il libéra sa main et recula.

— Maintenant, si vous voulez bien m'excuser, j'ai besoin d'aller aux toilettes.

En fronçant les sourcils, Kallie se tourna vers lui et le regarda s'éloigner.

— Qu'est-ce que tout cela signifie, au juste ?

Joe haussa les épaules.

— Je sortais du bureau quand je lui suis rentré dedans. J'imagine que ça ne lui a pas plu.

Elle plissa les yeux.

— Étrange. Il avait l'air cool. Totalement décontracté et…

Ses yeux s'agrandirent et elle commença à rire.

— Tu n'as pas pu t'en empêcher, n'est-ce pas ? Je t'avais dit qu'il était sexy.

— Quoi ?

— Tu l'as dragué, et je dirais que, vu sa réaction, nous connaissons ses préférences, maintenant !

Oui, il aime les préservatifs, il aime être actif et il ne fait pas de câlins. Il s'abstint de formuler cette information tout haut.

— Non, Kallie. Je ne l'ai pas dragué.

Ce n'était pas totalement un mensonge puisqu'il ne venait pas de le draguer à l'instant, et il n'allait pas lui parler de ce qui s'était passé quand il lui avait fait du rentre-dedans quelques nuits auparavant. Il ne pensait pas qu'elle apprécierait d'entendre parler de tous les détails chauds, sales et humides qui rendaient ses fesses encore douloureuses.

L'expression de Kallie montrait clairement qu'elle ne le croyait pas, mais elle n'insista pas.

— C'est un homme bien, et il a besoin de travailler. Alors essaie de contrôler tes pulsions, hum ?

Joe lui fit sa mine la plus innocente.

— Je ferai tout mon possible pour garder la bête sous contrôle.

Ses tentatives n'eurent pas le succès escompté – elle haussa un sourcil et agita un doigt délicat sous son nez.

— Tu te souviens de ce que tu as dit ? Je te cite « Baiser les employés, c'est mauvais. » Alors tu gardes ta « bête » dans ton pantalon.

Trop tard. En repoussant le souvenir de Murphy en train de l'envoyer au septième ciel, il enroula ses mains sous ses bras et se courba en avant comme un singe.

— Baiser les employés : mauvais. Joe : gentil.

Il alla même jusqu'à sautiller sur place et imiter de façon pitoyable le cri d'un singe, qui sonna plus comme celui d'un écureuil.

Elle lui tapota l'épaule.

— Bon garçon. Et maintenant, va te trouver une autre banane à renifler.

Tout en riant, Joe retourna tranquillement dans son bureau, sa joie disparaissant peu à peu lorsque des images du corps nu de Murphy lui revinrent en mémoire, en couleur et en haute définition. C'était voué à l'échec. Il s'appuya contre le mur, ferma les yeux et songea à la manière dont Murphy l'avait regardé avec convoitise quand Joe était à genoux devant lui. Sa queue se mit à gonfler et il ravala un gémissement. Il avait espéré renouveler l'expérience avec Murphy, car, honnêtement, se faire baiser par ce mec rude et costaud ne pouvait entraîner qu'une répétition. Mais Seigneur ! Il n'aurait jamais imaginé qu'il logerait juste au-dessus de sa tête et qu'il travaillerait pour lui. *Méfie-toi de ce que tu souhaites.*

Les choses pouvaient tourner vraiment bien. Ou devenir carrément mauvaises.

VI

— C'EST MAUVAIS, vraiment mauvais.

Murphy s'appuya contre la porte de la salle de bain et se frotta le visage des mains.

Dans une ville de la taille de Tampa, combien y avait-il de chances pour qu'il tombe sur Joe et travaille pour lui ? Apparemment, les probabilités étaient diablement bonnes, surtout si l'on considérait qu'il se tenait actuellement dans la salle de bain qui appartenait à son nouveau patron – Joe !

Très bien, ressaisis-toi, mec. OK, vous avez couché ensemble. C'était juste du sexe. Ça n'a rien à voir avec le boulot.

Murphy hocha la tête. Il pouvait le faire. Ce n'était pas comme s'ils étaient dans une relation de couple. Ils avaient juste couché ensemble une fois. Ça ne signifiait pas que ça risquait de se reproduire ou d'interférer avec le travail. Il s'éloigna de la porte, se dirigea vers le lavabo et ouvrit les robinets, éclaboussant son visage d'eau froide avant de faire courir ses doigts humides dans ses cheveux pour les lisser en arrière.

Il hocha de nouveau la tête, cette fois devant son propre reflet.

— Tu peux le faire. Tu dois le faire.

Se sentant plus confiant, Murphy sortit de la salle de bain et se dirigea vers le bureau de Joe. Il se tint debout derrière la porte close et prit une grande inspiration. Il ignorait pourquoi son cœur menaçait de bondir hors de sa poitrine et ses genoux tremblaient autant.

Parce que tu te comportes comme une chochotte barbante.

— La ferme, répondit-il à son ennuyeuse voix intérieure.

Être une chochotte barbante n'avait rien à voir avec le fait d'être nerveux, et tout à voir avec celui de se sentir excité, et il pouvait bien se rabâcher toutes les paroles d'encouragement possibles, ça ne l'aiderait pas. Ça paraissait peut-être bon comme ça, mais ça ne voulait rien dire. Si Joe lui faisait du rentre-dedans, Murphy serait incapable de résister, c'était certain. *Je vous en prie, ne laissez pas Joe me réclamer quoi que ce soit.* Murphy était tout simplement dingue de son patron grand et sexy. *Mon patron !*

— Arg.

Il s'était mis à avoir une érection à l'instant où il avait réalisé contre qui il s'était heurté. Si Joe le touchait ou lui offrait ce sourire espiègle encore une fois, il serait incapable de se concentrer sur les plans de rénovation. Il serait bien trop occupé à essayer de trouver un moyen de le débarrasser de ses vêtements pour le courber sur le bureau et le prendre juste là.

Putain, les sensations que son cul serré donnait à ma queue. Murphy ravala un gémissement, puis respira profondément une ou deux fois pour reprendre le dessus sur le désir incontrôlable qu'il ressentait. Son nouveau mantra ne cessait de jouer encore et encore dans sa tête – *tu peux le faire. Tu dois le faire.* – jusqu'à ce qu'il commence à le croire. Il prit encore une dernière inspiration, la relâcha lentement et frappa.

— Entrez, c'est ouvert.

Murphy tourna la poignée et ouvrit la porte. Sa mâchoire faillit toucher le sol et sa respiration s'accéléra à la vue de Joe, penché en arrière dans son siège, les pieds posés sur son bureau, décontracté, calme et serein – tout ce que Murphy n'était pas. Eh bien sûr, Joe arborait ce satané sourire qui courbait sa lèvre supérieure. Mais ce n'était pas l'expression pleine d'aisance ou le sourire suffisant qui firent réagir Murphy aussi fortement. C'était plutôt l'énorme chapiteau sur le devant de son short que le bâtard ne cherchait même pas à dissimuler.

— Je... heu... Je... Murphy se racla la gorge et fit un autre essai. Donc, oui, à propos des rénovations.

Le sourire de Joe s'agrandit. Il posa ses pieds sur le sol et se releva avant de mettre ses mains sur ses hanches, ses longs doigts venant encadrer son impressionnante érection.

— Est-ce que tu veux vraiment parler de ça maintenant ?

Le soupçon de malice dans ses yeux gris fit tressaillir la queue de Murphy, et des pensées totalement inappropriées se mirent à tourbillonner dans sa tête. Il avala sa salive en essayant de rester concentré, mais avec la voix suggestive de Joe et sa queue impressionnante sous ses yeux, le cerveau de Murphy était brouillé.

— Peut-être une autre fois. Ce serait mieux.

Il fallait qu'il sorte de là. Murphy se détourna, mais Joe retint son poignet pour l'empêcher de sortir.

— Il n'y a jamais meilleur moment que le moment présent. C'est ce que je dis toujours. Et j'ai un problème très gros et très dur qui requiert l'attention immédiate d'un bon bricoleur.

Joe se pressa dans le dos de Murphy.

— C'est tellement bon de te revoir.

Son souffle chaud lui chatouilla la nuque.

Murphy frissonna.

— Je ne pensais pas dire ça un jour, mais j'ai vraiment besoin de ce job. Plus que de baiser.

Un grondement profond s'échappa de Joe et il posa sa main sur l'estomac de Murphy.

— Personne n'a dit que tu ne pouvais pas avoir les deux. Le boulot est pour toi, si tu le désires. Mais j'étais en train de penser qu'avant que les choses ne deviennent officielles, on pouvait se faire une répétition de vendredi dernier.

Il poussa son nez dans le cou de Murphy.

— Je ne suis pas encore ton patron, Murphy. À côté de ça, tu me veux et je te veux. Alors je dis que nous devrions relâcher un peu de cette pression qu'il y a entre nous. On parlera des rénovations quand on sera détendus et moins focalisés sur nos sexes respectifs.

Murphy tenta de se souvenir pourquoi c'était une mauvaise idée, mais la main de Joe se mit alors à descendre, ses doigts effleurèrent l'extrémité de son sexe ultra-sensible, et il ne put trouver une seule bonne raison de refuser sa proposition.

Avant même d'y penser, il se retourna, agrippa le visage de Joe entre ses mains et captura ses lèvres attirantes dans un baiser douloureux. Joe gémit et referma son poing dans les cheveux de Murphy. L'arrogant bâtard n'avait même pas l'air surpris. Murphy aurait pu trouver ça insultant, mais il n'arrivait pas à s'en inquiéter. Pour l'instant, il avait d'autres préoccupations. Des préoccupations plus dures. Chaudes et humides.

Désireux de manifester un peu sa domination, Murphy mit fin au baiser et repoussa Joe.

— Qu'est-ce que les gens vont penser quand ils verront le patron sortir d'ici en boitant ?

Les yeux de Joe se plissèrent. À sa plus grande satisfaction, il lui montra qu'il ne se souciait pas de ce que son personnel pouvait penser sur sa capacité à marcher ou non. Il repoussa Murphy, le coinça contre le mur et reprit sa bouche dans un autre baiser torride. Pendant une minute, Murphy lui laissa croire qu'il avait le contrôle, satisfait qu'il prenne les choses en charge pendant qu'il profitait de la chaleur de son corps contre le sien, et de sa saveur sur sa langue. Puis toutes pensées cohérentes s'envolèrent, et quand

Joe tomba à genoux et lécha son érection à travers son pantalon, Murphy oublia pourquoi il s'était inquiété de savoir qui contrôlait la situation.

— Oh oui, grogna-t-il.

Joe lui sourit en levant les yeux, pendant que ses longs doigts talentueux étaient occupés à défaire le pantalon de Murphy.

— J'espérais avoir une autre chance de pouvoir te goûter.

En soutenant le regard de Murphy, Joe descendit sa fermeture éclair et tira sur son pantalon et ses sous-vêtements. Plutôt que de la prendre dans sa bouche, il fit courir le bout de son doigt sur toute la longueur de sa verge.

Murphy voulait plus, il avait besoin de plus. Il se cambra, poussant son sexe dans la main de Joe.

— Vas-y. Arrête de me taquiner et suce-la.

Une main autour des bourses de Murphy, Joe se pencha et pressa ses lèvres sur la queue de Murphy.

— Toujours aussi autoritaire, n'est-ce pas ?

— Oui, mais tu n'avais pas de problème avec ça, l'autre soir. Maintenant, ferme-la et mets-toi au travail.

Joe lâcha un rire diabolique, mais avant que Murphy puisse s'interroger sur sa signification, il avala son gland et referma ses lèvres autour, en le suçant durement.

Murphy laissa échapper un son étranglé quand Joe enfonça sa langue dans la petite fente.

— Oh oui, juste comme ça.

Mais apparemment, Joe avait d'autres plans. Il lui adressa un clin d'œil, et plutôt que de se concentrer sur l'extrémité, il engloutit sa hampe entièrement, jusqu'au fond de sa gorge, et Murphy ne put rien faire d'autre que pousser et gémir et bafouiller comme un idiot pendant plusieurs secondes jusqu'à ce que ses jambes commencent à trembler, en menaçant de céder. Murphy noua ses doigts dans les cheveux de Joe, tenant bon, bloquant ses propres jambes. Il n'y avait pas moyen qu'il prenne le risque de tomber et de perdre cette bouche chaude et mouillée. Il avait déjà oublié ses projets de pencher Joe sur son bureau, et bien trop tôt à son goût, il se mit à éjaculer au fond de sa gorge. Il lui fallut chaque parcelle de volonté pour ne pas rugir de plaisir. Il se mordit les lèvres, l'étincelle de douleur fut suffisante pour l'aider à retenir ses cris pendant qu'il tremblait à travers chaque impulsion de son orgasme.

À la seconde où Joe recula et où le membre de Murphy glissa hors de sa bouche, ses genoux lâchèrent. Il dut utiliser le mur pour se soutenir et pour ne pas s'écrouler sur le sol.

— Bon sang, j'avais vraiment besoin de ça, dit-il en se mettant à rire. Donne-moi une seconde et je te jure que je pourrai te coucher sur ton bureau.

— Désolé. Pas le temps. À côté de ça…

Plutôt que d'élaborer, Joe fit un signe de tête en direction de son érection.

Murphy jeta un œil plus bas. Son short était défait, son sexe à demi dur était exposé, sa main était toujours drapée autour, l'autre couverte de sperme. Murphy eut un sourire narquois en songeant au manque de contrôle de Joe, mais plutôt que de le dire tout haut, il tomba à genoux, l'attira à lui et l'embrassa bruyamment. Pour quelle raison ? Murphy n'en avait pas la moindre idée, et il n'allait pas perdre de temps à y songer maintenant. Tout comme il allait continuer à ignorer les papillons qu'il sentait frémir dans son ventre, ou la manière dont son cœur s'était mis à battre en revoyant Joe.

Oui, il allait ignorer tout cela.

Oui.

En se remettant sur ses pieds, il jeta un coup œil autour de lui dans le bureau en désordre, et trouva une boîte de Kleenex sur une étagère. Il tira sur son pantalon, se rhabilla et boucla sa ceinture avant d'attraper les mouchoirs.

Il les jeta à Joe.

— Comme tu m'as nettoyé, j'imagine que c'est la moindre des choses que je te rende la pareille.

Joe rattrapa facilement.

— Merci, mais j'ai l'impression d'avoir tiré à la courte paille et d'avoir perdu, dans cette histoire.

Murphy ouvrit la bouche pour lui dire qu'il se rattraperait plus tard, mais il la referma brutalement. Pas moyen qu'il se fasse piéger et craque pour qui que ce soit. *Éviter les complications.*

— Ils sont très doux et absorbants. J'aurais pu avoir ces feuilles rêches et pas chères qui grattent les fesses. Alors, estime-toi heureux.

Joe se mit à rire pendant qu'il se nettoyait, puis il se releva et remit son sexe mou dans son short avant de le refermer.

— Tu as raison.

Un silence embarrassant s'installa entre eux, étouffant la joie que Murphy avait ressentie juste avant.

— Donc, heu… oui. Et si nous discutions des travaux autour d'une tasse de café ? Tu sais, à l'intérieur du café.

Murphy ne pensait pas pouvoir supporter la proximité de Joe une seconde supplémentaire. Ça commençait déjà à devenir étrange.

Joe l'étudia un long moment puis hocha la tête. Il jeta le Kleenex dans la poubelle puis ouvrit la porte.

— Je vais pisser. Je te verrai là-bas.

Incapable de croiser son regard, Murphy sortit du bureau. Une fois dans le couloir, il s'arrêta, dos à Joe. Il n'osait pas le regarder.

— Tu veux que je te commande quelque chose ?

Le manque de contrôle dont il faisait preuve à proximité de Joe commençait à l'effrayer.

— Non merci. Je te vois plus tard.

Les pas de Joe résonnèrent derrière lui, puis le bruit de la porte. À ce moment-là seulement, Murphy osa carrer les épaules et il se força à avancer un pas après l'autre, refusant d'accorder trop d'attention au tremblement dans ses jambes ou au sourire sur son visage qui était totalement dû à Joe. *Que ce satané bâtard sexy aille en enfer !*

VII

COMMENT MURPHY réussit à tenir une heure entière en écoutant Joe, assis en face de lui, ça allait au-delà de l'entendement. Peut-être était-ce sa nature entêtée ou le fait que Joe l'effrayait un peu. Dans tous les cas, il y était parvenu. Une fois les plans précisés, sa liste en main, Murphy fonça hors du café et s'enfuit vers sa chambre d'hôtel aussi vite qu'il le put.

Il essaya de se convaincre que c'était parce qu'il devait libérer sa chambre avant qu'on ne lui facture une autre journée, mais c'était une piètre excuse. Il s'était enfui parce qu'il était un lâche.

— Oh mon Dieu, grogna-t-il en s'asseyant sur le matelas dur et bosselé. Pourquoi, par tous les saints, Joe devait-il être cette personne-là ?

Qu'avait-il fait pour fâcher l'univers au point qu'il se retrouve à travailler maintenant pour un homme rencontré dans un bar ? Ce n'était pas le pire, parce que non content d'avoir découvert qui était Joe, il n'avait pas pu s'empêcher d'enfoncer sa queue dans sa gorge. Dans son propre bureau, rien de moins.

Murphy posa ses coudes sur genoux et baissa la tête. Il était totalement baisé, et pas dans le bon sens du terme.

Après sa rupture avec Dylan, il s'était juré qu'il n'essayerait même plus de revoir quelqu'un au-delà de la première nuit jusqu'à ce qu'il ait fini ses cours, trouvé un bon boulot et qu'il se sente financièrement en sécurité. Murphy refusait de laisser quelqu'un l'empêcher d'accéder à ses rêves, et de se sentir coupable pour ça. Il avait terminé ses études, trouvé un travail potentiel, cependant il était encore loin d'avoir atteint son troisième objectif. Il était fauché. Il aurait dû être en train de courir dehors pour chercher un endroit où loger et un autre job provisoire, mais pour une raison étrange, il n'arrivait pas à bouger.

Il y avait quelque chose à propos de Joe qui l'attirait comme la flamme attire le papillon. C'était dangereux, ça n'avait aucun sens et pourtant il était bien là à s'agiter sans raison. Peut-être que cela n'avait rien à voir avec Joe, mais tout à voir avec sa libido hors de contrôle. Il avait déjà prouvé à quel point il possédait peu de volonté sur lui-même : il lui avait été impossible de tourner les talons et de sortir du bureau de Joe. Par contre, il n'avait eu aucune difficulté à baisser son pantalon et à exploser sans une hésitation.

Ce qui le rendait dingue, c'était la pensée que c'était plus qu'une simple attirance sexuelle qui l'avait poussé à ne pas s'enfuir. Et ressentir ce genre de choses pour quelqu'un le terrifiait au-delà de tout. Rien de bon ne pouvait en sortir ni pour l'un ni pour l'autre.

Mais apparemment, il se fichait des conséquences parce qu'il venait d'accepter de travailler pour Joe.

En grognant, Murphy retomba sur le dos, les mains pressées sur ses yeux.

— Tu es un imbécile.

Il s'était permis de se laisser tenter par l'idée d'avoir une relation sexuelle au-delà d'un coup d'un soir. Ça paraissait une bonne et une mauvaise idée à la fois. Ce qui l'énervait vraiment, c'était qu'il était en train de faire une montagne de rien du tout. Parce qu'honnêtement, Joe n'avait peut-être rien à voir avec les types collants et chouineurs que Murphy avait toujours croisés par le passé.

Il paraissait raisonnable, mentalement stable – du moins, il l'espérait – et sympathique. En vérité, Murphy n'arrêtait pas de se dire que Joe ne souhaitait peut-être rien d'autre qu'une bonne partie de jambes en l'air. Que peut-être, juste pour cette fois, il n'aurait pas à souffrir d'une rupture embarrassante ou d'un énième sentiment de culpabilité après avoir quitté un job pour un autre, un nouvel appartement ou un nouveau mec !

C'est ça. Il était en train de monter toute cette histoire en épingle alors que c'était inutile. Kallie avait dit que Joe était un vrai bourreau de travail. Il n'était probablement pas à la recherche d'une relation, et il n'en avait pas le temps non plus. Non, pas « probablement ». Joe, comme ce job, n'était que provisoire.

Murphy se remit sur ses pieds et se rendit dans la salle de bain pour rassembler son nécessaire de toilette.

Afin d'être sûr de rester du bon côté de la barrière, il décida qu'il n'y aurait plus de sexe, rien, zéro, que dalle. Pas avec Joe. C'était bon, vraiment bon pourtant, mais ça ne voulait pas dire qu'il ne pouvait pas se trouver un autre étranger sexy et aussi excité, avec qui il se ferait plaisir quand il en aurait envie. Ça n'avait pas forcément à être Joe aussi longtemps qu'il resterait son patron, voilà tout.

Satisfait de ses nouvelles résolutions, il se brossa les dents et s'éclaboussa le visage à l'eau froide, puis il déambula dans la chambre pour rassembler ses maigres possessions.

DORMIR SUR un matelas dur et bosselé n'était pas l'idéal, mais s'assoupir dans un sac de couchage à même le sol décuplait l'aspect négatif de la situation. Qui s'en souciait puisque c'était gratuit ? Murphy n'allait pas (trop) s'en plaindre.

Il étira ses bras au-dessus de sa tête, grognant quand la douleur au bas de son dos explosa dans toute sa colonne vertébrale. Il lui fallut pas mal d'étirements et une bonne douche brûlante avant que la douleur ne s'apaise et qu'il soit prêt à démarrer.

Aujourd'hui était le jour de démolition. Il adorait détruire des choses. Mais avant ça, il lui fallait un café !

Habillé d'un débardeur et d'un short – il apprenait les codes vestimentaires de la Floride vraiment vite –, Murphy descendit bruyamment les marches. Un souffle chaud le salua à son arrivée dans la rue. Il avait encore des difficultés à supporter la chaleur, mais il commençait à s'y habituer. Les matins chauds et humides ? Toujours pas. Mais peut-être que BMC possédait une équipe de nuit. Travailler pendant la nuit plutôt que sous un soleil de plomb lui semblait beaucoup plus malin. Oui, il était déjà en train de pleurnicher, mais bon Dieu, est-ce qu'il fallait vraiment qu'il fasse aussi chaud dès sept heures du matin ? L'idée de prendre une tasse de café chaud le rendait légèrement nauséeux, mais son besoin en caféine balaya sa gêne.

Murphy hésita, la main sur la porte, plus très sûr de vouloir entrer dans le *Kaffeinate*. Il avait confiance en sa détermination de ne plus coucher avec Joe, mais il n'était pas certain de pouvoir encore tester sa volonté. Il scanna le café : les clients occupaient la majeure partie des tables et des tabourets, et beaucoup se tenaient en file indienne près du comptoir. Kallie était en train de bavarder et passait d'un client à l'autre dans ce qui paraissait être une danse irrégulière. C'était assez drôle à regarder, et pour ajouter au plaisir de Murphy – ou à son grand soulagement – il n'y avait aucune trace du propriétaire. Il ouvrit la porte et pénétra à l'intérieur.

Il se plaça dans la file, derrière deux hommes d'un certain âge en costume. Il n'arrivait pas à s'imaginer devoir en porter un pendant l'été caniculaire. Ce devait être une véritable torture. *Les malheureux.*

— Bonjour, mon rayon de soleil, lui dit Kallie avec un grand sourire comme Murphy s'approchait du comptoir. Tu sais que tu n'as pas à faire la queue. Tu es le bienvenu si tu veux venir te servir une tasse.

— Oui, mais dans ce cas-là, je n'aurais plus le plaisir d'avoir une belle femme pour s'occuper de moi.

— Oh, quel charmeur ! Est-ce que tu as tout ce qu'il te faut pour commencer ce matin ?

— Tout ce dont j'ai besoin se trouve juste ici.

Murphy leva les mains et agita ses doigts.

— Enfin ça et une grande tasse de café noir.

— Là-dessus, je peux t'aider.

Murphy sortit quelques billets de sa poche et les posa sur le comptoir.

Kalie revint avec un mug et le déposa devant lui. Elle repoussa l'argent vers lui.

— Les cafés gratuits font partie des avantages de la maison. Attrape un tabouret et je vais aller te chercher un roulé.

— Ça n'est pas nécessaire.

— Ce n'était pas une question. Tu ne peux pas travailler avec un estomac vide.

Avant que Murphy puisse protester, Kallie plaça une assiette devant lui et se déplaça pour remplir d'autres tasses. D'autres personnes attendaient derrière lui alors Murphy n'eut pas le choix. Il remit son argent dans sa poche et prit son café et son petit déjeuner pour les emporter vers un tabouret disponible au bar.

Il mordit distraitement dans sa pâtisserie tout en sortant son portable de sa poche et en faisant défiler ses emails. Un ou deux de maman – il lui répondrait plus tard. Un de Dylan – effacer. Une tonne de spams – effacer, effacer, effacer. Malheureusement, rien de BMC, pas même un appel en absence. Il termina son petit déjeuner en disputant quelques parties de Candy Crush.

— Une autre tasse de café ?

— Merci Kallie. J'adorerais, mais par cette chaleur, je ne sais pas si je pourrais le supporter.

Murphy n'avait pas levé les yeux de son jeu.

— Tu devrais essayer le café frappé.

Il sursauta, son téléphone tomba sur le comptoir avec un bruit sourd, et il leva les yeux sur le visage souriant de Joe. Et bon sang. Voilà que cette voix rauque était en train de produire toutes sortes de réactions en chaîne dans son corps, des choses qu'il ne souhaitait vraiment pas voir se produire. Honnêtement, ça lui tapa sur les nerfs.

Son irritation était suffisante pour étouffer son désir et il saisit la conversation au vol.

— Un café frappé ? Ça a l'air dégoûtant.

— Pourquoi ? Je croyais que tu aimais le café ?

— C'est le cas, mais quand il est chaud, précisa Murphy.

— Attends une seconde., dit Joe avant de se diriger vers la salle de préparation.

Murphy refusa de laisser son regard descendre plus bas que l'arrière de sa tête. Il refusait de se laisser aller à ses désirs charnels. Pas avec Joe. Peut-être qu'il était temps pour lui de retourner dans les clubs, pour y trouver un cul bien étroit, et baiser au point d'évacuer hors de sa tête toute pensée de Joe Sterling. Il devait y avoir des quantités d'autres corps sensuels. C'était la Floride, après tout. Son humeur devenant amère, Murphy attrapa son portable, l'éteignit et l'enfonça dans sa poche, ses mouvements devenant colériques et saccadés.

— Qu'est-ce qu'il compte faire, de toute façon ?

— Te prouver quelque chose, dit Kallie en haussant les épaules. Tu t'habitueras.

Murphy en doutait. Il n'avait pas l'intention de traîner plus longtemps que nécessaire autour de Joe au point de s'habituer à lui et d'apprendre chacune de ses petites manies irrésistibles ou ennuyeuses. Peut-être se lèverait-il le lendemain et prendrait-il son café – un café chaud – avant que Joe n'arrive. Il n'y avait vraiment aucune raison de tenter le destin de cette façon.

— Et voilà.

Joe lui fit un clin d'œil et déposa un gobelet devant Murphy.

— Tu me remercieras plus tard.

Murphy jeta un œil suspicieux à la chose noire et glacée, en évitant le regard de Joe.

— Merci pour quoi ? Je n'ai aucune raison de tester cela.

— Oh, allez Murphy, essaie au moins. Tu as l'air d'être le genre d'hommes qui aiment vivre dangereusement.

Murphy leva les yeux et haussa les sourcils à ces mots. Avant même de réfléchir, il répliqua.

— Tu sais très bien que je ne suis pas du genre à rester au bord et que je n'hésite pas à plonger quand je le peux.

J'imagine que mon filtre à conneries ne fonctionne pas, ce matin.

Heureusement, Kallie s'était déjà éloignée pour s'occuper d'un autre client, et la voix de Murphy était suffisamment basse afin que la personne située près de lui ne l'entende pas. En tout cas n'avait-il détecté aucune réaction de la part de l'étranger, ce qui était déjà plus que ce qu'il pouvait dire de Joe dont le rire profond et grave le percuta directement dans les…

non, il préférait ignorer cette sensation. À la place, il récupéra la glace sombre et prit une grande gorgée avec sa paille, avalant une quantité importante.

— Et bien ?

À Contrecœur, Murphy dut reconnaître que c'était meilleur que bon. C'était délicieux et rafraîchissant, et que Joe aille au diable avec son visage empli d'autosatisfaction.

— Ce n'est pas mauvais, dit-il en conservant à dessein un ton et une expression neutres.

Il se remit sur ses pieds.

— Je dois aller travailler. Qu'est-ce que je te dois ?

— Rien du tout. Tu as tout ce qu'il te faut pour ce matin ?

Murphy hocha la tête.

— Besoin d'aide ?

— Non, tout va bien.

Il se sentait mal à l'aise à propos des boissons et de la nourriture gratuites, et il glissa un billet de dix dollars sous son assiette vide.

— Dis à Kallie que je la remercie.

— Je le ferai.

Ne souhaitant pas tester sa volonté une seconde de plus alors qu'il se tenait si près de Joe, Murphy attrapa son café frappé et se dirigea vers la porte sans un regard en arrière.

UNE FOIS la plus grande partie de la cohue matinale disparue, Joe s'appuya contre le comptoir et mordilla dans une barre granola au beurre de cacahuète que madame Williams avait glissée dans sa poche, un peu plus tôt.

— Merci pour le coup de main, patron. Ta popularité ne cesse de grandir et on va bientôt devoir songer à se développer, lui dit Kallie.

— C'est toi qui es populaire. Est-ce que tu as remarqué la manière dont ce gosse, avec le débardeur rouge, était en train de baver pendant qu'il t'observait ? Il ferait mieux d'éviter de se faire voir par Jeremy.

Kallie leva les yeux au ciel.

— Moi ? Sérieusement ? Là, j'en suis plutôt à vouloir sortir dehors pour aller te chercher une bavette.

Joe inclina la tête.

— Pourquoi ça ?

Kallie agita sa main avec un geste méprisant.

— Ne joue pas au con avec moi, ça ne marchera pas. Tu vas vraiment nier que tu n'étais pas en train de baver en regardant le nouvel homme à tout faire ?

— N'importe quoi. Tu t'imagines des choses.

— Vraiment ? Chéri, j'étouffais littéralement sous la tension sexuelle qu'il y avait entre vous deux.

Joe se détacha du comptoir.

— Je n'ai pas l'intention d'avoir cette conversation.

Kallie leva les bras et secoua ses poings vers le plafond.

— Oui !

Joe pencha la tête sur le côté.

— Mais quel est le problème avec toi ?

— Tu viens de lui prouver qu'elle a raison, indiqua Doc.

Joe tourna la tête dans sa direction.

— Nous avons une conversation privée, ici. Et en plus, elle a tort.

Doc et Kallie se firent un high-five, puis ils se mirent à glousser. Joe croisa les bras sur sa poitrine en songeant brièvement à taper du pied, mais se ravisa à la dernière seconde. Il savait que le mieux était de ne pas protester. Il n'était pas prêt à donner à ces deux-là des motifs de s'opposer à lui.

— Vous deux, amusez-vous bien. Certains d'entre nous ont encore du travail à faire.

Leurs rires le poursuivirent jusque dans le couloir alors qu'il se dirigeait vers son bureau. Il ferma la porte derrière lui et s'écroula dans son siège, une grimace niaise collée sur le visage. Bien sûr que Murphy déclenchait toutes sortes de sensations piquantes en lui, mais il ne s'était pas comporté aussi mal que Kallie le laissait entendre. Et puis à côté de cela, ce n'était pas totalement de sa faute. Cet homme était chaud comme l'enfer, et ça ne l'aidait pas de savoir que Murphy était tout aussi brûlant au lit.

— Bon OK, peut-être que j'ai un peu bavé.

Il se mit à rire. Il pouvait se contrôler, et à partir de maintenant, il le ferait. Murphy était officiellement hors limite.

VIII

Pour la seconde fois de la journée, voilà que Murphy se retrouvait à l'extérieur du *Kaffeinate*, regardant à travers la porte, à la recherche d'un visage familier. Soulagé quand il ne repéra pas Joe et tout autant énervé par sa propre lâcheté, il ouvrit brutalement la porte et pénétra à l'intérieur. Comme il était cinq heures trente du matin, la salle n'était pas envahie par la foule comme le jour précédent.

— Regardez qui est déjà levé, frais et dispo, lui dit Kallie en manière de salut.

— Je ne sais pas pour la fraîcheur, dit-il avant de se mettre à rire. J'imagine que j'essaie de faire tout mon possible avant que le soleil ne se lève et ne me grille.

Ce n'était pas complètement un mensonge. Même avec l'air conditionné poussé au maximum, le brûlant soleil de Floride qui se diffusait à travers les fenêtres sans rideaux avait chauffé l'appartement à une température inconfortable jusqu'à midi. Murphy prit le siège vacant près de Doc.

— Bonjour, Doc.

— Bonjour. Tu sais, tu devrais essayer de travailler la nuit et de dormir la journée, lui suggéra Doc.

En fait, j'y ai déjà pensé, mais je me suis dit que ça devait être plus facile de travailler dans un four que d'y dormir. Ça va aller, cela va juste me prendre un peu de temps afin que je m'habitue à la chaleur et à l'humidité.

Kallie secoua la tête.

— Tu ne t'habitueras jamais. N'est-ce pas, Doc ?

— Non, répondit Doc sans lever les yeux de son journal.

— Super, grogna Murphy.

— Courage ! Kallie se pencha par-dessus le comptoir et tapota son bras. L'été ne durera pas éternellement – comme vos hivers dans le Michigan.

— Ça ne m'aide pas beaucoup, Kallie !

— Désolée. Et si je me faisais pardonner avec une tasse de café et un roulé sucré ?

Murphy jeta un œil autour de lui pour s'assurer que Joe ne se montrait toujours pas. Comme il ne le voyait pas, Murphy se pencha plus près.

— Fais-le frappé et tout sera oublié.

— Et encore un qui a succombé au pouvoir de persuasion de Joe.

Murphy plissa les yeux.

— Ça, ça m'étonnerait. Il fait juste trop chaud pour un café ordinaire.

Le visage de Kallie s'assombrit et elle leva les mains comme pour parer une attaque.

— Oulà ! Quelqu'un s'est levé du pied gauche, ce matin !

— Oh ! Je suis désolé, Kallie. Je ne voulais pas te grogner dessus. C'est juste que… Je suis toujours un peu grincheux avant d'avoir eu ma dose de caféine. Et dormir sur le sol n'aide pas beaucoup.

Kallie l'observa un moment, comme si elle cherchait à voir au-delà de son visage pour y découvrir ses secrets. Il soutint son regard sans flancher jusqu'à ce qu'elle lui tapote la main et détourne le regard.

— Et un grand café frappé et serré !

Quand elle lui tourna finalement le dos, Murphy laissa échapper le soupir qu'il avait retenu. Ses secrets n'étaient pas si grands, et ils étaient loin d'être aussi sombres – en fait, ils étaient plus ennuyeux que sombres. L'un de ceux qu'il aurait aimé pouvoir effacer risquait d'entraîner toutes sortes de complications.

— Elle ne t'en voudra pas longtemps. Elle est habituée aux gars grincheux le matin, et elle sait comment les rendre joyeux.

— J'en déduis que c'est pour cette raison que vous êtes ici ?

Doc saisit sa tasse et la leva à la santé de Murphy.

— Le meilleur service et le meilleur café de la ville. Ce sont les petites choses comme celles-là qui rendent la plupart des gens heureux.

— J'essaierai de m'en souvenir.

— Fais donc ça, dit Doc.

Murphy indiqua le journal sur le bar.

— Avez-vous terminé ?

— Vas-y.

Murphy feuilleta le journal, en sortit la section sport et la tendit devant lui.

— Les petites choses !

Doc se mit à rire.

— Tu as tout compris.

Pendant qu'il attendait son café et sa pâtisserie sucrée, Murphy lut rapidement les articles sportifs. Évidemment, il ne suivait que le hockey et le football, mais découvrir des choses sur le golf et le baseball était toujours plus agréable que de devenir dépressif en ne lisant que les actualités.

— Je vois que tu suis mes recommandations.

Murphy sursauta et faillit renverser sa chaise.

— Bon sang, Joe ! Par tous les diables, pourquoi est-ce que tu continues à te déplacer sans bruit autour de moi ?

Joe lui lança un regard confus.

— J'ai simplement déposé ta boisson. C'est ce que tu attendais, non ?

— Oui, de Kallie, pas de toi, répliqua Murphy.

Quel était son problème à essayer de lui provoquer une crise cardiaque chaque fois ? *Salaud énervant.*

— Je t'avais dit qu'il était grincheux.

Kallie ricana en passant derrière Joe.

— Tu veux en parler ? proposa Joe. Je sais très bien écouter.

— Non, je n'ai pas besoin d'en parler. J'ai juste besoin d'un café, bon sang.

— Il vient justement de t'en apporter un, pointa Doc. Peut-être que tu devrais juste sortir ce que tu as sur le cœur. C'est idiot de continuer à broyer du noir.

Murphy attrapa sa boisson, sa pâtisserie et se remit sur ses pieds.

— Vous êtes vraiment dingues. Je pense que je vais aller savourer mon petit déjeuner et ma caféine en paix.

Doc tapota le bras de Murphy.

— Détends-toi. On te charrie, c'est tout.

— Vous, vous le pouvez.

Murphy gesticula en direction de Joe. Lui, non.

— Bon Dieu, mais qu'est-ce que j'ai fait ?

Tu m'as donné une érection.

— Tu as… eh bien… Peu importe. Je vous souhaite à tous une excellente journée. J'ai du travail qui m'attend.

— Nous sommes là pour toi, Murphy, si tu as besoin de parler, proposa Kallie.

— Ne m'oblige pas à te taper dessus, la menaça Murphy.

Joe commença à ouvrir la bouche, et il sut qu'il allait faire une blague. C'est ce que Murphy aurait fait à sa place, mais il n'allait pas lui en laisser la chance.

— Toi, ferme-la mon petit gars.

— Eh ! J'allais juste dire qu'hier, c'est après moi que ces deux andouilles en avaient. Il est juste que ce soit ton tour, aujourd'hui. Qu'est-ce que tu dirais qu'on se mette à deux sur Kallie, demain ?

Murphy jeta un œil sur leurs visages souriants.

— Je le répète, vous êtes tous dingues.

Il se retourna et se dirigea vers la porte, cachant le sourire qu'il n'arrivait plus à retenir.

— À demain ! lança Doc.

Murphy se contenta de lever sa tasse sans même se retourner.

Joe lui rendait la tâche difficile pour le tenir à distance. Le problème, c'était que Murphy ignorait si Joe n'était qu'un homme juste sympathique, ou s'il cherchait vraiment à le draguer. Il n'allait pas se mettre à penser à lui, à son sourire sexy, à son corps attirant. Il sortirait plus tard et dénicherait des bacs à glaçons, une cafetière et un moulin à café, et il resterait loin de tout ce qui ressemblerait de près ou de loin à Joe.

MALHEUREUSEMENT POUR lui, il parlait beaucoup, mais semblait incapable de s'en tenir à son plan ou de rester éloigné de Joe. Trois jours de travaux douloureux à casser des carreaux et à descendre des murs ne l'avaient pas aidé à se sortir Joe de l'esprit. Et même s'il l'avait pu, ça n'avait plus vraiment d'importance. Le salaud s'entêtait à apparaître dans ses rêves. Et s'était-il montré ne serait-ce qu'une seule fois tout habillé ? Nooon. Murphy s'était réveillé avec une douloureuse érection ce matin-là et il n'avait même pas pu sortir de son sac de couchage pour aller se soulager avant de réussir à faire redescendre la pression.

Il avait pourtant fait son possible pour éviter Joe, allant même jusqu'à l'ignorer les jours précédents. Quand il ne pouvait pas l'éviter, il prétendait avoir d'autres choses en tête. La vérité, c'était que peu de chose en dehors de Joe occupait son esprit. Il devait trouver une solution pour cette obsession parce qu'il ne pouvait pas éviter Joe indéfiniment – il devait venir jeter un œil sur la progression des travaux, ce matin-là, choisir le type de sol et étudier les différents échantillons de carrelages.

Si Murphy obéissait à la petite voix geignarde dans sa tête, il risquait de lui parler d'autre chose que de rénovations. Une part de lui voulait lui expliquer – après l'avoir laissé le sucer… encore une fois – pourquoi il l'avait repoussé. L'autre part, son côté rationnel et égoïste, lui intimait de s'éloigner, car rien de bon ne pourrait sortir de cette discussion. La seule chose sur laquelle les deux aspects de sa personnalité s'entendaient, c'était sûr la nécessité de s'asseoir avec Joe pour trouver un moyen d'effacer la tension entre eux. Cette seule pensée agitait douloureusement son estomac. Il décida de la mettre de côté, au moins jusqu'à ce que Joe se montre.

Il vérifia son téléphone ; Joe ne devrait plus tarder. Murphy marcha d'un pas lourd jusqu'à la cuisine, se lava les mains puis la figure. Et ça le mit dans une rage folle quand il se surprit à arranger ses cheveux et à vérifier l'état de ses vêtements. Pourquoi se préoccupait-il de son aspect ? Seigneur ! Il devenait dingue. Dans un grognement de colère, il ferma les robinets et se sécha les mains et la figure. La conversation qu'ils devaient avoir tous les deux le rendait apparemment plus nerveux que prévu. Et c'était une raison supplémentaire de mener cette discussion à bien et de l'expédier rapidement. Il en avait plus qu'assez de se comporter comme un taré lunatique.

Après une petite conversation et une fois que les choses seraient retombées – pas littéralement, bien sûr – peut-être pourraient-ils enfin relâcher un peu la pression avec quelque chose d'un peu plus physique qu'une simple discussion.

Seigneur, voilà que tu te remets à penser avec ton sexe.

Murphy haussa les épaules. Son cerveau avait peut-être dû mal à appréhender ce genre de conneries, alors autant laisser le petit gars prendre le relais. Il rit et appuya son épaule contre le mur quand il entendit quelqu'un grimper l'escalier. Il tenta d'adopter une attitude décontractée sans vraiment être certain d'y arriver. Mais il essaya quand même. Il fit rouler ses épaules pour libérer la tension. Quand Joe passa la porte avec son satané sourire sur les lèvres, Murphy était sûr d'avoir l'air plus crispé que jamais.

Toutes ses tentatives pour essayer d'avoir l'air détendu s'envolèrent par la fenêtre.

Joe portait l'un de ses shorts ridicules et remplis de poches qu'il mettait toujours – noir, cette fois-ci – et un débardeur blanc si serré qu'il dévoilait ses pectoraux et chacun des muscles de son estomac.

— Waouh ! Quel merdier !

Oui, t'as raison. Murphy s'éloigna du mur et fourra ses mains dans ses poches, en se sentant soudain timide et pas très sûr de lui, ce qui était parfaitement idiot.

— Oui, pourtant nous devons tout abattre avant de pouvoir reconstruire.

— Je suppose. Je suis juste très surpris que tu en aies déjà fait autant. J'aurais pensé qu'il te fallait plus de temps pour décaper cette pièce.

Joe l'effleura en passant près de lui, prenant les changements de la pièce en considération avant de s'aventurer jusqu'à la porte de la chambre et de glisser son visage à l'intérieur pour y juger des progrès.

— Bon sang, Murphy, tu es un vrai bourreau de travail, n'est-ce pas ?

Murphy ne pouvait pas s'en empêcher. Il se rengorgea un peu sous les compliments de Joe. Puis immédiatement, il se sentit honteux, croisa les bras sur sa poitrine et lança un regard furieux à Joe. *Comment fais-tu ça, par tous les saints ?* C'était comme s'il lui suffisait de passer la porte et il se transformait soudain en vierge innocente le soir de ses noces : un vrai paquet de folie nerveuse.

— Tu ne connais pas grand-chose à propos de démolition, n'est-ce pas ?

Murphy grimaça en entendant son ton irrité. C'était après lui qu'il en avait, pas Joe.

Si Joe remarqua sa dureté, il n'en montra rien, le grand sourire idiot toujours plaqué sur son visage après avoir vérifié la salle de bain.

— Tu n'en as même pas idée.

— Qu'est-ce que c'est censé vouloir dire ?

— Laisse tomber. J'étais en train de penser tout haut. Alors tu es d'accord pour jeter un œil aux échantillons que j'ai rapportés ?

Joe tapota la sacoche qu'il portait par-dessus son épaule.

— Bien sûr.

— Génial !

Joe se dirigea vers le centre du salon, s'assit en croisant les jambes et sortit un tas de documents et de brochures.

— Je me disais qu'on pouvait partir sur une atmosphère inspirée de la plage.

Murphy s'accroupit devant Joe, attrapa une brochure sur les carrelages, préférant s'y plonger plutôt que de croiser son regard.

— Comme c'est original, répliqua-t-il d'un ton cassant.

— Quelque chose ne va pas ? Est-ce que j'ai fait un truc qui t'a déplu ?

Super, voilà qu'il venait de recommencer. Il l'avait traité comme une merde parce qu'il était incapable de se contrôler. Ça n'était pas la faute de Joe, et Murphy n'avait pas le droit de le lui faire payer. Il ne comprenait toujours pas pourquoi il était aussi effrayé par l'idée d'avoir une conversation honnête avec Joe, mais le fait est qu'il l'était. Il était terrifié. Ce qui, en y réfléchissant bien, était complètement dingue.

Murphy inspira profondément puis relâcha lentement son souffle avant de croiser le regard de Joe.

— Non, tu n'as rien fait de mal. C'est moi. J'ai beaucoup de choses en tête, aujourd'hui.

Joe posa sa main sur le genou de Murphy et soutint son regard.

— Est-ce que tu veux en parler ? proposa-t-il d'un ton sincère.

— Nan, c'est stupide. Et puis je suis un peu grincheux. J'avais les muscles raides en me réveillant ce matin.

Et je ne parle pas uniquement de mon dos.

— La proposition que je t'ai faite de dormir sur mon canapé tient toujours. Tu n'es pas obligé de dormir par terre.

Le lent sourire sexy qui rendait toujours Murphy muet s'étala sur son visage.

Il faut qu'on parle. Il faut qu'on trouve une solution pour que les choses fonctionnent entre nous. Si nous décidons de devenir des sex friends, nous devons poser des limites. À ce moment-là, et à ce moment-là seulement, je me glisserai dans ton lit, et ce ne sera pas pour y dormir.

— Heu… Je…

Joe fronça les sourcils.

— Murphy ? Tout va bien ?

Murphy respira profondément dans un effort désespéré pour se calmer. Mauvaise idée. Le parfum épicé qui se dégageait de Joe submergea son cerveau, et il fut perdu. Il entendit un grondement monter à l'intérieur de lui, il sentit les paumes de ses mains se cramponner toutes seules aux épaules tièdes de Joe, mais il était incapable de s'arrêter, autant que le soleil de stopper sa course.

Le sac de Joe et son contenu se déversèrent sur le sol quand Murphy le poussa sur le dos.

— Hé ! Mais qu'est-ce qui te prend, Murphy ?

Rien ne me prend. Mais moi, je vais bientôt mettre ma queue à l'intérieur de toi. Et tout ça, c'est de ta faute, espèce de salaud sexy.

Seigneur, ça le mettait en colère de perdre le contrôle comme ça. Imbécile de Joe. Quelle idée de venir jusqu'ici, sexy et canon comme il l'était, et rendre Murphy tout dur juste avec son sourire sûr de lui et son parfum brut et masculin, avec ce feu grandissant dans les yeux.

65

Sans dire un mot, Murphy déchira son débardeur en quelques mouvements rapides d'expert. Puis il baissa son short, le retira et le jeta derrière lui.

Joe lâcha un cri comme ses vêtements frottaient contre ses parties génitales, mais Murphy l'ignora. Il n'allait pas se laisser distraire de son objectif. Il se plaça entre ses jambes, entoura la base de sa verge à demi rigide avec son pouce et son index et le prit dans sa bouche, profondément, suçant tout ce qu'il pouvait et gémissant alors qu'il obtenait un avant-goût de son odeur brûlante et salée.

— Oh putain ! s'exclama Joe.

Ses hanches s'agitèrent alors qu'il poussait son sexe qui durcissait rapidement loin dans la bouche de Murphy, jusqu'à ce que son menton touche ses testicules. De longs doigts s'enfoncèrent dans les cheveux de Murphy, en tirant suffisamment fort pour lui faire mal.

— C'est ça. Juste comme ça. C'est bon.

Murphy vibra autour de l'extrémité de son membre, transformant les mots de Joe en gémissements bas et rauques. De sa main libre, il défit son jeans, empoigna son sexe et se caressa. Son rythme était irrégulier et maladroit, mais il s'en fichait. Tant que Joe continuait à baiser sa bouche en produisant ces sons irrésistibles et remplis de désir, Murphy était au paradis. Se masturber n'était probablement pas nécessaire. Il pouvait pratiquement jouir avec la sensation de son érection qui étirait largement sa bouche.

Le dos de Joe se creusa, sa verge gonflant encore plus dans la gorge de Murphy.

— Seigneur, Murphy. Tu vas me faire jouir si tu continues comme ça.

Ouais, c'est un peu l'idée, gros idiot. Murphy ferma les yeux et redoubla d'efforts, creusant ses joues, activant sa langue, et ça ne prit qu'une minute à Joe pour relâcher la pression et lâcher son sperme chaud et riche dans la bouche et la gorge de Murphy.

Joe soupira, ses doigts remuant dans les cheveux de Murphy.

— Bon sang, Murphy, tu pourrais finalement entrer en compétition avec moi pour le championnat des fellations.

Surpris par son ton respectueux, Murphy ouvrit les yeux et leva la tête. Le regard de Joe se verrouilla au sien, rempli de chaleur et de tendresse. Un sourire se dessina sur ses lèvres, celui qui faisait frémir Murphy de l'intérieur. Cela le fit basculer et il jouit sur ses cuisses, ses cris étouffés par la queue de Joe toujours fourrée dans sa bouche.

Son corps était encore agité par les échos de l'orgasme quand Joe retira son sexe de la bouche de Murphy, se releva, baissa les mains et l'aida à se redresser en l'attrapant sous les bras. Murphy n'avait même pas l'énergie de se sentir indigné par une telle conduite, ce qui en disait beaucoup sur son état d'esprit du moment.

En gloussant, Joe lécha le restant de son sperme sur les lèvres de Murphy.

— C'était un compliment, bébé.

Murphy fronça les sourcils, se sentant terriblement mal à l'aise en entendant les mots doux choisis par Joe. Il se demandait comment il était censé se sentir détaché et reléguer Joe au simple statut de sex-friend si Joe se mettait à l'appeler « Bébé » ?

— Hé, Murphy.

Joe fit courir ses mains de haut en bas sur ses bras pour l'apaiser, tout en le fixant. Son sourire ne bougea pas, mais une lueur d'embarras brilla dans ses yeux.

— D'accord, c'est quoi le problème, pour que tu aies ce regard effrayé de biche prise dans les phares ?

Murphy secoua la tête.

— Rien.

Joe continua à l'observer. À l'expression sur son visage, Murphy pouvait dire qu'il ne le croyait pas, mais il n'insista pas. À la place, il secoua la tête, attrapa son short et son tee-shirt.

— Ma proposition de discuter quand tu en auras envie tient toujours, lui rappela-t-il.

Il nettoya le désordre sur sa jambe avec son tee-shirt puis enfila son short.

Murphy fixa son dos tout en sachant qu'il aurait dû dire quelque chose, mais il ignorait quoi. Une demi-heure plus tôt, il aurait su comment répondre à cette question. À présent, il n'en était plus très sûr. Comme toujours, Joe venait de le balancer sur des chemins inconnus sans même le vouloir.

— Je veux savoir ce qui se passe entre nous, lâcha Murphy. Avec…

Il agita la main entre eux deux.

— Nous, répéta-t-il, sans même savoir d'où tout cela sortait et où ça le menait.

Joe cligna des yeux.

Murphy se mordit les lèvres avant que quelque chose de stupide ne puisse sortir du trou à conneries qui lui servait de bouche. Ça n'avait rien à voir avec ce qu'il avait prévu de dire. Ce qu'il aurait voulu savoir, c'est ce que Joe pensait. Murphy ne pouvait tout simplement pas continuer à avoir des relations physiques avec lui si Joe souhaitait plus – son cœur, par exemple. Il n'était pas à prendre.

Juste au moment où Murphy s'apprêtait à s'expliquer, l'expression choquée de Joe se détendit et il arbora son habituel sourire sexy si agaçant.

— Que *veux-tu* qu'il se passe entre nous ?

— Si je le savais, je ne serais pas là à te poser la question.

Murphy lui arracha son tee-shirt des mains et se nettoya la jambe avant de le lui lancer. Il referma son pantalon avant de se sentir trop ridicule avec son sexe à nu pendant que Joe le regardait.

— Détends-toi.

Murphy le fusilla du regard durant quelques secondes avant de lâcher un autre soupir de colère.

— Je suis cool.

— Hum…

— La ferme, riposta Murphy. Et pourquoi me regardes-tu comme ça ?

Au lieu de répondre à sa question, Joe lui dit :

— Viens chez moi ce soir.

Il fit glisser son regard le long de son corps.

— Nous pourrons passer toute la nuit à parler au lit.

Murphy plissa les yeux.

— Toi et moi, nous savons très bien que si nous nous retrouvons entre les draps, ce ne sera pas pour parler, excepté pour les mots « encore », « oui » et « plus fort ».

Joe s'avança et l'attira entre ses bras. Puis il se pencha et l'embrassa sur le bout du nez.

— Très bien, alors on pourra baiser jusqu'à ce qu'on soit trop fatigués pour faire autre chose que parler.

— Vieux, si on le fait jusqu'à ce que je sois satisfait, je doute sérieusement qu'on puisse encore parler ou marcher, après ça, grogna Murphy.

— Je vais quand même tenter ma chance. Alors, tu viens aussitôt que tu auras fini ta journée ici ? Je vais même te nourrir.

— Ouais, j'imagine que je peux faire ça. Je vais gagner un repas et une séance de baise. Qu'est-ce qu'un homme pourrait désirer de plus ?

— Petit futé.

Joe attrapa ses fesses entre ses deux mains et serra.

— Ça tombe bien : je les aime futés.

— C'est le pire compliment que j'aie jamais entendu.

— OK, OK, ricana Joe. Donc l'humour n'est pas mon point fort. Mais tu vas quand même partager mon lit ce soir ?

— Eh bien… Ça va dépendre de ce que tu me sers à manger.

— Petit impertinent.

Joe lui claqua durement les fesses et le relâcha. Il se pencha pour remettre dans son sac les papiers qui s'étaient éparpillés sur le sol, puis le balança sur son épaule.

— Je te vois ce soir.

— Hé ! Je pensais qu'on devait jeter un œil sur les échantillons pour le sol et les carrelages ? le rappela Murphy.

Il entendit les pas de Joe dans l'escalier, mais pas de réponse. Murphy posa les mains sur ses hanches et jeta un œil autour de lui. Une fois encore, le sexe était revenu au centre des choses au lieu de son bon sens, et c'était le sol qui allait en pâtir.

— Eh bien, j'imagine que ça va renvoyer les travaux loin derrière.

Il essaya de se sentir mal par rapport à tout cela, mais il en fut incapable.

IX

JOE CLIGNA des yeux dans le noir en essayant de comprendre à quoi correspondait le son inhabituel qui venait de le réveiller. Il était blotti contre un corps chaud et nu. Était-il en train de rêver ? C'était cela, ça ne pouvait être que cela parce qu'il se sentait trop bien pour que ce soit réel. Puis il entendit le même son encore, et la compréhension se fit.

Murphy. Joe sourit. Murphy murmura quelque chose qu'il ne put comprendre. Son sourire s'élargit encore quand il gigota et colla ses fesses tout contre son aine. Joe étouffa un rire et enfouit son visage dans ses cheveux. Son adorable Murphy, le même homme qui avait insisté plusieurs fois sur le fait qu'il ne faisait pas de câlins, avait l'un des bras de Joe autour de lui et le serrait contre sa poitrine. Il se demanda brièvement s'il devait prévenir Murphy qu'il devenait un dingue du câlin quand il s'endormait, puis décida que non. Murphy ne le croirait pas, ou pire encore, il refuserait à l'avenir de dormir dans son lit. Pour l'instant, ça resterait son petit secret.

Comme ses yeux s'ajustaient à la faible lueur venant du hall, Joe se redressa sur un coude et observa le visage de Murphy. Yeux fermés, traits détendus, il produisait les ronflements les plus adorables que Joe ait jamais entendus. Murphy était un fils de pute difficile et son attitude pouvait être aussi bourrue que son style un peu rude. Cependant, Joe était en train de découvrir qu'il y avait bien plus que cela, chez lui. Il avait vu de l'attente, du désir et de la confiance dans ses fabuleux yeux noisette. Et il n'avait pas manqué d'y voir parfois un soupçon d'incertitude et de timidité.

Il y avait beaucoup de choses que Joe ignorait encore à propos de Murphy, qu'il ne souhaitait pas forcément connaître pour l'instant – du moins, c'était ce dont il essayait de se convaincre. Ça l'effrayait un peu de constater combien il avait envie d'en apprendre plus après un laps de temps aussi court. Mais du point de vue de Joe, ressentir de la peur était une bonne chose. Pour l'instant, il allait garder les choses en surface, tournées vers le sexe exactement comme Murphy le voulait. *Comme toi aussi tu devrais le vouloir.*

— Comme je le veux, rappela-t-il à la petite voix à l'intérieur de sa tête.

70

Il n'y avait pas de mal à vouloir en apprendre plus sur les secrets de Murphy. Bon sang ! Peut-être même que les connaître rendrait leurs rapports meilleurs ? Et plus fréquents ?

Oh, oui !

En songeant à cela, il se demanda ce que Murphy pensait du sexe au réveil.

Mais l'estomac de Joe se mit à gronder et il se rappela alors qu'il n'avait pas tenu la seconde partie de sa promesse auprès de Murphy. Ce qui n'était pas vraiment surprenant, sachant que seulement quelques minutes après l'arrivée de Murphy chez lui, leurs mains se mettaient déjà à vagabonder, leurs vêtements à disparaître, et c'était parti. Pas de nourriture, pas de discussion, juste du sexe pur et chaud. Joe le sentirait encore durant des jours et d'une manière merveilleusement douloureuse. Mais... Il poussa son érection contre les fesses de Murphy, son sexe se mettant à gonfler. Mummm, encore une fois et ensuite, il travaillerait sur ce qu'il avait promis. Ils avaient toute la nuit.

Ses plans arrêtés, il se pencha sur lui et effleura son oreille de ses lèvres.

— Murphy, murmura-t-il. Tu es réveillé ?

Murphy serra le bras de Joe.

— Non.

— Allez, Murphy. J'en ai envie.

Joe ondula des hanches, lui laissant voir à quel point il était prêt.

— Tu n'es pas sérieux, murmura Murphy sans même ouvrir les yeux. Laisse-moi tranquille. Je dors là.

— Tu as dormi pendant deux heures.

Joe agita ses hanches et glissa une main vers le bas pour prendre en coupe son sexe mou.

— Allez bébé. On baise et après, je t'apporterai à dîner au lit.

— C'est ce que tu as dit la dernière fois, et la seule chose que j'ai obtenue, c'est une boisson protéinée.

— Hé ! C'est toi qui m'as demandé de te donner, je cite, « mon délicieux liquide. »

Murphy ouvrit un œil.

— Je n'ai jamais dit délicieux.

— Oui, eh bien quoi qu'il en soit, tu m'as quand même supplié, dit-il en riant.

Les sourcils de Murphy se froncèrent.

— Je ne supplie jamais.

— Comme tu ne fais jamais de câlins ?

— Exactement.

Le froncement s'accentua encore et il eut alors conscience de la manière dont ils étaient allongés tous les deux, parce qu'il relâcha instantanément le bras de Joe.

— Alors, tu vas le faire ?

— Faire quoi ? répliqua Murphy.

Il se donnait apparemment beaucoup de mal pour se montrer grincheux, mais le léger sourire qui courbait sa lèvre supérieure le trahissait.

— Me baiser.

Murphy posa sa main sur celle que Joe avait placée sur son sexe et s'y frotta jusqu'à ce qu'il soit aussi dur que lui.

Il gémit quand Joe enroula ses doigts autour de sa verge en la caressant en longs mouvements fermes.

— Tu n'es qu'un bâtard insatiable. Tu le sais, ça ?

— Est-ce que c'est une mauvaise chose ? murmura Joe contre son oreille.

Murphy tourna la tête et lui donna un baiser rapide.

— Non, c'est une excellente chose.

— Oui ?

— Oui. Une chance pour toi que je le sois aussi.

— Formidable ! Parce que j'avais l'intention d'en redemander, jusqu'à ce que ta queue devienne toute rabougrie et que moi, je ne puisse plus marcher.

— Pfff, ce n'est pas la mienne qui va diminuer, ce soir. C'est toi qui m'as réveillé, tu t'en souviens ?

— Et alors ?

Murphy roula sur son ventre.

— Alors c'est à toi de faire tout le boulot, cette fois.

Joe resta bouche bée derrière Murphy, tentant de comprendre de quelle façon il devait interpréter cette déclaration. Il ne se serait jamais douté que Murphy souhaitait le voir devenir actif. Non que Joe ait un problème avec ça – il aimait être passif, c'est ce qu'il préférait la plupart du temps, mais il reconnaissait que Murphy avait un petit cul vraiment sexy. Et le plus important de tout, si c'était ce que Murphy voulait, Joe était prêt à le lui donner.

— Et bien ? demanda Murphy en tortillant ses fesses.

Cette fois, Joe n'eut aucun doute sur ce qu'il demandait, surtout lorsqu'il glissa une main sous l'oreiller pour en ressortir un tube de lubrifiant, et qu'il le lança dans sa direction.

Il n'y avait pas moyen qu'il questionne Murphy ou qu'il perde une occasion en or de le voir souffrir et marcher bizarrement à son tour – comme Joe ne doutait pas qu'il le ferait.

Il ouvrit le tube et versa une quantité généreuse sur ses doigts, les rendant glissants.

— Roule sur le dos. Je veux voir ton visage.

— Arrête de me dire ce que je dois faire.

Mais Murphy obéit, son sexe rigide s'étirant vers son nombril entre ses jambes écartées. Il enroula sa main autour, se caressant en levant les yeux sur Joe avec un regard aux paupières alourdies.

Joe se mit à saliver en parcourant le festin étalé sous ses yeux. Il fit courir son autre main le long de la cuisse de Murphy et prit ses lourds testicules en coupe dans la paume de sa main, puis se pencha et mordilla la peau crémeuse sur l'os de sa hanche.

Murphy glapit et se tortilla pour s'échapper.

— Ça chatouille !

Joe sourit et recommença, en notant mentalement l'endroit sensible. Il avait l'intention d'explorer chaque centimètre de son corps, il voulait découvrir chaque plaisir caché. Il effleura des lèvres la courbe du sexe de Murphy, qui répondit en ronronnant et souleva ses hanches, sa queue glissant le long de la mâchoire barbue de Joe. Celui-ci sourit encore quand ce contact léger provoqua des frissons chez Murphy.

Il repoussa les genoux de Murphy vers sa poitrine, exposant son entrée. Il avait eu un rêve brûlant où il se voyait léchant Murphy à cet endroit, et il avait bien l'intention d'en faire une réalité. Il baissa la tête et inspira profondément. Son amant sentait la sueur et le sperme, quelque chose de fort, de sale et bon sang, c'était terriblement érotique. Tout en le maintenant ouvert avec ses doigts, il fit courir sa langue sur son anus. Sa saveur amère et salée le percuta directement entre les jambes et agita son sexe. Il grogna, Murphy lui fit écho, et Joe se demanda brièvement si un homme pouvait jouir en entendant un tel son.

Il faudrait qu'il le découvre, mais pas ce soir. Il avait d'autres plans pour Murphy. Joe planta sa langue pour le goûter une dernière fois avant de s'asseoir sur ses talons.

— Bon Dieu, Murphy. Tu me fais basculer plus rapidement que n'importe qui d'autre.

— Sérieusement, vieux ? Ce n'est pas comme si tu n'avais pas déjà joui, aujourd'hui. Putain, ça ne fait pas si longtemps depuis la dernière fois, et tu es déjà prêt à éjaculer à nouveau juste parce que tu m'as léché le cul ?

Joe haussa les épaules et Murphy soupira.

— Obsédé.

Le ton de Murphy était léger et taquin, et allait de pair avec le pétillement dans ses yeux. Joe lui sourit.

— C'est entièrement de ta faute. Arrête d'être aussi sexy et je parviendrai peut-être à me contrôler.

Murphy eut un regard sceptique, mais Joe le soutint en souriant légèrement. Il était on ne peut plus sérieux en affirmant que c'était sa faute. En grande partie.

Après s'être confrontés du regard durant quelques secondes, Murphy glissa un bras sous ses genoux et les remonta jusqu'à sa poitrine.

— Très bien, espèce d'obsédé. Maintenant colle ta queue dans mon cul avant de jouir dans ton pantalon.

Joe s'apprêtait à lui répondre de façon très spirituelle qu'il ne portait pas de pantalon, mais il refermera brusquement la bouche quand Murphy le fusilla du regard. Il avait apparemment fini de jouer. Joe se mordit les lèvres et resta silencieux, et il glissa un doigt glissant dans son anus.

— Oui, gémit Murphy et ses mains empoignèrent les draps. Plus.

Heureux de lui obéir, Joe pompa une ou deux fois avant de retirer son doigt et d'en pousser cette fois deux autres à l'intérieur. Il fut récompensé par un grognement rauque.

Murphy bougea, ramenant ses genoux davantage, les poings serrés. Il ondula en se poussant contre les doigts de Joe, qui le laissa s'empaler sur ses doigts pendant quelque temps, jusqu'à ce que du liquide se mette à briller au bout de sa queue et que les sons venus du plus profond de sa poitrine s'intensifient.

— Ne jouis pas encore, bébé. J'ai envie d'être à l'intérieur de toi, avant ça.

Murphy haleta, ses hanches se balancèrent, puis il se mordit la lèvre et ses yeux se fermèrent durant un instant.

— D'accord, mais tu ferais mieux de te dépêcher.

Joe retira ses doigts, il attrapa un préservatif dans la table de nuit et l'enfila sans quitter Murphy des yeux. Encore un peu de lubrifiant sur son sexe gainé, et il put en positionner l'extrémité à l'entrée de son orifice et pousser.

Une fois qu'il fut profondément enfoncé à l'intérieur de Murphy, son cul se resserrant autour de lui, Joe serra les dents et s'immobilisa alors qu'un frisson l'agitait. Il mourait d'envie de bouger, mais il avait peur qu'en faisant cela il se mette à jouir avant même qu'ils puissent prendre le rythme.

Frustré, Murphy enroula ses jambes autour de Joe, les talons pressés contre le bas de son dos. Le mouvement le força à s'enfoncer plus profondément. Le plaisir tressauta le long de son dos et Joe lâcha un cri de surprise.

— Bouge, dit Murphy en ondulant des hanches. Baise-moi, bordel !

L'ordre rauque balaya les dernières bribes d'hésitation de Joe. Il planta ses mains dans le matelas, de chaque côté des aisselles de Murphy, et le martela aussi durement qu'il le put, stimulé par les cris de plaisir qui s'échappaient de son amant. Il haleta et gémit, les muscles tendus sous les coups de hanches, tout son corps suppliant pour en avoir plus. Joe lui en donna, chaque coup brutal produisant chez Murphy les mêmes sons érotiques, jusqu'à ce que la chambre tout entière résonne de leur écho.

Un nœud se forma à la base de son dos. L'orgasme s'éleva dans son ventre, il glissa ses mains sous les épaules de Murphy, se retenant à ses épaules. Leurs poitrines étaient pressées l'une contre l'autre, le sexe de Murphy piégé entre eux, leurs corps luisants de sueur glissaient ensemble.

— Allons, bébé, grogna Joe, changeant l'angle de ses poussées pour frapper sa glande. Jouis pour moi.

Il l'avait à demi espéré, mais il fut quand même surpris lorsque Murphy se mit à jouir à sa demande. Ses fesses se resserrèrent sur lui alors qu'il lâchait des cris d'animal mêlés à un charabia incompréhensible. Un liquide chaud s'écoula de lui et recouvrit leur estomac et leur poitrine, et ce fut la sensation de trop pour Joe. Il jouit avec sa queue enfoncée jusqu'aux testicules dans le cul de Murphy et son visage enfoui dans son cou, et ce fut si bon qu'il vit des étoiles.

Ils restèrent allongés l'un contre l'autre, respirant bruyamment, le cœur martelant leur poitrine. Joe avait l'impression de pouvoir rester comme cela… à jamais. Il avait chaud et sa peau le picotait, mais il était profondément satisfait. Murphy le laissa profiter de ce moment de béatitude, mais bien trop vite au goût de Joe, il finit par le repousser.

Joe grogna et roula sur le côté, mais le bruit tourna au gémissement de plaisir quand Murphy se drapa sur sa poitrine et se pencha pour un baiser langoureux. Enroulant ses bras autour de sa taille, Joe ferma les yeux et se laissa couler. Allongé sur Murphy dans une stupeur post-orgasmique, il n'aurait jamais imaginé que les choses puissent être meilleures – il avait tort. Deux corps nus enlacés, tièdes et collants, qui se caressaient et s'embrassaient encore et encore, représentaient quelque chose d'encore meilleur.

Murphy soupira contre les lèvres de Joe, puis se recroquevilla près de lui, sa tête reposant au creux de ses bras.

— OK, je pense que… Et puis merde…

— Ça résume bien la situation, dit Joe en riant.

— Ce que j'allais dire, c'est que ça aurait été bien meilleur si je n'avais pas eu aussi faim.

Quand il capta la lueur malicieuse dans ses yeux, la surprise de Joe se mua rapidement en désir de fesser ce cul qu'il venait juste de pilonner.

— Espèce de petite merde.

Joe tendit la main vers lui, mais Murphy avait prévu le coup et s'était déjà levé avant qu'il puisse l'attraper.

— Bon, tu m'as promis à dîner.

— Ouais. Dîner au lit.

Joe tenta encore de l'atteindre, mais Murphy rit et sautilla loin de lui.

— Est-ce que tu ne préfèrerais pas avoir le petit déjeuner au lit ?

En secouant la tête, Murphy leva la main.

— Non. Maintenant, viens te laver afin que tu puisses aller me nourrir.

— Je pourrais te nourrir avec autre chose…

Joe agita ses sourcils. Murphy se figea.

— Tu plaisantes, n'est-ce pas ? Tu crois vraiment que tu pourrais la lever encore une fois ?

Joe commença à attraper son sexe et remarqua le préservatif.

— Je pourrais, mais tu as raison. Peut-être qu'on devrait d'abord se laver.

Murphy tira sur la main de Joe jusqu'à ce que ce dernier abandonne et le laisse l'extirper du lit.

— J'y croirai quand je le verrai.

— Ne me tente pas ou je vais te le prouver dès maintenant, mon petit gars.

— Essaie toujours.

Murphy ricana et se dirigea vers la salle de bain d'une démarche chaloupée.

Joe frappa son petit cul insolent et quand Murphy se retourna pour le fusiller du regard, il attrapa ses poignets et l'attira à lui.

— J'aimerais mieux me laisser tenter par toi. En fait, il se pourrait même que je t'aime, toi.

Pendant un moment, Murphy le fixa avec une expression que Joe fut incapable de traduire. Puis il tendit le cou et l'embrassa sur le menton.

— Arrête de vouloir me charmer. Tu dois quand même me nourrir, impotent.

Ils riaient encore en passant sous le jet d'eau chaude. Joe ne se rappelait pas avoir autant ri ni s'être senti aussi bien avec quelqu'un. Il avait la sensation gênante d'être en train de tomber amoureux. C'était plutôt pour le sexe sensationnel qu'il était en train de fondre. Il faudrait qu'il y réfléchisse plus tard, car, alors que leurs mains vagabondaient, se savonnant mutuellement bras et poitrine, le moment paraissait bien trop parfait pour sortir quelque chose de lourd ni déverser des sentiments qu'il n'était pas sûr de comprendre. Il aurait le temps de lui parler de ce qui se mijotait entre eux plus tard.

Pour l'instant, il allait profiter de la douche, donner à manger à son homme puis le *nourrir* d'une autre manière.

Il entretenait peu de doute quant au fait de pouvoir remettre ça très vite. La présence de Murphy l'en assurait.

X

MALGRÉ SES fanfaronnades, Joe fut incapable de remettre ça. Ce n'était pas faute d'avoir essayé. Ce dingue dépensa plus de temps à taquiner impitoyablement Murphy qu'il n'en passa à effectuer une véritable toilette. Murphy n'allait certainement pas s'en plaindre. Ça ne le dérangeait pas que Joe soit incapable de garder ses mains loin de lui.

Quand ils furent sortis de la douche, Joe se dirigea vers la cuisine pour remplir sa promesse.

— Oh, ça sent divinement bon, ici, commenta Murphy en entrant dans la pièce.

De là où il se tenait près de la cuisinière, Joe jeta un œil par-dessus son épaule et lui lança un sourire éblouissant qui traversa Murphy jusqu'aux orteils.

— Tu es facile à contenter, n'est-ce pas ?

Murphy se rapprocha, appuya sa poitrine contre le dos de Joe et se dressa sur la pointe des pieds pour jeter un œil par-dessus son épaule.

— Pas vraiment. Qu'est-ce que tu prépares ?

— Une boîte de soupe italienne en conserve, dit Joe en gloussant.

Murphy déposa un baiser dans son cou et inhala profondément.

— Eh bien, ça sent merveilleusement bon. La soupe aussi.

Joe tourna la tête et réclama un baiser que Murphy lui donna volontiers. Il paraissait incapable de lui refuser quoi que ce soit et souffrait visiblement du même problème que lui. Il avait du mal à garder ses mains loin de lui. Ça lui ressemblait si peu que ça l'effrayait. Murphy savait qu'il aurait dû partir avant que les choses ne dérapent, mais il était tout simplement incapable de s'éloigner. Peut-être qu'après le dîner, il essaierait encore. Il était affamé.

— La soupe sera prête dans une minute. Il y a du soda, de l'eau et de la bière dans le frigo si tu as soif, lui dit Joe avant de se remettre à remuer le contenu de la casserole.

— Merci. Tu veux quelque chose ?

— Oui, je prendrais bien une bière.

Murphy attrapa deux bières dans le frigo, les ouvrit et en posa une sur le plan de travail près de Joe avant de prendre une grande gorgée de la sienne.

— J'avais vraiment prévu de te préparer un bon petit dîner, mais on va dire que tu me distrais trop, gloussa Joe.

— Moi ? Ha ! Ha ! C'est plutôt toi, Monsieur Mains Avides.

Joe haussa un sourcil.

— Je ne t'ai pas entendu te plaindre.

— Difficile quand quelqu'un met sa langue au fond de ma gorge, riposta Murphy d'un ton taquin.

— Je crois vraiment que c'est toi qui m'as attrapé et as fourré *ta langue au fond de ma gorge* à peine quelques secondes après être arrivé.

Murphy fit un geste évasif.

— Techniquement, Joe. Seulement techniquement.

Joe éclata de rire.

— Hum… Prends une chaise et je vais te servir.

— Pas trop tôt, dit Murphy avec un grand sourire.

Il s'assit devant l'îlot et sirota sa bière pendant que Joe se déplaçait dans la cuisine. Ça paraissait terriblement intime. Un léger frissonnement d'inquiétude se glissa le long de sa colonne vertébrale. Mais la sensation de bonheur que Joe dégageait et son visage souriant l'aidèrent à estomper sa gêne.

Joe posa un bol de soupe fumante devant lui, ainsi qu'une assiette de pain chaud et du beurre.

— Je me disais que ce serait le bon moment pour jeter un œil aux échantillons, sachant que pendant que tu manges, tes mains sont occupées, l'informa Joe.

— Mes mains ? dit Murphy en riant. OK, c'est probablement une bonne idée et tu vas surement être capable de te focaliser sur autre chose que moi.

— J'en doute, mais peu importe, ça vaut le coup.

Joe lui fit un clin d'œil puis sortit de la cuisine. Un moment après, il était de retour avec sa sacoche. Il prit place près de Murphy et en sortit les échantillons.

Étonnamment, ils parvinrent à endurer tout le dîner sans se rentrer dedans. Ils se décidèrent pour un sol en bois massif, des carreaux blanc façon métro pour la salle de bain et le revêtement mural de la cuisine, et une mosaïque noire et blanche pour le sol de la salle de bain.

— Je n'ai pas d'échantillons pour les placards de la cuisine, mais je peux en obtenir dans un jour ou deux, dit Joe en finissant sa bière.

Il attrapa la bouteille vide avant de se remettre sur ses pieds.

— Je vais m'en chercher une autre. Tu en veux une ?

— D'accord. Il n'y a aucun problème avec les placards de la cuisine. Les plans de travail en Formica sont hideux et ont vraiment besoin d'être remplacés, mais tu vas économiser énormément en polissant simplement les façades. Je les peindrais en gris. Ça fera un beau contraste avec les carreaux blancs.

— Tu sais comment rénover ces trucs démodés ?

Murphy fit passer le restant de sa soupe avec la bière que Joe lui tendait et hocha la tête.

— Oui. Il n'y a pas grand-chose que je ne sais pas faire.

Les sourcils de Joe se haussèrent.

— Professionnel de la construction, clarifia Murphy. En plus, c'est du bois massif. Ça coûterait un bon paquet de fabriquer quelque chose de cette qualité, de nos jours.

— Hé ! Regarde-toi, en train de me faire économiser tout cet argent. Je vais peut-être devoir te filer une augmentation.

Murphy grogna et agrippa son entrejambe pour plus d'effet.

— Tu m'as assez augmenté pour la journée.

— Pas encore, répondit-il en ramassant la vaisselle sale.

— Je vais le faire. C'est toi qui as cuisiné, proposa Murphy.

— Non, ça va aller. Profite de ta bière. Tu veux un dessert ?

— Ça dépend de ce que tu as à proposer.

Le téléphone portable de Murphy se mit à sonner. Il le sortit de sa poche et jeta un œil à l'écran. Il ne reconnut pas le numéro, mais il comportait le code de la Floride. *Je ferais mieux de le prendre, ça pourrait être en rapport avec mon job.*

— Garde ça à l'esprit.

Murphy répondit à l'appel comme il sortait de la cuisine.

— Bonjour.

— Bonjour. Ici Donna Cohen de Barton Marlow Corporation. Pourrais-je parler à Eugene Murphy, s'il vous plaît ?

— C'est moi.

— Je m'excuse d'appeler aussi tard, mais je tenais à vous faire savoir que le projet pour lequel vous avez été embauché est toujours suspendu. Mr Barton vous prie de l'excuser pour les désagréments occasionnés et souhaiterait vous offrir un travail sur un autre projet jusqu'à ce que les difficultés avec l'hôtel soient résolues.

Murphy fronça les sourcils. *Les difficultés ?* Il était curieux de savoir ce que ça signifiait, mais il ne lui posa aucune question. Au moins, ils lui proposaient autre chose pour le dépanner.

— C'est formidable. Quand veut-il que je commence ?

Une pensée lui traversa l'esprit.

— Une minute. Où ce nouveau travail se situe-t-il ?

Il n'était pas prêt à bouger une nouvelle fois. Premièrement, il n'en avait pas les moyens, et ensuite, il refusait de laisser Joe et d'abandonner les rénovations maintenant.

Ici, à Tampa. Nous devons remettre à niveau le chauffage et le système de climatisation de l'hôtel Calm Winds, et si vous êtes intéressé, vous pourriez d'ores et déjà travailler avec l'équipe. En fait, c'est la raison pour laquelle je vous appelle aussi tard. Ils voudraient vous voir demain à six heures.

La plupart des grosses sociétés se seraient moquées qu'il retrouve un emploi. Le fait qu'ils lui proposent un autre job pour l'aider à s'en sortir signifiait déjà beaucoup, et Murphy était vraiment impressionné par l'intégrité dont BMC faisait preuve.

Il hocha la tête.

— Ce serait formidable. Dois-je apporter quelque chose ?

— Non, monsieur. Par contre, j'ai besoin de votre accord pour pouvoir envoyer vos informations à Fields, Fields et Cohen. Ils possèdent l'hôtel dans lequel vous allez travailler. Ils auront besoin de vous ajouter à la liste du personnel de l'équipe et de vous donner un badge.

— Parfait. Merci beaucoup.

— De rien. Monsieur Barton, le chef de projet, vous rencontrera sur le site et il verra les détails avec vous.

Murphy lança son point en l'air.

— Je serai là. Merci beaucoup.

— De rien. Si vous avez des questions ou des soucis, n'hésitez pas à m'appeler.

Lorsque Murphy revint dans la cuisine quelques minutes plus tard, Joe était en train de terminer la vaisselle. Il jeta un œil par-dessus son épaule et lui sourit. Il ne lui demanda pas avec qui il venait de parler, mais la curiosité se lisait clairement sur son visage.

— C'était Donna Cohen de Barton Marlow Corporation.

81

Murphy reprit son siège près de l'îlot et attrapa sa bière. Il leva la bouteille.

— Et voilà comment on passe de rien du tout à un véritable job.

— Barton Marlow Corporation ?

Joe se retourna pour s'appuyer contre le plan de travail et se sécha les mains en l'observant étrangement.

— La société de travaux publics, ici, à Tampa ?

— Oui.

— Pourquoi t'ont-ils appelé ? lui demanda Joe en fronçant les sourcils.

Murphy lui sourit.

— C'est à propos de mon travail. C'est la raison pour laquelle je suis à Tampa. Je pensais que j'allais devoir repartir en courant dans le Michigan la queue entre les pattes. Mais maintenant, ce ne sera plus utile. À ma santé !

Murphy inclina sa bière et prit une grande gorgée. Grâce à cette décision, il se sentait mieux pour la première fois depuis des jours. *Peut-être que ça va le faire après tout...* Pauvre maman. Elle allait devoir s'habituer à voir son nid vide.

Murphy fut choqué lorsque Joe croisa les bras sur sa poitrine, le visage crispé par la colère.

— Murphy, tu ne songes pas sérieusement à prendre ce job chez BMC ?

Murphy cligna des yeux, surpris par la réaction de Joe.

— Je n'y songe pas seulement, j'ai carrément décidé d'accepter. Je dois être à Calm Winds dès six heures, demain matin.

Joe le regarda, bouche bée.

— Quoi ? Tu sais avec qui ils travaillent, n'est-ce pas ? Qui possède cet hôtel ?

— Oui. Fields, Fields et Cohen.

Murphy fronça les sourcils quand le visage de Joe prit une vilaine teinte rouge.

— C'est quoi ton problème, Joe ?

Joe se mit à rire. Un son étranglé et légèrement hystérique.

— Oh. Mon. Dieu.

Il leva les mains au ciel et bondit hors de la pièce. Murphy se leva et le suivit.

— Quel est le problème ?

Joe ne répondit pas. Il marcha d'un pas lourd vers la porte d'entrée et l'ouvrit brutalement.

— Je crois que tu devrais partir.

Murphy se figea.

— Comment ?

Joe le fusilla du regard.

— Tu m'as entendu. Il faut que tu partes.

— Mais qu'est-ce qui t'a mis en colère ?

Joe grimaça, sa poitrine se soulevant et retombant rapidement. Comme Murphy ne le quittait pas du regard, interloqué.

— J'ai dit : fous le camp d'ici, ajouta Joe.

Murphy n'avait aucune idée de ce qui était en train de se passer, et Joe ne paraissait pas enclin à le lui dire. Eh bien, c'était parfait. Si Joe voulait se comporter comme un connard, Murphy pouvait aussi en être un.

— Va te faire foutre pour le repas, cracha-t-il en le bousculant pour sortir.

Il sursauta quand la porte claqua derrière lui. Murphy se retourna et fixa le battant, bouche bée. Apparemment, sa colère complètement inattendue devait être en rapport avec la société qui venait de l'embaucher. Mais que son dégoût pour une entreprise puisse viser Murphy de cette manière, ça le rendait dingue. En se fichant que Joe puisse le voir, Murphy brandit son majeur vers la porte d'entrée en guise de salut, avant de tourner les talons.

Murphy terminerait le boulot qu'il avait accepté de faire à l'appartement. Il n'allait pas devenir le même trou du cul que Joe, même si ce dernier le méritait. Quand il ne travaillerait pas, il utiliserait son temps libre pour retrouver un logement permanent. Que Joe aille se faire foutre. Ou plutôt, que quelqu'un d'autre s'en occupe, parce que Murphy ne le toucherait plus et n'adresserait plus jamais la parole à ce bâtard.

PUTAIN ! EST-CE qu'il se fout de moi ? Fields, Fields et Cohen.

Joe voyait rouge. Il balança son bras en arrière, prêt à envoyer son poing à travers le nouveau mur en placo du vestibule. Au lieu de cela, il serra les doigts jusqu'à ce que ses articulations blanchissent et que les muscles de ses bras se mettent à trembler à cause du contrôle qu'il s'imposait pour ne pas passer sa colère sur le mur. Il lui fallut un moment et il dut respirer profondément avant que la rage ne commence à s'estomper et ne soit remplacée par le désespoir. Il ferma les yeux alors qu'une vague de nausée lui remuait les entrailles. Est-ce que Murphy pouvait raisonnablement ignorer à quel point son nouvel employeur était malsain ? Abattu, Joe se traîna jusqu'au canapé et s'écroula dessus. Il posa ses avant-bras sur ses genoux et inclina la tête.

L'idée que Murphy ne sache pas que *Fields, Fields et Cohen* était suspectée d'ignorer la loi, de graisser des pattes et d'empoisonner l'environnement depuis des années était absurde. Seule une personne enfermée dans sa bulle pouvait l'ignorer. FF & C s'étaient retrouvés aux informations nationales pendant des années. La pensée que Murphy puisse connaître la réputation du groupe et simplement s'en moquer, qu'il puisse s'incliner devant l'appât du gain faillit lui faire de nouveau bouillir le sang.

Il se leva du canapé, et comme un gosse en plein caprice, marcha lourdement vers la cuisine en fulminant. Il faillit arracher la poignée du frigidaire et s'en moqua. Il était révolté.

Cinq ans plus tôt, FF & C avait essayé de mettre la main sur le quartier où le *Kaffeinate* était situé. Joe avait mis jusqu'à son dernier sou d'économie dans ce café, il s'était cassé le cul à travailler jour et nuit pour construire un business solide et gagner une bonne réputation auprès de ses clients. FF & C et leurs méthodes sournoises avaient presque détruit tout ce que Joe avait essayé de construire. Il n'avait pu être sauvé que grâce à la présence de quelques commerçants, qui étaient là depuis bien plus longtemps que lui, et qui s'étaient battu à ses côtés et avaient réussi à éviter au quartier d'être démoli. C'était tombé sur monsieur Edwards, dont la boutique avait été l'un des premiers commerces de ventes générales dans le secteur de Tampa, ainsi que sur le bâtiment de Joe qui avait déjoué les plans de FF & C en parvenant à inscrire sa propriété en tant que monument historique. Ça n'avait tenu à rien, une sorte de sauvetage de dernière minute accordé par le bureau du gouverneur. Les autres secteurs de la ville n'avaient pas été aussi chanceux.

Joe étudia l'intérieur du frigo – la bière ne l'aiderait pas pour ce dont il souffrait. Il claqua la porte et se dirigea vers le placard à alcool. Une bouteille de whisky ne l'aiderait probablement pas non plus, mais putain, ça ne pouvait pas lui faire de mal.

Ça n'était jamais le cas quand on buvait.

Une heure et trois boissons plus tard, Joe était assis sur le canapé, fixant le mur le plus éloigné, se sentant un peu engourdi et complètement découragé. Pas seulement parce que Murphy travaillait pour une société que Joe considérait comme l'ennemi absolu, mais aussi à cause de la manière dont il venait de le traiter. Il aurait dû lui donner l'opportunité de dire quelque chose, de s'expliquer. Joe s'était contenté de réagir sous le coup de la rage, toute logique et tout sens commun s'étant volatilisés dans son sillage.

En soupirant, Joe prit une autre gorgée de whisky. Il devait appeler Murphy et s'excuser pour s'être mis en colère, mais son numéro n'était pas dans son répertoire. *Pourquoi n'ai-je pas son numéro ?* Il avait eu l'intention de le garder ; le papier sur lequel Murphy l'avait noté se trouvait sur son bureau. Il sourit en se rappelant ce qui l'avait interrompu, ou plus exactement qui, en l'empêchant de le mettre dans ses contacts. Le sourire que ce souvenir provoqua disparut aussitôt, alors que la culpabilité s'agitait en lui.

Il reposa son verre et se remit sur ses pieds. Il lui devait des excuses. Il n'aurait pas dû le traiter aussi durement sans même lui donner une chance d'expliquer pour quelle raison il travaillait pour FF & C. au-delà du sexe, Joe aimait bien Murphy. Il pouvait très bien s'imaginer devenir ami avec lui. Murphy ressemblait aux gens dont Joe aimait s'entourer. En tout cas, Kallie semblait dingue de lui. Le problème, c'était que si Murphy était vraisemblablement au courant des dommages causés par FF & C et qu'il prévoyait tout de même de travailler pour eux, alors Joe n'était pas sûr de pouvoir le considérer comme un ami. Il allait donc lui parler, en espérant lui ouvrir les yeux sur les conséquences d'un travail pour une société qui détruisait des vies et qui continuerait à le faire en blessant davantage de gens.

Mais d'abord, il devait s'excuser pour ses actions.

— ALLEZ, MURPHY, ouvre la porte.

Joe tambourina une nouvelle fois.

— Je sais que tu es là. Laisse-moi juste une chance de m'excuser.

Joe levait une nouvelle fois le bras quand la porte s'ouvrit brusquement et il faillit heurter le front de Murphy.

— Alors, excuse-toi.

— Je suis désolé, je…

— Excuses acceptées. Au revoir.

Joe tendit la main pour l'empêcher de refermer la porte.

— Attends, Murphy, est-ce qu'on peut parler de ce qui s'est passé ?

— Tu t'es comporté comme un parfait connard, tu t'es excusé, j'ai approuvé le fait que tu étais un parfait connard, accepté tes excuses pour avoir été un parfait connard. La discussion est terminée.

Murphy tenta encore de refermer la porte, mais Joe refusa de reculer. Peu importe l'issue de leur amitié, Joe ne voulait pas que Murphy pense de telles choses à son sujet. Et, plus important encore, Murphy devait savoir absolument tout sur *Fields, Fields & Cohen* et pourquoi Joe avait réagi de la sorte.

— J'ai compris. Je me suis comporté comme un connard.

Les sourcils de Murphy se soulevèrent.

— OK. Un parfait connard. Et je n'avais pas le droit de m'en prendre à toi à cause de ma haine pour FF & C.

— Tu as été un vrai salaud, ajouta Murphy.

Il croisa ses bras sur sa poitrine et le fusilla du regard, mais au moins, il n'essaya pas de le chasser de chez lui.

— Je sais, et je ne pourrai jamais m'excuser assez pour ça.

— Tu ferais mieux d'entrer.

Murphy leva les yeux au ciel et fit un pas à l'intérieur.

— Je veux dire, après tout, c'est chez toi.

Joe avait pensé se sentir coupable avant d'arriver. Il n'avait aucune idée de ce que la vraie culpabilité était jusqu'à ce qu'il repère le sac de couchage et les couvertures froissées sur le sol, dans un coin du salon. Il se détourna de cette vision pour faire face à Murphy.

— Je n'ai aucune excuse pour mon comportement. Peu importe ce que je ressens pour FF & C, ça ne me donnait pas le droit de te traiter comme je l'ai fait.

Murphy traversa la pièce poussiéreuse pour aller s'appuyer contre le comptoir de la cuisine.

— Pourquoi as-tu une dent contre eux ?

— Comment tu peux l'ignorer ! Ils sont passés aux infos nationales.

La colère de Joe recommença à grimper, et il dut se forcer à prendre plusieurs grandes inspirations pour se calmer.

— Je ne regarde pas toujours les informations.

Joe fronça les sourcils.

Murphy s'en aperçut.

— Entre le travail et les cours à plein temps, j'avais déjà des difficultés à trouver l'énergie de faire ce que j'avais à faire, expliqua-t-il.

Le soulagement de Joe fut énorme, tout comme sa culpabilité. Il avait jugé Murphy avant de connaître les faits.

— FF & C essaye de détruire cette ville et mon commerce depuis des années.

Murphy pencha la tête et il fronça les sourcils.

— Est-ce que c'est l'éternel problème entre les boutiques familiales et leur grand ennemi, les toutes-puissantes sociétés du secteur ?

— Ça va au-delà de cela, Murphy. Ils viennent ici, forcent les gens à vendre l'affaire de toute une vie pour presque rien. Quand les gens refusent, ils sabotent leurs business, ils font en sorte qu'ils ne puissent plus gagner d'argent ou payer leur personnel.

Joe appuya son épaule contre le mur et fixa le visage pensif de Murphy.

— Ce n'est pas le pire. Il y a de fortes chances que *Fields, Fields & Cohen* ne se soucient pas de l'environnement. Ils ont été accusés d'avoir pollué les marais et ils ont étouffé l'affaire avec leur argent. Ils ont des personnalités officielles complètement corrompues au fond de leurs poches.

Murphy releva la tête et son regard choqué se fixa sur Joe.

— Tu n'es pas sérieux ?

— Un peu que je le suis.

Fields, Fields & Cohen n'avaient pas été reconnus coupables. Ils auraient dû d'abord se rendre à la cour. Mais ils possédaient des sommes d'argent considérables pour s'offrir les meilleurs avocats, qui avaient su utiliser chaque astuce existante pour obtenir report après report. Il n'y avait que des rumeurs et des spéculations. Le Département des Ressources Naturelles avait des preuves, mais à moins de pouvoir inculper le groupe et de l'amener en justice, ces salauds de FF & C, imbus d'eux-mêmes, pouvaient user de la loi à leur convenance, et clamer leur innocence jusqu'à preuve du contraire.

— Ils n'ont été déclarés coupables d'aucun méfait, mais c'est seulement une question de temps.

— Tout ça ne paraît pas très objectif, Joe. Comment peux-tu dire ça avant d'avoir entendu chaque parti ?

Joe haussa les épaules.

— Je n'ai pas besoin d'être objectif. J'ai déjà fait personnellement l'expérience de leurs méthodes louches.

Murphy afficha un air stupéfait pour la seconde fois et Joe eut la lourde sensation qu'il s'était totalement trompé sur lui.

— Les gens pour lesquels je travaille, pour lesquels je suis venu jusqu'en Floride pour...

Il leva les mains, son visage se mettant à rougir pendant qu'il commençait à aller et venir.

— La société dans laquelle j'ai placé mes espoirs pour accomplir mes rêves travaillerait main dans la main avec une entreprise qui a essayé de te faire fermer boutique ? Est-ce que c'est bien ce que tu es en train de me dire ?

Joe avala difficilement sa salive et acquiesça. Il n'allait pas mentir à Murphy.

— Oui, et c'est uniquement parce que nous avons réussi à inscrire les bâtiments de mon quartier au patrimoine historique. Si ça ne s'était pas produit, ils auraient volé *Kaffeinate* directement sous mon nez. Et je n'étais pas le seul à me battre contre eux. Beaucoup d'autres petites entreprises n'ont pas été aussi chanceuses que moi.

Murphy lâcha un profond soupir. Son visage avait pâli quand il avait finalement cessé d'arpenter la pièce et qu'il s'était mis à fixer Joe avec un regard rempli de tristesse.

— Bon Dieu, Joe. Je n'en avais aucune idée. Mais qu'est-ce que je suis censé faire ?

— Tu as toujours ton job au *Kaffeinate,* si tu le souhaites, proposa Joe en l'observant pensivement.

Le regard de Murphy se plissa et un muscle tressauta dans sa mâchoire.

— Je n'ai pas fait toutes ces études pour finir par servir des cafés.

Aïe. Joe grimaça.

— C'était juste une proposition.

Murphy soupira encore.

— Je ne voulais pas le dire comme ça.

— Si c'est parce que tu refuses de coucher avec le patron… suggéra Joe prudemment.

— Ce n'est pas ça non plus, Joe. Tu ne comprends pas ? Ce job est important pour moi. Je n'ai peut-être pas fait mes devoirs à propos de *Fields, Fields & Cohen*, mais je les ai faits à propos de Barton Marlow Corporation, et ils ont une réputation impeccable. Je ne peux pas croire qu'ils aient quoi que ce soit à voir avec ces pratiques douteuses dont tu as parlé.

— Je ne sais rien à propos de Barton Marlow, mais au sujet de…

— Attends une minute. Tu es en train de me dire que toute cette indignation et cette colère n'ont rien à voir avec mon employeur, mais avec les personnes qui emploient BMC ?

— Si tu couches avec l'ennemi en toute connaissance de cause, alors tu n'es pas meilleur que lui.

Il n'y avait aucun moyen de se tromper quant à l'expression sur le visage de Murphy. Il était en colère. Il leva le menton et soutint le regard noir de Joe avec assurance.

— Je ne vais pas me disputer avec toi sur le fait que FF & C sont ou non diaboliques parce que je ne connais pas les faits, alors je vais devoir te croire sur parole. Mais tu n'as pas les mêmes informations sur Barton Marlow. Tu les juges sur la base de quelques déductions, et ce n'est pas juste. Alors écoute, je vais continuer à travailler pour Barton Marlow, parce que je préfèrerais être maudit plutôt que de revenir sur un engagement, ou abandonner la chance de ma vie parce que tu penses que, peut-être, il se pourrait qu'ils soient au courant des décisions d'affaire de FF & C.

Murphy traversa la pièce d'une démarche pesante et vint se planter devant Joe. Il pointa un doigt vers sa poitrine.

— C'est une entreprise de travaux publics, pas les larbins du diable, et je travaille pour eux, compris ?

Joe le regarda fixement, pris dans un tourbillon d'émotions contradictoires. Murphy marquait un point, et quoique Joe répugnait à l'admettre, ce point-là était valide. Mais ça n'en diminuait pas moins l'embarras qu'il ressentait. Directement ou indirectement, Murphy serait impliqué dans une entreprise que Joe exécrait.

— Mais…

— Il n'y a pas de mais, Joe. Si tu m'en tiens rigueur, ce sera comme blâmer la vache d'avoir donné du fromage pourri.

Joe secoua la tête.

— Quoi ?

— Exactement. Maintenant, dis-moi que j'ai raison et peut-être que je te pardonnerai, demanda Murphy.

Joe n'avait aucune idée de ce dont Murphy parlait, mais à ce moment précis, ça n'avait pas d'importance. Murphy était incroyablement sexy quand il s'énervait ainsi et l'irritation de Joe était consumée par son excitation grandissante. Il tendit la main, attrapa Murphy par le cou et l'attira pour un baiser féroce.

L'espace d'un ou deux battements de cœur, Murphy ne répondit pas, son corps tendu contre celui de Joe. Puis, très lentement, il ouvrit la bouche et permit à la langue de Joe de s'y introduire, son corps se courba et il s'agrippa à sa chemise. Au grand désespoir de Joe, l'instant ne dura pas suffisamment avant que Murphy ne détourne la tête et ne brise leur étreinte. Il recula en respirant difficilement. Joe avait envie de le saisir, de le prendre dans ses bras et de le serrer fort, il avait besoin de le sentir contre lui, mais il n'osait pas. Il serra les poings pour s'empêcher de répondre à son besoin.

— Murphy…

— Dis-moi que j'ai raison, répéta Murphy.

— Tu as raison et je ne pourrai jamais assez m'excuser pour la manière dont j'ai réagi. Est-ce que tout est OK entre nous ?

— Oui, j'imagine. C'est bien, je veux dire, ce n'est pas bien la manière dont tu m'as traité, mais je comprends ta réaction. Vraiment. Joe, tu ne peux pas continuer à m'en vouloir.

Il se mordit les lèvres, paraissant encore plus incertain qu'avant.

— Nous sommes d'accord avec le fait que nous ne sommes pas d'accord.

— Bien, cependant peux-tu me faire une promesse ? demanda Joe.

— Je peux essayer.

— Si tu découvres que Barton Marlow brise volontairement les règles en toute connaissance de cause et sur l'ordre de FF & C, est-ce que tu me le diras ?

Murphy serra les dents, les muscles de sa mâchoire tressautant une nouvelle fois.

— Tu veux que j'espionne mon employeur ? Sérieusement, Joe ?

— Oui, mais pas pour les raisons auxquelles tu penses. Je voulais seulement dire…

Joe secoua la tête.

— Ce n'est pas grave. Tu as raison, je n'aurais pas dû te demander cela.

Murphy s'avança jusqu'à lui.

— Écoute, il n'y a aucune preuve de l'implication de BMC dans aucun méfait, et si cela change, nous en discuterons ensemble. C'est la seule chose que je peux te promettre pour l'instant.

— C'est tout ce que je veux.

Joe réduisit la distance entre eux et fit glisser ses bras autour de la taille de Murphy.

— Qu'est-ce que tu dirais d'un lit king-size à la place d'un sac de couchage ?

— Je ne sais pas si je suis déjà prêt à te pardonner toute cette histoire à propos du parfait connard.

— Oh, tu sais… Je ne suis plus du tout ce parfait connard.

— Je ne dirais pas ça.

— Alors, laisse-moi me faire pardonner

Murphy ne paraissait toujours pas convaincu.

— Je dormirai même sur le canapé, si tu veux. Admets qu'un vrai lit, c'est une promenade de santé par rapport au sol dur. Je te préparerai même le petit déjeuner.

Murphy plissa les lèvres.

— Tu sais très bien que si je reviens, on finira au lit ensemble.

— Et est-ce que c'est une si mauvaise chose ?

Murphy le fixa durant un moment. Joe n'insista pas. Il s'était excusé et avait tenté de faire amende honorable pour son mauvais comportement. C'est tout ce qu'il pouvait faire.

— Très bien, tu peux essayer de te faire pardonner.

Murphy parvint à s'extraire des bras de Joe et recula d'un pas.

— Mais pas de câlins.

Joe était heureux que Murphy se soit détourné pour prendre ses affaires. C'était plus facile de dissimuler le rire qui menaçait de s'échapper. Pas de câlins, hein ? *On verra ça.*

Murphy était un câlineur de première et heureusement, Joe serait le seul à profiter de ses câlins inexistants pour le restant de la nuit.

XI

La foule de cinq heures du matin – ou plutôt l'absence de foule – était un soulagement bienvenu pour Murphy quand il passa les portes du *Kaffeinate*. Les deux jours précédents, il avait travaillé dix heures par jour à l'hôtel, à nettoyer et à évaluer l'état des canalisations, puis il avait passé ses soirées à poser du carrelage dans l'appartement. Il avait pu obtenir six heures de sommeil. Et maintenant, l'arôme du café fraîchement coulé commençait à éclaircir le brouillard dans sa tête.

— Bonjour, Murphy. Prends un siège.

Joe indiqua le tabouret vide au bar.

— Chaud ou froid, ce matin ?

— Bonjour, répondit Murphy d'un air endormi.

Il se laissa lourdement tomber sur le tabouret.

— Je crois que je vais le prendre chaud avec un roulé à la cannelle, et que je vais en prendre un autre froid pour le chemin, s'il te plaît.

— Ça arrive tout de suite.

Murphy jeta un œil autour de lui et trouva ce qu'il cherchait près de la caisse. Il attrapa le journal et revint à son siège, sortit la section sport et plaça le reste du journal sur le côté.

Joe posa devant lui son café et son roulé à la cannelle.

— Du nouveau dans le monde du sport ?

— Il n'y aura rien d'excitant jusqu'à la chute, répondit Murphy sans lever les yeux.

Il saisit sa tasse et souffla sur son café avant d'en prendre une gorgée.

— Tout va bien ?

— Je suis juste fatigué.

— Tu sais, il n'y a aucune date butoir pour l'appartement. Qu'est-ce que tu dirais de prendre ta soirée pour venir traîner avec moi sur la plage ? Je te laisserai me mettre de l'huile sur le dos.

— Tentant.

Murphy se mit à rire.

— Plus sérieusement, ma priorité, c'est toi. J'ai promis que je ne te laisserai pas tomber.

— Tu ne le fais pas. Il se serait écoulé des mois, sinon plus, avant que je me décide à faire quelque chose de cet endroit. Quoique si tu écoutes Kallie, je n'aurais même jamais commencé, donc il n'y a aucune raison de se dépêcher.

Murphy prit une autre gorgée de café et s'attaqua à sa pâtisserie.

— OK, mais je me sentirais mieux si j'achevais les travaux.

— Pourquoi ? Où est l'urgence ?

— Je me suis engagé et je terminerai ce travail, répliqua Murphy.

Il regretta aussitôt ses paroles quand il vit le visage de Joe s'affaisser.

— Désolé. Ne fais pas attention. Je suis toujours grincheux avant mon café.

Joe leva les mains et serra les lèvres.

— Je l'aurais deviné. Pas un mot de plus. Je te laisse à ton breuvage.

Il tourna les talons et se dirigea vers l'autre bout du bar.

Joe…

Mais ce dernier était déjà trop loin pour l'entendre et il servait un autre client. Murphy soupira. C'était vrai, il était grincheux avant d'avoir pris sa caféine quotidienne, et le manque de sommeil ne faisait qu'intensifier sa mauvaise humeur. Mais il n'y avait pas que ça.

Il avait pardonné à Joe pour son emportement, mais ça lui avait aussi permis de réfléchir. Leur querelle lui avait remis en tête les raisons pour lesquelles il ne cherchait pas et ne souhaitait surtout pas se retrouver coincé dans une relation. Il ne voulait pas que quelqu'un puisse lui dire quoi faire, et le fasse culpabiliser parce qu'il souhaitait s'améliorer. Et ça n'avait rien à voir avec la dispute. Maintenant qu'il travaillait dans le domaine qu'il s'était choisi, il avait enfin l'opportunité de suivre ses rêves et de les rendre réels.

Il regarda dans la direction de Joe qui était en train de discuter avec une vieille dame, un grand sourire sur les lèvres. *Il va finir par te haïr.* Cette seule pensée rendit Murphy malade. Il commençait à se soucier de Joe, à aimer traîner dans son sillage, et tout indiquait qu'il était sur le point d'en tomber amoureux. Peut-être l'était-il déjà. Mais il refusait de continuer sur ce chemin-là. Il ne pouvait pas. Il devait lever le pied et prendre un peu de recul. Garder les choses simples entre eux. C'était le seul moyen qui leur garantissait de rester amis, une chose dont Murphy manquait cruellement en Floride.

— Encore ?

Il fut tiré de ses pensées par Kallie qui se tenait devant lui avec un pot de café.

— D'où sors-tu ?

— Hum, je crois que je travaille ici.

— Je...

— Je te taquine. J'étais derrière, je cherchais des fournitures. Comment tu vas, ce matin ? demanda-t-elle comme elle se déplaçait pour lui verser du café.

Murphy la repoussa.

— Non merci, tout va bien, mais pourrais-je avoir un frappé pour partir ? Je dois aller travailler.

— Tu as l'air fatigué.

— Je le suis, mais il n'y a rien qu'un café ne peut réparer.

Il lui fit un clin d'œil et avala un morceau de son roulé.

— Et un café frappé très serré et très noir ! annonça joyeusement Kallie.

Pendant qu'elle s'éloignait pour aller lui chercher sa boisson, Murphy termina son café et sa pâtisserie tout en priant afin que Joe ne le rejoigne pas. C'était stupide et enfantin, et il doutait sérieusement que le Bon Dieu ait du temps à gaspiller pour des prières aussi égoïstes. Mais il la prononça quand même. Il était complètement dingue, mais il n'avait pas envie de réfléchir sur ses sentiments pour Joe à cet instant précis. Et en plus de cela, fatigué comme il l'était – et c'était uniquement sa faute – il finirait par dire quelque chose qu'il regretterait ou pire encore, qui blesserait Joe.

— Voilà pour toi, mon mignon. J'espère que ça t'aidera.

— Merci, Kallie, je suis sûr que ce sera le cas.

Il retira un ou deux billets de sa poche et les fit glisser sous son assiette.

Kallie fronça les sourcils.

— Tu sais, ça va à l'encontre du concept de gratuité.

Murphy attrapa sa boisson et se remit sur ses pieds.

— Il n'y a rien de gratuit dans ce monde, chérie.

— Bon, tu n'es vraiment pas quelqu'un de matinal, n'est-ce pas ? Tu es plutôt quelqu'un de susceptible, non ?

— Ce n'est pas ce que je voulais dire. Tu sais quoi, arrête de tout prendre au pied de la lettre et j'essaierai de ne pas être aussi sceptique. D'accord ?

— D'accord. Maintenant, sors d'ici et descends-moi ce café sur le chemin du boulot. Personne n'aime les grincheux.

— J'y vais.

Il jeta un œil dans la direction de Joe. Leurs regards se croisèrent et Murphy fit un petit signe de tête. Puis il se tourna vers Kallie.

— Dis-lui que j'ai dit… Heu… Bon…

— Je lui dirai, ricana Kallie.

Murphy lui lança un regard noir.

— Arrête ça. Je voulais seulement te demander de lui dire que je vous verrai demain.

— Hum, hum. Je le lui dirai.

Kallie mit sa bouche en cul de poule et lui fit un baiser retentissant, puis le lui envoya.

Comme Murphy se tenait là et la fixait sans bouger, le sourire de Kallie se changea en froncement de sourcils.

— Oh, mon Dieu, tu n'as même pas essayé de l'attraper. Attends-moi là.

— Kallie ! Où vas-tu ?

— Je reviens tout de suite, lança-t-elle par-dessus son épaule.

Murphy avait bien envie de se glisser vers la porte. Il n'était pas d'humeur à jouer, ce matin. Il vérifia sa montre et décida de lui accorder deux minutes. Elle fut de retour après seulement une minute et Murphy ne put s'empêcher de rire.

Kallie portait un plateau à emporter avec une tasse remplie de glaçons et une autre remplie aux trois quarts de café. Elle lui prit sa boisson des mains, la posa sur le plateau et lui tendit le tout.

— Et voilà, monsieur le grincheux. Termine le premier, puis ajoute les glaçons dans l'autre, et bois-le avant d'arriver au travail. Ça devrait soulager ton apathie.

Murphy fut sur le point de lui répondre quelque chose, mais Kallie l'interrompit.

— Ordre du docteur.

— Tu es dingue, dit-il entre deux éclats de rire.

Kallie se pencha et planta un baiser sur sa joue.

— À demain.

Murphy se dirigea vers la sortie, toujours gravement en mal de caféine, mais grâce aux brillants sourires de Kallie et à son attitude adorable, il commençait à se sentir déjà moins épuisé. Le temps qu'il arrive jusqu'à son lieu de travail, il souriait et sifflait. Il jeta les tasses vides et le plateau dans une poubelle et se dirigea à l'intérieur.

Il fronça les sourcils en apercevant Kent qui emballait ses outils.

— Que se passe-t-il ? Est-ce qu'on se déplace ailleurs ?

— Moi, oui. Monsieur Barton veut te parler. Il est près du camion.

Murphy sentit son ventre se serrer. Ça ne faisait que deux jours qu'il travaillait là, et être appelé par le patron ne pouvait pas être bon signe. En se dépêchant, il se dirigea vers l'extérieur à la recherche de monsieur Barton. Il le trouva sur le parking, occupé à discuter avec quelques-uns des membres de l'équipe. Murphy attendit patiemment à une certaine distance, ne souhaitant ni l'interrompre ni l'espionner, quoiqu'il aurait aimé savoir ce que le patron était en train de dire. D'après l'expression sur les visages des gars, les nouvelles n'étaient pas si mauvaises, mais ça ne voulait pas dire que Murphy risquait de recevoir les mêmes.

Après quelques minutes, Monsieur Barton remarqua Murphy et lui fit signe d'approcher.

— Bonjour, fils.

— Bonjour, monsieur. Vous vouliez me parler ?

— On a presque terminé, ici, alors je vais retirer l'équipe et la mettre sur un autre projet. Les propriétaires ont demandé à garder quelques-uns de mes gars pour assister leur équipe de maintenance durant quelques semaines. Je leur ai dit que toi et George pourriez très bien travailler pour eux. George est expérimenté et tu vas pouvoir apprendre beaucoup grâce à lui sur la réparation des vieux systèmes.

Le soulagement envahit Murphy. Il conservait son emploi.

— Absolument, monsieur.

— Formidable ! Je vais en informer monsieur Fields. Va prévenir le département des Ressources Humaines, et ils te feront remplir tous les documents.

Un sentiment perturbant envahit Murphy, bien plus intense que lorsqu'il avait cru perdre son job.

— Des documents, monsieur ?

— Toi et George serez embauchés en tant que sous-traitants, temporairement. Si tu veux être payé, je te suggère de finaliser ces documents.

Son téléphone se mit à vibrer.

— Je dois prendre cet appel. Trouve George, il répondra à toutes tes questions.

— Merci, monsieur.

Et merde ! Après tout ce que Joe lui avait dit à propos de FF & C, la dernière chose que Murphy souhaitait c'était de travailler pour eux directement, spécialement après lui avoir assuré qu'il dépendait de BMC. Qu'était-il censé faire, Bon Dieu ? Son patron venait de le choisir pour le job, et étant le petit nouveau dans l'équipe, il n'osait pas refuser. Et monsieur Barton avait bien dit que ce serait temporaire. Il n'y avait aucune raison d'en parler à Joe. Ça ne ferait que le bouleverser. À côté de ça, ce n'était pas comme s'ils étaient en couple ou quoi. Il n'avait pas à quêter son approbation.

Murphy retourna à l'intérieur pour trouver George. Malgré sa décision de ne rien dire à Joe, il avait un mauvais pressentiment à propos de cette histoire. Ou peut-être n'était-ce que sa mauvaise conscience qui s'agitait. Il n'était pas en train de mentir, se rappela-t-il. Il allait seulement éviter de parler des personnes qui signaient ses chèques. Ça ne regardait personne à part lui. Il réfléchit à sa décision durant plusieurs minutes, mais ça n'avait pas très bon goût. En fait, ça sentait même très mauvais.

Murphy repoussa sa nourriture dans son assiette avec sa fourchette. Il s'était arrêté au premier bar hawaïen qu'il avait trouvé en sortant du travail, à la recherche de nourriture et de bière. La bière descendait bien. La nourriture, par contre, c'était une autre histoire. Les derniers mots de la dame des Resssources Humaines n'avaient pas quitté son esprit de la journée. *Bienvenue dans l'équipe de FF & C.* Murphy ne pouvait s'empêcher de se sentir comme un traître, ce qui était stupide, et…

— Est-ce que quelque chose ne va pas avec vos pâtes aux fruits de mer ?

Murphy leva les yeux et croisa le regard inquiet du barman.

— Non, tout va bien. Je n'ai plus très faim, d'un coup. Est-ce que je peux avoir une boîte à emporter et une autre bière ?

— Bien sûr.

Murphy reposa sa fourchette et prit sa bière, vidant le reste tout en admirant l'océan, au-delà. C'était la raison pour laquelle il ne voulait pas se retrouver dans une relation avec qui que ce soit. Il ne voulait pas avoir à se préoccuper des sentiments des autres exceptés des siens. Il avait un but. Il avait des rêves, putain, et cette bonne grosse dose de culpabilité n'en faisait pas partie.

— Et une Bud glacée.

— Merci.

Murphy saisit la bière et en engloutit la moitié.

— Ah. Mauvaise journée ?

— Vous n'avez pas idée.

— Eh bien, vous pouvez tout dire au vieux Gary. Je suis totalement à l'écoute. Ça fait partie de mon job.

— Je suis en train de laisser quelqu'un se mettre entre moi et mes rêves, se plaignit Murphy.

— Hum, ça ne m'a pas l'air bon.

— Ça ne l'est pas.

— Attendez un instant.

Gary plaça les pâtes de Murphy dans une boîte en polystyrène.

— Je vais mettre ça au frais et nous procurer une ou deux boissons. La bière ne vous aidera pas avec ce qui vous arrive.

Non, mais peut-être qu'une lobotomie y parviendrait. Il était ridicule. Il connaissait à peine Joe. Il ne lui devait rien. Et voilà qu'il était en train de prendre ses sentiments en considération d'une façon ridicule. C'était de la folie !

Gary le rejoignit et posa deux verres à shot devant lui. Un rempli d'un liquide sombre, et l'autre d'un liquide blanc.

— Qu'est-ce que c'est ?

— Un remède, mieux connu sous le nom de Jäger, annonça Gary avec un clignement d'œil.

Murphy attrapa le verre au contenu noir et le renifla.

— Oh là ! Ça sent la réglisse.

— Ça en a le goût aussi.

— Non merci. Je n'aime pas la réglisse.

— Personne ne l'aime.

Gary se mit à rire.

— C'est à la faire descendre que sert le rhum de noix de coco. Faites-moi confiance. Un ou deux verres et vous vous sentirez tellement bien que vous vous mettrez à danser sur le bar.

Murphy plissa les narines et observa les boissons d'un air suspicieux.

— Allez-y ! Vivez un peu, bon sang. Bon, écoutez, je vais en prendre un avec vous.

Gay versa deux shots supplémentaires. Il tendit celui qui contenait le jäger, puis lui fit un signe de tête.

— Santé.

Murphy n'aimerait peut-être pas la saveur, mais si ça le rendait heureux… Putain. Il attrapa son verre et le fit tinter contre celui de Gary.

— À ceux qui dansent sur les bars.

Il siffla son verre. Le goût était encore pire que ce qu'il avait cru. Il toussa et crachota et ses yeux se remplirent de larmes.

Gary éclata de rire et frappa Murphy dans le dos.

— L'autre, maintenant, espèce de dingue.

Aussitôt que sa toux se calma, Murphy attrapa le rhum et l'avala. Ça l'aida un peu, mais l'affreux parfum de réglisse continua à s'attarder sur sa langue.

— Ça doit être la chose la plus dégueulasse que j'aie jamais goûtée.

— Oui, mais les effets l'emportent largement sur le goût.

Gary vida son rhum puis claqua le verre sur le bar.

— Prêt pour un autre ?

Murphy haussa les sourcils.

— Sérieusement ? Ce truc va me faire pousser des poils sur la poitrine.

Gary fit glisser son regard sur le torse de Murphy et s'humecta les lèvres de façon séduisante.

— Ouais, je sais. Alors, un autre ?

— D'où je viens, la politesse veut qu'on rende la pareille lorsqu'on se fait payer un verre. Verse.

— C'est un peu l'esprit, dit Gary en remplissant les verres. D'où viens-tu ?

— Detroit.

— Personne ne vient de Detroit.

— Seul un autre natif du Michigan dirait ça.

Gary sourit.

— Je suis né et j'ai grandi à Farmington. Je suis venu ici il y a cinq ans.

— Pas possible ?! J'ai grandi à Southfield.

Murphy leva sa Jäger.

— À nous, suffisamment intelligents pour avoir foutu le camp !

Gary fit tinter son verre contre celui de Murphy et le vida. Le second fut seulement légèrement moins ignoble que le premier, mais au moins cette fois, il ne toussa pas au point d'en perdre un poumon et eut le bon sens d'en chasser rapidement le goût avec le rhum. Gary avait eu raison, pourtant.

La chaleur dans son ventre et le bourdonnement agréable dans sa tête en valaient le coup.

Murphy ignorait tout des danses sur les bars. C'était une bonne chose qu'il n'ait pas à retourner au travail parce qu'avec quelques verres supplémentaires, il n'était pas sûr de pouvoir encore très bien marcher, encore moins secouer ses fesses. Cependant, sa mauvaise humeur se dissipait rapidement. C'était bon de pouvoir rire et parler avec quelqu'un qu'il ne désirait pas et à qui il n'était pas attaché sentimentalement. Quoique vu la manière dont Gary l'examinait, quelqu'un devait avoir des idées derrière la tête.

XII

MURPHY SE réveilla brutalement au son assourdissant de son réveil. Chaque bruit perçant déclenchait des pulsations douloureuses dans sa tête. Il tritura l'alarme, jurant quand ses doigts engourdis ne réagirent pas assez vite. *Jäger*. Qui était assez fou pour boire ce truc, la veille d'une journée de travail, qui plus est ? Vraisemblablement, il l'était puisqu'il l'avait fait, encore et encore (il grogna) et encore.

Une pensée le saisit et il jeta un œil autour de lui. Il soupira de soulagement en ne voyant personne. Il se rappelait avoir parlé et ri avec Gary bien après que son service fut terminé, il se souvenait avoir trébuché sur la plage en essayant d'attraper des mouettes. Ah oui, et ses tentatives idiotes pour nager dans les vagues, ce qui aurait pu causer sa perte si Gary n'avait pas été là pour l'en empêcher. Mais après ça…

Rien.

Il ne se rappelait pas comment il était rentré à l'appartement, mais ça ne devait pas faire si longtemps que ça, car ses vêtements étaient encore humides. Et alors que sa tête pulsait avec les signes évidents d'une gueule de bois en approche, il pouvait encore sentir les effets de l'alcool flotter dans son esprit.

Avec de gros efforts, il réussit à se remettre sur ses pieds. Il vacilla un peu, mais parvint à atteindre la salle de bain sans tomber ni rencontrer un mur. Après une douche chaude et beaucoup de café, il devrait se sentir beaucoup mieux. L'idée du café réveilla le souvenir indésirable de Joe. Il grogna et ouvrit les robinets de la douche. Qu'est-ce qui n'allait pas avec Joe pour le perturber ainsi ? Il n'était même pas sûr d'apprécier cet homme en dehors du lit… du moins, c'est ce qu'il ne cessait de se répéter. Il se plaça sous le jet d'eau chaude et grogna encore, cette fois avec plaisir comme l'eau frappait ses épaules et son dos.

Sa soirée au bar hawaïen avait été sympathique. Il avait vraiment besoin de passer plus de temps à profiter des nuits de Floride, et de cesser son obsession à propos de Joe, surtout maintenant que FF & C signaient ses chèques. Et voilà que cette seule idée le rendait chaud et vibrant l'intérieur ?

Non.

Il attrapa le savon sur l'étagère et entreprit de se frotter les bras et la poitrine avec colère. Tout ça, c'était la faute de Joe. Qu'il aille en enfer avec son sourire sournois et son cul sexy. Qu'il aille tout droit en enfer. Il acheva de se laver puis s'attaqua à ses cheveux, et avec chaque tictac de l'horloge, son humeur devenait de plus en plus maussade. Lorsqu'il eut terminé de se sécher, de se brosser les dents et de s'habiller, il bouillonnait.

Le problème n'était pas que Joe soit innocent, mais que Murphy soit incapable de contrôler ses émotions et ses pensées. Il était néanmoins toujours aussi furieux après Joe. Quel besoin avait-il d'être aussi charmant, aussi séduisant et aussi brûlant au lit ? Pourquoi ne pouvait-il pas songer à une tasse de café sans penser immédiatement à Joe ?

— Va te faire voir ! cracha Murphy.

Il trouva son portefeuille sur le comptoir de la cuisine, il s'en empara, ainsi que de son téléphone portable. Aujourd'hui était un nouveau jour. Aujourd'hui, il refuserait de laisser Joe lui dicter son humeur ou ses actions.

— Je suis mon propre patron avec mes propres besoins et mes propres priorités.

Même ainsi, Murphy savait que c'était des conneries. Joe avait lancé une espèce de sort sur lui, et il allait lui falloir plus que quelques affirmations stupides pour briser la malédiction. Il attrapa ses clés et se dirigea vers la porte. Non, il n'allait pas aller au *Kaffeinate*. Il n'allait même pas passer devant la porte. Aujourd'hui, il allait se rendre au Starbucks, où il ne commanderait aucun putain de café frappé. Un café noir très fort et très serré, ce serait son seul objectif.

— As-tu vu Murphy, ce matin ?

Kallie leva les yeux de sa caisse et secoua la tête.

— Il n'est pas venu.

Joe leva les yeux vers l'appartement.

— Je me demande s'il va bien.

— Je l'ai entendu descendre lourdement l'escalier du fond, un peu plus tôt. Il avait l'air pressé.

— Hum. Il a dû se lever en retard, dit-il. Je vais m'occuper de la paperasse. Crie si tu as besoin de quoi que ce soit.

— Je le ferai.

Joe se rendit à son bureau et referma la porte derrière lui avant de se laisser tomber sur son siège. Il était surpris d'être aussi déçu de ne pas avoir eu une chance de voir Murphy ce matin. Peut-être se rendrait-il à l'appartement ce soir pour voir comment les choses avançaient.

Depuis que Murphy avait commencé à travailler, Joe n'arrivait pas à savoir s'il était vraiment fatigué ou s'il essayait juste de l'éviter. Il avait le vague sentiment que c'était plutôt cette dernière option. Murphy était un gars génial et il ne souhaitait surement pas qu'il y ait de l'hostilité entre eux. Ils avaient besoin de parler. Un sourire s'étira sur son visage en se rappelant comment les choses s'étaient déroulées entre eux la dernière fois où il avait voulu parler à Murphy. Ils avaient eu des problèmes à communiquer, mais n'avaient rencontré aucun obstacle en ce qui concernait l'aspect physique.

— Si seulement le reste était aussi simple, soupira-t-il.

Joe passa le restant de la journée à s'agiter autour du café, son esprit n'étant que partiellement au travail. C'était agaçant, mais il était incapable de chasser Murphy de sa tête suffisamment longtemps pour réussir à se concentrer ou à terminer quelque chose. Il enchaîna simplement les mouvements jusqu'au retour de Murphy. Le plus drôle étant que Joe n'était pas certain de pouvoir expliquer pourquoi il rencontrait autant de difficultés. Murphy et lui avaient baisé et s'étaient bagarrés – et tout cela ne constituait pas vraiment de bonnes bases pour une future relation, que ce soit de couple ou d'amitié. Ce qui le surprenait le plus, c'est qu'il ait pu songer à courir après cet homme-là, en particulier, même brièvement. Que savait-il réellement à propos de Murphy ? Il ne connaissait rien de sa famille, de ce qu'il aimait ou détestait, de ses espoirs, de ses rêves. La seule chose qu'il savait, c'est que le gars pouvait être drôle à hurler et le faire rire si facilement. Qu'il était aussi terriblement attirant et que c'était un amant exceptionnel. Au-delà de ça…

— Je n'ai pas grand-chose.

Joe reposa son stylo et se redressa. Il n'avait rien écrit depuis une heure. Il ne pouvait pas prétendre travailler plus longtemps. C'était le moment de réunir son courage et de trouver ce qu'il allait faire. Ils étaient capables de communiquer lorsqu'il y avait autre chose que leurs sexes sur lesquels se concentrer. De la nourriture ! Une ou deux pizzas extra larges devraient faire l'affaire. Joe jeta un œil à l'horloge : il était presque six heures. Pratiquement l'heure du dîner. Il attrapa son portefeuille et sortit.

Une grande pizza aux pepperonis dans les mains, accompagnée de quelques ingrédients, Joe se tenait devant la porte de l'appartement. Il prit une inspiration avant de frapper.

Murphy ouvrit la porte et écarquilla les yeux.

— Joe. Eh ! Je n'espérais pas… Je veux dire…

Joe lui tendit les boîtes.

— J'ai apporté le dîner.

Murphy hésita une seconde avant de reculer.

— Entre.

Joe passa devant Murphy et essaya de ne pas fixer sa tenue – du moins, son manque de tenue, en l'occurrence. Murphy portait un short de coton gris et sa large poitrine était dénudée. Sa peau n'était plus aussi pâle qu'elle l'avait été. Baignée par le soleil, elle suppliait pour qu'on l'explore avec la langue et les lèvres. Joe se secoua intérieurement. *Concentre-toi.* Il détacha ses yeux de Murphy et fit le tour de la pièce. Les outils traînaient un peu partout et la poussière recouvrait tout. Cependant, là où la pièce avait été mise à bas la dernière fois où il était venu, il pouvait à présent voir des signes de reconstruction. Les murs en placo avaient été dressés et plâtrés, et un îlot était à moitié édifié entre la cuisine et le séjour.

Joe se dirigea vers la cuisine et posa les boîtes sur le réchaud.

— On dirait que tu as été bien occupé.

Murphy s'appuya contre le mur.

— Ça avance.

— Je vois ça. Tu as des assiettes en carton quelque part ?

Il ouvrit un placard qui était vide.

— Non, désolé. Mais il y a de l'essuie-tout près du frigo.

Joe jeta un œil vers l'endroit indiqué par Murphy avant de reporter son regard sur lui.

— Tu as peut-être envie de mettre un tee-shirt.

— Pourquoi ça ?

— Parce que j'aimerais avoir une pizza et une petite conversation avec toi. Si je dois fixer ce torse ou ces abdos impressionnants, ça exclura tout type de nourriture ou de discussion possibles.

Murphy croisa ses bras sur sa poitrine.

— Alors tu crois que tu peux juste te pointer ici et me dire ce que je dois faire ?

— Oui, parce que j'ai amené les pizzas. Ça excuse automatiquement n'importe quel type d'impolitesse.

Il haussa les sourcils.

— Alors, à propos de ce tee-shirt ?

Murphy s'éloigna du mur.

— Très bien. Mais je cède uniquement parce que tu m'as rapporté de la nourriture.

— Tu es si prévisible.

Murphy rejoignit Joe dans la cuisine quelques secondes plus tard, portant un tee-shirt jaune éclatant qui arborait un très grand M bleu.

— Je pensais que c'était une des choses que tu aimais chez moi.

— Entre autres.

Joe n'avait pas envie de se mettre à penser aux autres choses qu'il aimait chez lui, parce qu'il avait été on ne peut plus sérieux en mettant Murphy en garde. Il était déjà dur et il était capable d'oublier facilement la nourriture pour le cul. À la place, il attrapa des serviettes en papier, posa le rouleau près des boîtes et ouvrit les couvercles.

— Je n'étais pas certain de ce que tu aimes, alors j'ai été dans l'extrême. Simple ou suprême.

Murphy attrapa un morceau de chacune et se hissa sur le comptoir.

— Comment tu savais que je serais à la maison ? demanda-t-il avant de prendre une énorme bouchée.

— Je ne le savais pas, mais j'ai tenté. J'espérais avoir une chance de pouvoir te parler.

— À propos de quoi ?

Joe prit une tranche de pizza suprême et appuya sa hanche contre le comptoir.

— Ça m'a frappé aujourd'hui, mais j'ai réalisé que nous ne faisons que baiser ou nous battre, tous les deux. Et j'en sais très peu sur toi.

Murphy se figea avec sa pizza à mi-chemin de la bouche.

— Et ?

Son ton était suspicieux.

— Et rien. Je suis juste curieux. Est-ce que c'est une mauvaise chose ?

Murphy le fixa pendant quelques secondes avant de hausser les épaules, mais il avait encore l'air méfiant.

— J'imagine que non. Qu'est-ce que tu veux savoir ?

— Bon sang, Murphy, tu as l'air si enthousiaste ! Je te promets d'y aller mollo.

— Pas de problème, demande-moi tout ce que tu veux. Ça ne veut pas dire que j'y répondrai.

Murphy n'avait pas l'air de se réjouir des raisons de sa visite, mais il n'avait pas non plus dit non, et il ne l'avait pas jeté dehors. Alors Joe poursuivit, respectant sa promesse.

— Des frères et sœurs ?

— Oui, deux frères et une sœur.

— Plus âgés ? Plus jeunes ?

Murphy avala la bouchée qu'il venait de mâcher.

— Je suis le plus vieux.

— Vous êtes proches ?

— Oui, j'imagine. Mon père est mort quand j'avais dix-neuf ans. J'étais déjà parti, mais j'ai quand même fait de mon mieux pour être présent pour eux et pour ma mère. Elle était dévastée, comme tu peux l'imaginer, mais elle est allée de l'avant et a assumé les rôles de père et de mère. Quand Jenny, la plus jeune et la seule fille, est partie à l'université à l'automne dernier, maman est devenue un peu dingue. Pas comme « à enfermer dans une pièce capitonnée », mais elle a du mal à gérer tout ce truc du nid abandonné.

Joe pouvait déceler la tendresse dans le ton de Murphy quand il parlait de sa famille. Cela en disait long sur sa personnalité, celle d'un homme préoccupé par le bien-être de ses frères et sœurs et de sa mère. Plus il parlait d'eux, plus il semblait de détendre.

— Mon frère Rick est représentant en médicaments, et Clinton fait un break en ce moment pour – Murphy fit, avec ses doigts, le geste universel pour citer quelque chose – « se trouver ». Je n'y crois pas. Sa petite amie a trouvé un job à Denver et je suis pratiquement sûr que c'est la seule raison pour laquelle il avait besoin de faire le point. Je le suspecte de vouloir se faire transférer dans une autre école. Et toi ? Pas de frères ni de sœurs ?

— Non, je suis fils unique.

— J'ai longtemps souhaité être un enfant unique quand je vivais encore à la maison. Maintenant, j'imagine à quel point je me serais senti seul.

C'était au tour de Joe de hausser les épaules.

— Je n'y pensais jamais à l'époque. J'étais très proche de mes parents, et ils m'ont toujours inclus dans tout ce qu'ils faisaient. Nous avons passé beaucoup de temps sur la plage ou à visiter les établissements locaux. Ce sont eux qui m'ont instillé l'amour de cette ville.

— Tu as dit que vous « étiez » proches. Que s'est-il passé ?

— Ils sont morts.

— Oh. Je suis désolé. Je sais ce que, c'est de perdre un parent, mais les deux à la fois ? dit Murphy en secouant la tête. Vieux, j'ai du mal à imaginer.

— C'était dur.

Une boule de tristesse lui bloqua la gorge et il se força à l'avaler. Il ne voulait pas s'impliquer dans une discussion trop sensible. Et il ne souhaitait certainement pas se mettre à fondre en larmes en laissant entendre combien ses parents lui manquaient. Il s'essuya la bouche et jeta sa serviette dans la poubelle.

— Tu n'aurais pas quelque chose de frais à boire ?

— Non, j'allais justement aller jusqu'au magasin pour y récupérer deux ou trois choses quand tu es arrivé.

— Je vais t'accompagner si tu es d'accord ?

— Ça serait génial. Laisse-moi juste prendre mes chaussures.

Murphy redescendit du plan de travail, réunit ce qui restait des deux pizzas dans une seule boîte et la plaça au frigo.

— Ça ne va pas aller, mec.

Murphy s'arrêta à mi-chemin.

— Qu'est-ce qui ne va pas aller ?

— La manière dont tu as maltraité cette pizza. Tu ne sais donc pas que tu es supposé la cacher dans le four jusqu'au matin ?

— Et pour en faire quoi ?

— Pour la manger, pardi.

Murphy plissa le nez.

— Hum, non. Je préfère la réfrigérer plutôt que prendre le risque de faire une intoxication alimentaire, merci beaucoup.

— Pfff, avec la quantité de conservateurs qui s'y trouvent, tu pourrais la laisser là pendant une semaine. Ce n'est même pas du vrai fromage, affirma Joe.

Murphy l'observa d'un air désapprobateur, puis tourna les talons et disparut dans la chambre.

Joe se mit à rire. Eh bien, ce serait une différence sur laquelle ils devraient reconnaître leur désaccord. Le fait que Murphy soit un homme compatissant, qui puisse comprendre ce que signifiait la perte d'un proche, rattrapait leurs stupides désaccords sur la conservation de la nourriture. C'était une différence insignifiante.

Murphy revint avec ses tongs et ses clés à la main.

— Prêt ?

— Oui.

Il le suivit à l'extérieur et au bas des escaliers. Il était impatient d'en apprendre plus sur Murphy et il espérait que le nombre de choses qu'il aimait chez lui dépasserait ce qu'il n'aimait pas. Ça se présentait assez bien.

Ils passèrent une partie du temps à se balader dans les environs, Joe lui montrant ses endroits favoris pour déjeuner et faire du shopping, ainsi qu'un autre bar qu'il aimait fréquenter. Mais ils n'y entrèrent pas : Joe préférait passer du temps auprès de Murphy, parler de leurs enfances et de leurs familles, et il n'avait pas envie de supporter la musique trop bruyante et la foule. À la place d'une bière fraîche, Murphy suggéra un dessert. Bien sûr, Joe savait où se rendre pour le trouver. C'est ainsi qu'ils se retrouvèrent côte à côte sur la plage, à admirer le soleil couchant.

Joe laissa tomber sa cuillère dans sa coupe et s'essuya la bouche avec une serviette.

— C'était bon.

Il cogna son épaule contre celle de Murphy.

— C'était une bonne idée.

— Ça m'arrive d'en avoir, parfois.

— Je pense que ça t'arrive souvent. Regarde toutes ces idées géniales que tu as eues pour l'appartement. Tu es aussi venu en Floride, ça, c'est la meilleure idée que tu aies eue.

— Ça reste à voir.

— Qu'est-ce que tu as besoin de savoir ? Je veux dire : le temps est superbe ; plus besoin de pelle à neige pendant l'hiver ou de conduire sur des routes verglacées. En plus, tu m'as rencontré, ce qui rend ton choix encore meilleur ! se vanta Joe.

— Oh là ! L'ego va bien ?

Joe le poussa encore une fois.

— Hé ! Je suis un homme formidable.

— Ouais, ouais.

Murphy tenta de cacher son sourire avec une autre cuillère de glace. Joe n'insista pas, il se contenta de sourire en retour.

XIII

— Où LES voulez-vous ?

Murphy se retourna pour voir l'un des déménageurs lui tendre deux chaises de salon. Sa première pensée fut de répondre à une question aussi stupide par quelque chose comme « dans la salle de bain », mais il comprit vite que ça ne ferait que mettre le type en colère, et il se retrouverait avec des meubles marqués et abîmés.

— Je vais m'en occuper, merci.

Il les prit et les plaça avec la petite table là où ils avaient fait de la place, dans un recoin de la cuisine. Il n'y avait pas suffisamment de place pour une vraie table à manger. Il n'y aurait pas beaucoup de dîners à servir, mais ce serait quand même un endroit formidable pour ceux qui loueraient les lieux et qui profiteraient alors d'un coin douillet pour un petit déjeuner à deux. Une vague de tristesse envahit Murphy quand il songea à la présence d'une autre personne dans cet appartement, mais il devait faire face à l'éventualité que quelqu'un d'autre que lui allait vivre entre ces murs fraîchement peints.

De nouvelles fenêtres avaient été installées pour offrir une vue sur la rue en contrebas, apportant à la petite pièce une impression d'espace. Les murs gris colombe offraient un parfait contraste au sol de bois sombre et au comptoir du petit déjeuner en granit noir, tout autant que les étagères en bois intégrées, teintes en cappuccino, qui encadraient un grand écran de télévision. Le canapé en cuir blanc brillant et ses coussins rouge vif, orange et jaune jetés ici et là, apportaient une explosion de couleurs à la pièce.

Il faudrait encore quelques fournitures supplémentaires et le travail de Murphy serait terminé. Il se tint au centre de la pièce, la poitrine gonflée par la fierté devant toutes ces transformations. Quoiqu'il ne puisse en recevoir tout le crédit : Kallie s'était révélée une décoratrice admirable. Elle possédait plusieurs pièces d'art à accrocher aux murs, des bibelots pour rendre la pièce accueillante, et grâce à elle, les lieux seraient bientôt dignes d'un magazine de décoration intérieure. Elle était sortie pour aller chercher des fleurs fraîchement coupées, prétextant que les lieux avaient besoin d'une touche féminine. Murphy n'était pas d'accord – il aimait les lignes simples et l'atmosphère masculine, mais bon sang, qui était-il pour s'opposer à elle ? Et l'appartement était magnifique.

Dommage que les changements effectués sur lui ne se soient pas aussi bien déroulés.

Il avait accepté le travail offert *par Fields, Fields & Cohen*, même en sachant ce qu'il savait. Sa justification s'était réduite à se dire que le job était temporaire, c'était un emploi grâce auquel il pouvait apprendre beaucoup de choses, jusqu'à ce que le projet commence avec BMC. Il aurait dû en parler à Joe, mais pour être honnête, il était lâche. Il devait aussi considérer le fait que le problème ne venait pas de la peur de ce que Joe pourrait dire ou faire, mais plutôt de la certitude que cette histoire risquait de se mettre entre eux.

— Oh mon Dieu ! Tu avais raison ! Ces meubles sont parfaits pour cet endroit.

Murphy repoussa ses pensées moroses, épingla un sourire sur son visage et se tourna pour faire face à Kallie.

— Quand vas-tu cesser de douter de moi ?

— À peu près au moment où *tu* cesseras de douter de moi, répondit Kallie avec un sourire brillant et en poussant un gros bouquet de fleurs contre sa poitrine. Aide-moi à tout préparer.

Le séduisant parfum des fleurs chatouilla les narines de Murphy et, il dut l'admettre, c'était plus agréable que la peinture et le vernis.

Il suivit Kallie dans la cuisine et posa les fleurs sur l'évier.

— Je n'y connais rien en fleurs. Je vais devoir te laisser tout le travail.

— Typique des hommes.

Elle leva les yeux au ciel et rit.

— Bon, est-ce que tu as réfléchi à ce que tu allais faire pour le dîner ?

— Eh bien…

— Oh non ! Je ne vais pas cuisiner. C'est toi qui veux coucher.

— Je n'ai pas besoin de cuisiner pour coucher, répliqua Murphy

— Typique des hommes, répéta Kallie.

Elle ouvrit le robinet et déballa les fleurs.

— Donne-moi une paire de ciseaux.

Murphy fouilla dans le tiroir avant de lui tendre une paire.

— Tu vois, c'est ce genre de comportement sur lequel on doit travailler. Tu n'as pas envie d'être un homme ordinaire, n'est-ce pas ?

Murphy serra les lèvres et réfléchit. Joe allait venir sur place pour jeter un œil à l'appartement pour la première fois depuis plusieurs jours. À la manière dont Murphy voyait les choses, une fois qu'il lui aurait montré la chambre, aucun d'eux n'aurait envie de retourner dans la cuisine. Murphy avait continué à travailler à l'hôtel durant la journée et il avait terminé les rénovations la nuit. Cinq jours s'étaient écoulés sans rien d'autre qu'une fellation et… oui, dîner ne serait pas sa priorité.

Murphy se tourna pour croiser le regard de Kallie.

— Pour ton information, je suis tout sauf ordinaire. Cependant, disons que dans l'éventualité – hypothétique, bien évidemment – où je ressentirais le besoin de préparer un dîner romantique, qui soit le plus simple possible, que me suggérerais-tu ?

Kallie haussa les sourcils.

— Hypothétique ?

Murphy hocha la tête en refusant de prêter attention à la rougeur qui gagnait ses joues.

— Eh bien, tu pourrais toujours tenter un simple plat de pâtes à l'italienne, une bonne bouteille de vin et du pain frais.

— Et c'est quelque chose que je pourrais faire ?

— Bien sûr, du moins les pâtes. Je te suggère de ne pas te lancer dans le pain. J'en ramènerai de chez Tifton's Market. Tu peux aussi te procurer le reste des ingrédients de ton dîner là-bas.

— Où ça ?

— Tifton's Market. C'est à deux pâtés de maisons d'ici sur Leith Street. Je peux venir avec toi, si tu veux, quand j'aurai fini ici.

Murphy l'observa pendant qu'elle arrangeait les fleurs dans deux vases séparés. Il attendit qu'elle ait fini avant de reprendre.

— Que dirais-tu que je vienne avec toi, que je paye et que tu cuisines ?

Il tenta de battre des cils pour la faire céder. Mais ça n'eut vraisemblablement pas l'effet escompté, car Kallie explosa de rire.

— Bien essayé, Roméo. Mais non.

Elle attrapa l'un des vases et le plaça sur la table dans l'alcôve, puis prit l'autre et le posa sur la table basse.

— Tu es prêt ?

— Je ne peux pas venir maintenant. Les livreurs doivent encore apporter les meubles de la chambre.

Comme sur un signe invisible, l'un des hommes apparut à la porte du fond avec une boîte dans les bras.

— D'accord, tu peux m'aider à accrocher les tableaux aux murs pendant qu'ils travaillent.

— Et si je le fais, est-ce que tu m'aideras à cuisiner ? demanda Murphy plein d'espoir.

Kallie leva encore les yeux au ciel.

— Oui. Maintenant, viens. On a du travail.

LE PARFUM des tomates, de l'ail et du basilic en train de mijoter, mêlé aux délicieux arômes de poulet grillé, envahit le petit appartement, chassant complètement celui des fleurs alors que Murphy était en train de cuisiner. Il remua la sauce et amena la cuillère en bois à ses lèvres pour goûter. C'était encore meilleur que le parfum qui s'en dégageait, ce qui voulait tout dire.

Si, un jour plus tôt, quelqu'un lui avait demandé s'il pouvait cuisiner, il aurait franchement répondu non. Il avait encore essayé de convaincre Kallie de le faire pour lui, prétextant qu'il apprendrait mieux en l'observant. Elle ne l'avait pas cru et avait refusé de faire plus qu'éplucher un oignon ou un poivron. Il n'était pas encore prêt à l'admettre, du moins pas devant Kallie, pourtant il était à présent secrètement satisfait qu'elle ne l'ait pas fait, parce qu'il était vraiment fier de ce qu'il avait été capable d'accomplir, et il était impatient que Joe le teste. Il baissa le feu sous la casserole, couvrit le récipient et alla dresser la table.

Cinq minutes plus tard, tout était prêt et il y eut un coup à la porte.

— Entre. C'est ouvert, cria Murphy.

— Désolé, je suis en retard, dit Joe comme il pénétrait à l'intérieur.

— En fait, tu es pile à l'heure. Le dîner est presque prêt.

Joe se rapprocha nonchalamment.

— Ça sent super bon, ici, dit-il en jetant un coup d'œil par-dessus l'épaule de Murphy. Et ça a l'air bon, également.

La proximité de Joe envoya une onde de frissons qui se répercuta directement entre ses cuisses.

— Est-ce que tu as au moins remarqué les nouveaux meubles ?

Joe glissa ses deux mains autour de sa taille.

— Désolé, je me suis laissé distraire par ça.

Il donna une pression rapide à son entrejambe.

— Je te tourne le dos. Comment peux-tu te laisser distraire ?

Murphy poussa ses hanches en avant et appuya son sexe dur contre la main de Joe.

— Je n'ai pas besoin de le voir pour être distrait.

— Oh, alors j'essaierai de m'en souvenir la prochaine fois. Ça m'évitera une tonne de boulot.

Murphy se mit à glousser. Il se tourna dans les bras de Joe et leva les yeux vers lui.

— Mais comme je viens de m'user au travail, tu vas te laver les mains et t'asseoir.

— Whoua. J'adore ça quand tu te mets à jouer l'alpha avec moi.

— Soit un bon garçon, avale tout ton dîner, et je te montrerai combien je peux être autoritaire.

Murphy le repoussa, non sans avoir senti le frissonnement qui traversa le corps de Joe.

Quelques secondes plus tard, Joe se tenait devant l'évier et se lavait les mains. Apparemment, il aimait les projets de Murphy. Une fois qu'il se fut assis à table, Murphy leur servit les pâtes et la sauce, plaça la casserole sur la table, puis alla chercher le pain et le vin.

— Merde alors, Murphy ! J'ignorais que tu savais cuisiner. C'est délicieux, dit Joe la bouche pleine de pâtes. Tu es plein de surprises, n'est-ce pas ?

Murphy sourit. Il adorait la manière dont les compliments de Joe le faisaient palpiter à l'intérieur. Il saisit son verre, son cœur débordant de fierté.

— Tu n'en connais pas la moitié.

Il renifla avec dédain et prit une gorgée de vin. Joe s'humecta les lèvres et observa Murphy sous ses paupières à demi fermées.

— J'aimerais beaucoup les connaître. En fait, j'avais espéré que tu me les révélerais après le dîner.

— Finis ton dîner et je te montrerai mes talents.

— Humm, je meurs d'impatience.

Les restes du repas placés au frigo, la vaisselle lavée, Murphy attrapa la main de Joe et l'attira dans la pièce principale.

— Tu as déjà vu la cuisine. Qu'est-ce que tu penses du salon ?

Joe observa rapidement la pièce, puis reporta son regard sur Murphy.

— C'est magnifique.

En voyant le désir briller dans ses yeux, Murphy n'eut pas besoin de beaucoup d'imagination pour comprendre à quoi pensait Joe à cet instant. Ça n'avait rien à voir avec les rénovations.

Murphy sourit, appréciant le jeu entre eux ainsi que l'électricité présente. Il le fit tourner sur lui-même et le poussa vers la salle de bain. Ça n'était pas suffisamment large pour s'y tenir à deux, alors il le força à entrer.

— Qu'est-ce que tu penses du carrelage que nous avons choisi ?

— Je l'adore, murmura Joe d'une voix rauque.

Il se retourna et fit glisser son regard sur le corps de Murphy, et son expression lui rappela celle d'un prédateur évaluant sa proie. Ce fut au tour de Murphy de frissonner.

Il s'était tué au travail pendant deux semaines et il était fier du travail accompli. Le désintérêt de Joe pour les meubles, le carrelage ou les étagères intégrées aurait dû l'ennuyer. Mais ça n'était pas le cas. Pas avec sa manière de le regarder ni son short qui se soulevait comme une tente. Joe pourrait toujours jeter un œil à l'appartement le lendemain.

Mais Murphy prenait beaucoup de plaisir à laisser Joe ramer pour obtenir ce qu'il voulait.

Une fois de plus, il se mit hors de portée de Joe quand ce dernier sortit de la salle de bain. Murphy attrapa la poignée et ouvrit la porte de la chambre.

— Cette pièce avait juste besoin d'un peu d'huile de coude et de peinture.

Les lèvres de Joe s'incurvèrent en un sourire malicieux.

— Cette pièce m'a tout l'air d'avoir encore besoin de travaux.

Murphy redressa la tête en pensant avoir oublié quelque chose, mais la pièce avait l'air parfaite. Les murs – d'une profonde couleur moka avec de brillantes moulures blanches – constituaient un fond parfait pour les meubles sombres et le somptueux linge de lit pâle.

— Qu'est-ce que tu veux dire par « besoin d'autres travaux » ? Je pense qu'elle a l'air splendide.

— Presque.

Murphy se tourna vers lui et capta un éclat brûlant qui s'allumait dans ses yeux. En un battement de paupière, Joe mit ses bras autour de sa taille et le poussa sur le lit, faisant grincer le sommier. Puis, il n'y eut plus d'autres mots alors que Joe prenait possession de sa bouche dans un baiser profond qui lui fit recroqueviller les orteils.

Nous devrions être en train de parler au lieu d'être l'un après l'autre de cette manière. Malgré cela, Murphy était tout simplement incapable de se raisonner et d'arrêter de l'embrasser. Il y avait de bonnes chances pour qu'une fois qu'ils commencent à parler, Joe ne veuille plus jamais lui adresser la parole.

L'histoire avec FF & C risquait de constituer un obstacle majeur entre eux, et Murphy savait qu'il y avait un risque afin que cela détruise tout. Ils devaient en parler et trouver un terrain d'entente. Il était certain que ça leur prendrait du temps pour y arriver, et ça ne se passerait pas sans cris ni sentiments blessés. Mais Murphy était incapable de gérer cela pour l'instant.

Profite du moment présent. Vous aurez tout le temps pour en parler plus tard.

C'est du moins ce qu'il espérait. Murphy repoussa ses inquiétudes au fond de son esprit. Dans le même temps, il réussit à se convaincre que même s'il avait souhaité discuter, ça n'aurait pas été possible avec la langue de Joe au fond de sa gorge.

Une part de Murphy voulait ralentir les choses, savourer chaque seconde. Mais Joe le rendait dingue avec son désir, et la lenteur et la sensualité n'avaient aucune chance contre ça. L'une des longues jambes de Joe était enroulée autour de sa hanche, pressant leurs sexes l'un contre l'autre. La sensation de leurs érections frottant l'une contre l'autre transforma les étincelles d'excitation entre eux en un feu dévorant.

En gémissant, Murphy fit glisser sa main libre, celle qui n'était pas enfouie dans les cheveux de Joe, le long de la cuisse ferme drapée autour de sa hanche. Il attrapa son cul à pleines mains et le serra, lui arrachant un gémissement saccadé.

— J'ai envie de te baiser, grogna Murphy.

— C'est la meilleure proposition que j'aie reçue de la journée. S'il te plaît, dis-moi que tu as ajouté le lubrifiant à tes achats.

Une vague délicieuse courut le long de la colonne vertébrale de Murphy.

— Tu m'étonnes que je l'ai fait.

Il réussit à s'extraire de Joe.

— Retire tes vêtements.

— Petit con autoritaire, se plaignit Joe pour plaisanter.

Mais apparemment, il aimait les projets de Murphy parce qu'il était déjà en train de baisser son short et de le retirer.

— Tu te plains ?

— Pas le moins du monde.

— C'est bien ce qu'il me semblait.

Murphy se débarrassa de ses vêtements, retirant le lubrifiant et les préservatifs de ses poches avant de les jeter n'importe où et d'arracher son tee-shirt. Il ne put s'empêcher de sourire en remarquant le regard de Joe qui se posait sur son sexe, et il avala difficilement sa salive.

— Tu as vraiment besoin d'en prendre un bon coup, pas vrai ?

— Tu as tout compris, grogna Joe en enveloppant sa queue rigide avec sa main et en pompant une fois ou deux.

Murphy se pencha sur un coude et s'inclina jusqu'à ce que ses lèvres frôlent la courbe de son oreille.

— Lâche ça tout de suite, ça m'appartient. Ou tu risques de te retrouver avec un sacré problème de couilles bleues à gérer.

Il lui lécha l'oreille. Joe écarquilla les yeux et il relâcha immédiatement sa prise sur son sexe.

— Tu ne ferais pas ça.

Murphy s'apprêtait à lui indiquer qu'il devait le croire puisqu'il venait de lui obéir, mais à la place, il comprit que Joe méritait une récompense pour son obéissance. Il glissa vers le bas de son corps pour titiller son téton gauche avec sa langue et ses dents, taquinant le petit bouton jusqu'à ce qu'il se redresse, puis offrit le même traitement à l'autre téton. Joe se cambra contre la bouche de Murphy.

Quand il réussit finalement à lui arracher un tremblement, Murphy redressa la tête, laissant ses tétons humides et durs à l'air frais.

Il souleva le préservatif et réalisa que c'était tout ce qu'il tenait.

— Qu'est-ce que j'ai fait de ce putain de lubrifiant ?

Joe fouilla frénétiquement parmi les draps emmêlés, et après quelques secondes, il leva le tube avec un cri de triomphe.

— Lubrifiant !

Murphy s'en empara d'une main et repoussa ses cuisses de l'autre.

— Écarte.

Joe obéit si vite que Murphy rebondit quand il toucha le matelas entre ses jambes écartées. Il se mit à rire.

— Ça ne t'inquiète pas de me prendre dans ton cul, n'est-ce pas ?

La réponse de Joe se fit sous la forme d'un sourcil levé qui proclamait *pfff*. Et si ça n'était pas suffisamment explicite, il passa un bras sous ses genoux, les ramenant vers sa poitrine, dévoilant son petit trou serré.

Le regard de Murphy se concentra sur lui et il s'humecta les lèvres.

— Putain, Joe.

— Trop dévergondé ?

— Non, à moins que tu ne fasses ça pour tout le monde.

— Juste pour toi.

— Alors le seul terme que j'utiliserais, ce serait « ultra sexy ».

Se penchant en avant, Murphy suça une marque violette qui se trouvait à l'intérieur de sa cuisse, pendant qu'il pressait une généreuse quantité de lubrifiant dans sa main. Il poussa deux doigts glissants dans l'orifice de Joe, cherchant sa glande, et frotta.

Joe en eut le souffle coupé, le dos arqué et les mains serrées dans les draps en une prise mortelle.

— Oh, bon sang Murphy. Juste là.

Murphy obtempéra, frôlant le point sensible de Joe jusqu'à ce que ce dernier se mette à gémir, le corps tremblant.

— Mon Dieu, tu es si…

Il n'acheva pas sa pensée. Il tordit et écarta ses doigts pour élargir l'entrée de Joe.

— Je ne peux plus attendre. Je t'en prie, dis-moi que tu es prêt.

Joe hocha la tête et attira ses jambes encore plus près de sa poitrine, s'offrant sans retenue.

C'était une offre que Murphy ne pouvait pas refuser. Il retira ses doigts, attrapa son érection d'une main et laissa l'autre sur la cuisse de Joe, puis poussa son gland contre son ouverture. Leurs regards se soudèrent. Une seule poussée vive et Murphy fut complètement à l'intérieur de Joe, et la manière dont son cul se resserra autour de son sexe fut tellement délicieuse qu'il voulut hurler.

Murphy tomba en avant, soutenant son poids avec ses mains. Ses paupières se refermèrent et sa bouche s'ouvrit. Il roula des hanches, suscitant un gémissement de la part de Joe.

— Bon Dieu, c'est tellement bon.

Joe ne répondit pas verbalement. Il exprima son accord en drapant ses jambes sur les épaules de Murphy et en levant ses fesses pour aller à la rencontre du prochain coup.

Ils se mirent à grogner en stéréo, le son disparaissant presque sous le bruit de leur peau qui claquait, maintenant que Murphy avait commencé à le marteler.

Joe fourra une main dans ses cheveux et tira, les étincelles de douleur encourageant Murphy à continuer. Il redoubla d'efforts, tenta de plier Joe en deux et s'empara de sa bouche pour un baiser dévorant. Murphy ferma les yeux et laissa le plaisir l'emporter.

Peu de temps auparavant, rester cinq jours – six ? Peut-être était-ce six, il n'arrivait plus vraiment à se souvenir – sans sexe, ça ne lui aurait posé aucun problème. Avant que Joe n'arrive dans sa vie, Murphy était souvent resté deux semaines sans coucher avec personne, et une fois, il avait même connu une période sèche qui avait pratiquement duré trois mois. Pourtant, depuis qu'il couchait avec Joe, il s'était accoutumé à avoir des relations sexuelles au moins une fois par jour – sinon, deux.

Murphy était trop gâté, et six jours représentaient vraiment une trop longue période pour faire sans, ce qui expliquait probablement pourquoi il sentait l'orgasme monter en lui après un temps aussi bref. À en juger par la litanie de gémissements brisés et la manière dont il se heurtait à lui et se tortillait, Joe avait le même problème. Murphy éprouva de la joie en constatant qu'il n'était pas le seul.

— Oh, mon Dieu, haleta Murphy contre les lèvres de son amant. Joe… Je vais jouir.

— Vas-y. Jouis pour moi.

Murphy grogna et jouit, sa verge pulsant profondément dans les fesses de Joe, son plaisir s'intensifiant lorsque celui-ci se mit à crier son nom alors qu'il se répandait partout sur sa poitrine. Les orteils de Murphy se recroquevillèrent douloureusement comme la queue intouchée de Joe les éclaboussait tous les deux avec ce qui devait probablement représenter une semaine entière de sperme.

Penchant la tête, Murphy s'offrit un baiser rapide avant de déloger les jambes de Joe de ses épaules et de s'écrouler sur sa poitrine. Sa verge à présent molle glissa hors de son orifice.

Joe couina et Murphy se mit à rire.

— Bon sang, j'en avais vraiment besoin.

— Moi aussi.

Joe l'entoura de ses bras.

— Ne me fais pas attendre aussi longtemps, la prochaine fois, d'accord ?

Murphy enfonça son visage dans son cou en respirant difficilement. La réalité se précipita sur lui alors que la satisfaction due à l'orgasme s'estompait. Il n'avait pas envie de gérer la culpabilité et toutes les autres émotions qui l'envahissaient.

— Il va bien falloir qu'on parle, à un moment donné, chuchota Murphy, mais il savait que Joe ne serait pas capable de comprendre ce qu'il était en train de dire.

Il était vraiment un lâche.

Ils retombèrent dans le silence. Le tonnerre roula dans le lointain comme la tempête se rapprochait.

Apparemment, Joe l'avait entendu, car après quelques instants il dit :

— Je n'ai pas envie de parler pour l'instant, et toi ?

— Non.

Murphy resserra son étreinte autour de Joe.

— Câlins maintenant. On parlera plus tard.

Murphy gloussa.

— Je ne fais pas câlin.

Cependant, alors même qu'il protestait, il attira Joe plus près.

— Hummmm.

Murphy ignora le scepticisme présent dans sa voix parce qu'il était au chaud, qu'il commençait à s'assoupir et que tout disparaissait rapidement autour de lui. Il bougea, nicha son visage contre la gorge de Joe. Un faible ronflement s'échappa de lui, le faisant sursauter, mais quand Joe lui caressa la joue, il se rendormit.

XIV

KALLIE SE tenait derrière le comptoir au *Kaffeinate*, ses yeux aussi larges que des soucoupes.

— Tu dois lui dire, Murphy.

Murphy laissa retomber sa tête, incapable de croiser son regard plein de désapprobation.

— Je sais, et j'avais prévu de tout lui dire, la nuit dernière, mais...

Il agita la main et haussa les épaules.

— Une chose en entraînant une autre... *Je lui ai fait l'amour comme un dingue*. Disons que nous n'avons pas eu l'opportunité d'en discuter.

— Tu dois arrêter de réfléchir avec ta queue et être honnête avec lui. Tu lui dois bien ça.

La brusquerie qu'elle employa lui fit froncer les sourcils.

— Tu penses que je l'ignore ?

— Alors, fais...

— Ce n'est pas aussi simple ! Il va piquer une crise, et il se peut qu'il ne veuille plus me parler après ça. Et alors quoi ?

— C'est quelque chose que tu vas devoir risquer. L'une des choses dont il est le plus fier c'est l'honnêteté dont il fait preuve, et il réclame la même chose des autres.

En hochant la tête, Murphy remua son café et observa le liquide sombre tourbillonner dans la tasse. Tout au lieu de plonger dans le regard désapprobateur de Kallie. *Bon sang*. Il connaissait déjà la vérité sans que Kallie ait besoin de préciser les choses. C'était injuste de cacher cela à Joe, mais à la fin de la journée, ça restait juste un job, un putain de job bien payé. Et en plus, il apprenait des tas de choses avec George et Danny, le superviseur HVAR de l'hôtel Calm Winds. FF & C possédait peut-être la propriété, mais en dehors de leur signature sur ses chèques de paies, Murphy n'avait rien à voir avec eux.

— Alors, est-ce que tu vas lui dire ? Il a le droit de savoir, le pressa Kallie.

Murphy sourit légèrement, même si ses émotions se livraient une guerre sans merci dans son esprit et dans son cœur.

— Je vais lui dire.

Kallie posa une main sur son épaule.

— Il se peut qu'il n'aime pas ce que tu t'apprêtes à lui dire, mais c'est un homme raisonnable. Explique-lui les choses comme tu l'as fait avec moi, parce que tu as raison pour Calm Winds. L'hôtel est ici et il le restera, que nous le voulions ou non. Travailler sur une paire de climatiseurs pour un salaire décent ne fera aucune différence dans toute cette histoire. Mais Joe, lui, respectera ton honnêteté.

— Tu as raison. J'aurais respecté ton honnêteté.

Murphy se retourna brusquement et trouva Joe qui se tenait derrière lui, les bras croisés sur sa poitrine et les lèvres serrées.

La poitrine de Murphy se serra et la bile remonta dans sa gorge. En voyant la colère froide dans ses yeux, il sut avec certitude qu'il avait entendu une bonne partie de la conversation, suffisamment pour savoir que Murphy lui avait caché des choses.

— Joe…

Joe se détourna et commença à s'éloigner. Murphy bondit et l'attrapa par le bras avant qu'il puisse faire trois pas.

— Joe, attends.

Joe s'arrêta, mais il ne se retourna pas.

— Lâche-moi, répondit-il d'une voix tendue.

— Joe, s'il te plaît, l'implora Murphy. Laisse-moi juste t'expliquer.

JOE FERMA les yeux et prit plusieurs grandes inspirations. Il était incapable de parler à Murphy pour le moment. Il était trop en colère et trop blessé. S'ils tentaient d'en discuter maintenant, Joe finirait par lui dire des choses qu'il regretterait par la suite. Il savait qu'il valait mieux ne rien dire sous le coup de la colère, sinon il s'en voudrait à coup sûr, et il n'y aurait plus aucun moyen d'effacer ses paroles.

— Pas maintenant, dit Joe en ouvrant les yeux et en carrant les épaules. Je ne peux pas te parler maintenant. J'ai besoin de temps.

Derrière lui, Murphy resta silencieux et Joe commença à craindre qu'il refuse de le laisser partir. La fureur qui menaçait de s'échapper était sur le point de crever la surface, mais Joe la ravala. Aussi calmement qu'il le pût, il dégagea son bras de l'emprise de Murphy. À son grand soulagement, ce dernier ouvrit les doigts et le libéra.

— Peut-on en discuter plus tard ? demanda Murphy d'un air si désespéré et si triste que Joe faillit se retourner.

Mais il ne le pouvait pas. Pas encore.

En hochant la tête, Joe s'éloigna sans se retourner. Plutôt que de rechercher l'intimité et la sécurité de son bureau, il se dirigea vers l'entrée principale et sortit, dans l'humidité de cette matinée d'été. Tête basse, le pas lourd alors qu'il marchait le long du trottoir, il ignora tous ceux qui lui firent signe de la main ou le saluèrent. Il ne s'était pas senti aussi en colère depuis… putain, il ne pouvait même pas se souvenir de la dernière fois où il s'était senti aussi furieux. Le fait que Murphy ait parlé à Kallie de son travail pour *Fields, Fields et Cohen* avant même d'en discuter avec lui était intolérable. Ce qui était encore plus enrageant, c'était que Murphy avait pensé qu'il ne pouvait pas dire la vérité à Joe alors qu'il pouvait le faire avec Kallie. Et ça, ça le touchait en plein cœur.

Joe savait qu'il n'avait aucun droit de dire à Murphy ce qu'il devait faire et où il pouvait ou non travailler. Sa colère allait bien au-delà de tout cela. Ce qu'il ne pouvait ni accepter ni comprendre, c'était que Murphy n'avait pas eu suffisamment d'estime pour lui pour vouloir lui parler. Il était surpris de constater à quel point ça le blessait.

À chaque pas, il bataillait entre l'envie de hurler et de frapper sur quelque chose, et le désir de se rouler en boule dans un coin et de pleurer. Son sang-froid ne tenait qu'à un fil et il ne pensait pas être capable de tenir encore longtemps. Heureusement, il finit par atteindre son bungalow avant de perdre contenance. Une fois à l'intérieur, il referma la porte d'un coup de pied si puissant que les murs tremblèrent, puis il s'affala dans le canapé et se prit la tête entre les mains.

La colère s'effaça devant la vague de tristesse effroyable qui l'envahit. Une douleur fantôme se logea dans sa poitrine. *Pourquoi ne pouvait-il rien me dire ? Quel est le problème avec moi pour qu'il ne me fasse pas suffisamment confiance pour me dire la vérité ?*

— Pourquoi, Murphy ? murmura-t-il à la pièce vide.

Il pressa ses paumes contre ses yeux dans l'intention de retenir les larmes qui menaçaient de s'échapper.

Combien de temps resta-t-il assis, là, dans un état misérable, il l'ignorait ? Il fut simplement reconnaissant lorsqu'il prit conscience qu'il ne ressentait plus rien à part un engourdissement. En soupirant, Joe rouvrit les yeux et fixa le tapis élimé sous ses pieds. Il n'avait aucune idée de ce qu'il devait faire, à présent. Une part de lui voulait trouver Murphy pour lui offrir une chance de s'expliquer. Il devait y avoir une raison pour laquelle Murphy avait refusé de lui parler à propos de tout ceci. Il faisait vraisemblablement confiance à Kallie, alors était-ce quelque chose à propos de Joe qui empêchait Murphy de ressentir le même degré de confort ?

Avant que Joe puisse être attiré de nouveau dans un autre cycle de bataille émotionnelle, quelqu'un frappa à la porte. Il grogna. Ça ne pouvait être qu'une seule personne, et il n'était pas sûr de pouvoir lui faire face.

— Joe ? Laisse-moi entrer, d'accord ?

Entendre sa voix lui serra douloureusement la poitrine. Il fit courir ses mains à travers ses cheveux. Peut-être que s'il ne répondait pas, Murphy abandonnerait et partirait.

— Allez, Joe, ouvre la porte, dit-il en secouant la poignée de la porte. Donne-moi une chance de m'expliquer, de m'excuser.

Après un long silence, Murphy frappa de nouveau contre la porte.

— S'il te plaît, Joe. Donne-moi une chance de m'excuser, et si tu ne veux plus jamais m'adresser la parole, après ça, je te laisserai tranquille. Je te le promets.

Joe serra fort les paupières et inspira profondément. La tristesse le frappa à pleine force à la pensée que Murphy puisse s'éloigner et qu'il ne le revoit jamais.

— S'il te plaît. Donne-moi cinq minutes.

Joe soupira. Pourquoi Murphy devait-il avoir l'air si perdu ? Il aurait dû savoir qu'il n'y avait pas moyen que Joe le laisse là dehors comme un putain de chiot errant.

En se ressaisissant, Joe se redressa, marcha jusqu'à la porte et l'ouvrit brutalement.

— OK. Parle.

Murphy ne sonnait pas seulement comme un chiot perdu, il en avait tout l'air, également. Ses épaules s'affaissaient et il se tordait les mains en dansant d'un pied sur l'autre.

— Il faut que tu me croies, Joe. Je suis tellement navré que tu l'aies appris comme ça. Je m'apprêtais à t'en parler, je le jure devant Dieu.

Il fallut à Joe chaque once de volonté pour se retenir de l'agripper et de l'attirer dans ses bras. Cela l'horrifiait de voir la facilité avec laquelle Murphy réussissait à le faire fondre et à balayer les dernières traces de sa colère. Joe fut capable de résister à l'urgence, mais il n'arrivait pas à réfléchir avec la présence de Murphy si près, et il avait désespérément besoin de garder ses esprits à son sujet.

— Pourquoi ne m'as-tu rien dit à propos du job chez *Fields, Fields et Cohen* ? demanda Joe en soutenant son regard.

— Je savais que tu serais en colère.

Murphy continuait à gigoter et à malmener ses lèvres avec ses dents.

— Est-ce que tu vas me laisser entrer ?

Joe recula et lui fit signe. Une fois que Murphy fut à l'intérieur, Joe ferma la porte, retourna à sa place sur le canapé, et frotta son visage de ses mains.

— J'ai besoin de comprendre pourquoi tu pensais pouvoir faire confiance à Kallie pour ce type d'information, et pas à moi. Je veux dire, sérieusement, Murphy, que suis-je censé penser de tout cela.

— Que je suis un idiot ? proposa Murphy en s'asseyant sur la table basse et posa une main sur son genou. Je savais que ça te rendrait dingue, et je l'ai dit à Kallie, en lui demandant son avis. Elle m'a dit de t'en parler, que tu comprendrais aussi longtemps que je resterais honnête avec toi. Je me suis déjà adressée à elle parce que je ne voulais pas gâcher les choses entre nous, mais il semblerait que ce soit quand même ce qui s'est passé.

— Tu sais comment je me sens par rapport à eux, indiqua Joe, incapable de dissimuler la tristesse dans sa voix.

— Je sais, mais je n'ai pas vraiment eu la chance de pouvoir expliquer ma position.

Joe haussa les sourcils, incrédule.

Murphy ajouta rapidement,

— Tu t'es aussitôt mis en colère, tu tremblais carrément à la seule mention de *Fields, Fields et Cohen*. Je ne voulais pas aggraver les choses. Je déteste te voir comme ça.

— Murphy, après avoir su ce que je pense d'eux, comment peux-tu dire ça ? Bien sûr que tu as aggravé les choses en acceptant l'argent de ces salauds de tricheurs et de voleurs.

— Je sais que ce qu'ils ont essayé de te faire, à toi et aux autres habitants du quartier, te rend malade. Mais les hôtels Seaside n'ont reçu aucune injonction et ne sont impliqués dans aucune action en justice. Je travaille uniquement pour un établissement hôtelier, et c'est un bon job, avec un bon salaire. Et en plus, j'apprends des tas de choses. La société FF & C possède peut-être la propriété, mais à part leur signature sur mes chèques, je n'ai rien à voir avec cette société. Monsieur Barton pensait que je pourrais acquérir de l'expérience et c'est seulement temporaire.

Joe plissa les lèvres.

— C'est seulement prendre une fois de plus l'argent du diable.

Murphy se rassit et fixa Joe.

— Est-ce que tu as entendu un seul mot de ce que je viens de dire ?

— Oui, je t'ai entendu. En dépit du fait que je t'avais demandé de ne pas le faire, tu t'es glissé dans mon dos pour aller travailler pour ces... ces...

Joe lança ses mains en l'air en signe de frustration.

Murphy se raidit et son expression se durcit.

— Qu'est-ce que tu viens de dire ?

— Tu m'as entendu.

— Oui, je t'ai entendu. Et je ne peux pas croire que tu me dises ça. Tu m'as *demandé* de ne pas accepter le job ?

Murphy se redressa, le surplombant de toute sa taille, le visage teinté d'une rougeur colérique.

— Putain, mais qui es-tu pour me dire ce que je dois faire ou ne pas faire ?

Choqué, Joe le fixa.

— Tu m'as demandé mon opinion !

— Oui, je l'ai fait, cracha Murphy.

Il tourna les talons et traversa la pièce pour se diriger vers la porte. Joe sauta sur ses pieds et l'empêcha d'aller plus loin. Il se tint entre lui et la porte et utilisa sa taille pour le surplomber.

— Où crois-tu aller comme ça ?

— Alors, quoi, tu vas me dire quand je peux partir et où aller ? Peut-être que tu vas pouvoir m'enseigner quelques trucs pendant qu'on y est, comme assis, pas bouger, roule sur le dos ! lança Murphy en pressant ses mains contre la poitrine de Joe et en le repoussant. Et arrête d'essayer de m'intimider avec ta taille. Je me suis déjà pris la tête avec des hommes bien plus effrayants que toi, et je n'ai jamais eu peur.

— Je ne voulais pas dire que tu devais demander ma permission. Je voulais juste savoir où tu allais.

— Ce ne sont pas tes affaires. Maintenant, dégage de mon chemin, ordonna Murphy.

Il poussa son torse en avant, les narines dilatées comme s'il respirait difficilement.

— Arrête ça. Parlons comme deux adultes rationnels.

— Dégage. De. Mon. Chemin, grinça Murphy.

Joe croisa les bras sur sa poitrine et refusa de bouger.

— Bouge.

Joe secoua la tête.

— Non. Nous devons mettre tout cela au clair et trouver une solution.

Murphy n'avait pas l'air d'être prêt à faire cela parce qu'il agrippa la hanche de Joe et le repoussa facilement sur le côté. Sidéré, Joe se rattrapa au mur pour ne pas tomber sur les fesses. Avant qu'il puisse réagir, Murphy ouvrit la porte et disparut.

Joe songea brièvement à le suivre. Rhaa ! Pourquoi Murphy devait-il se comporter de manière aussi entêtée ? Et pourquoi se préoccupait-il de savoir où Murphy travaillait ? Est-ce qu'il avait vraiment essayé de lui dire ce qu'il avait à faire ? À quel moment Murphy était-il devenu si important pour lui, au point que Joe ressente le besoin de se bagarrer au sujet de l'endroit où il travaillait ? Quand avait-il emporté ses sentiments hors de la chambre à coucher ? Quand avait-il commencé à le voir comme un potentiel petit ami ?

Probablement au moment où tu es tombé amoureux de lui.

Surpris, Joe ferma la porte et s'appuya lourdement contre. Était-il réellement amoureux de Murphy ?

Il y réfléchit un moment et réalisa que oui.

Joe inclina la tête sous l'effet de la honte.

— Super, un bon moyen de faire fuir l'homme que tu aimes, connard.

En dépit du fait que je t'avais demandé de ne pas le faire.

Les mots de Joe continuaient à tourner en boucle dans l'esprit de Murphy. Et à chaque fois, il avait envie de crier, de taper du pied ou de frapper quelque chose. Bon, il était déjà en train de descendre la rue en piétinant, chaque pas se révélant plus difficile et enragé que le précédent. Il devait relâcher la pression, peu importe de quelle façon, ou il risquait de s'en prendre au premier passant un peu méfiant qu'il allait croiser. Comment Joe pouvait-il croire qu'il avait le droit de lui dire ce qu'il devait ou ne devait pas, faire ? Ce n'était pas Joe qui payait ses factures, qui le nourrissait ou qui l'habillait. Il n'avait pas le droit de lui demander d'abandonner ses rêves sous prétexte qu'il n'aimait pas son employeur – un employeur provisoire, qui plus est !

Murphy avait toutes les raisons d'être en colère. C'était Joe qui avait tort. Pourtant, il devait quand même gérer son propre sentiment de culpabilité. Il n'avait pas pu être honnête avec Joe et ça l'ennuyait. Il avait voulu lui parler, il avait réfléchi à de bonnes excuses, mais maintenant… Il n'était plus très sûr de lui. La douleur dans les yeux de Joe alors qu'il lui reprochait d'avoir été honnête avec Kallie, mais pas avec lui, s'était taillée un chemin à travers sa colère et lui avait déchiré le cœur. Et ça, c'était ce qui l'ennuyait le plus.

Putain, pourquoi, par tous les diables, ne pouvait-il pas continuer à se sentir en colère ? Il avait le droit d'être outré par les mots de Joe. N'est-ce pas ?

Le problème, c'est que plus il essayait de blâmer Joe pour tout, plus il s'étouffait sur sa colère et plus le remords s'élevait en lui comme de la bile.

Murphy s'arrêta soudainement. Quelque chose le frappa et le fit tomber en avant. À la dernière seconde, il réussit à se rattraper avant de tomber la tête la première sur le trottoir. Il se retourna pour voir l'expression horrifiée d'une jeune fille aux joues écarlates.

— Je suis tellement désolée, dit-elle. Je ne pensais pas que vous alliez vous arrêter comme ça. Vous allez bien ?

Une autre jeune fille près d'elle avait posé la main sur sa bouche, et Murphy voyait bien qu'elle se retenait pour ne pas éclater de rire.

— Je vais bien, lui assura-t-il.

Il fit un signe de tête à son amie.

— Vas-y, tu peux rire. Je le mérite pour m'être comporté comme un imbécile.

Il n'en fallut pas plus à la jeune fille pour qu'elle se mette à glousser. Murphy fit un clin d'œil à celle qui lui était rentrée dedans.

— Dommage que tu ne m'aies pas botté les fesses. Parce que je le mérite vraiment.

Elle le regarda étrangement puis elle et son amie s'éloignèrent rapidement. Murphy s'appuya contre un mur, en retrait du passage et des gens qui descendaient la rue. En dépit de ce qu'il avait dit, ce n'était pas son cul à lui qui avait grand besoin d'être malmené – mais il avait définitivement besoin qu'on lui injecte une dose de bon sens. Il s'était battu avec tant d'émotions contradictoires, alors que les choses étaient pourtant si simples. Joe s'était tranquillement baladé parmi toutes les raisons avancées par Murphy à propos du fait qu'il refusait de se sentir trop proche de qui que ce soit. Il les avait toutes ignorées et s'était fermement raccroché à son cœur. Murphy ne l'avait pas cherché, il l'avait combattu, mais ça n'avait rien changé. Il avait été… non, il était amoureux de Joe, et ses opinions avaient de l'importance, car Joe lui-même importait énormément.

XV

— NON, IL n'est pas venu, il n'a pas appelé ni envoyé de messages depuis les dix dernières minutes, lorsque tu m'as appelé, lui annonça Kallie d'un ton irrité dès qu'elle eut décroché.

Bon sang, Murphy. Où est-ce que tu te caches ? Joe s'éclaircit la gorge.

— Je suis inquiet. Où peut-il être ?

— Comme si je le savais. Probablement quelque part où il est en train de se calmer. Alors, vas-tu cesser de m'appeler, ou mieux encore, te bouger les fesses et venir nous aider ? Nous sommes submergés !

— Oui, je serai là dans une minute.

Il reposa le combiné et enfouit sa tête dans ses mains. Murphy ne le rappellerait pas. Il avait tenté de lui mettre la main dessus au cours des dernières vingt-quatre heures. Il avait laissé des douzaines de messages sur sa boîte vocale et un nombre incalculable de SMS, suppliant Murphy de lui faire savoir s'il allait bien. Mais sans résultat.

En relevant la tête, Joe jeta un œil à l'horloge de son bureau – neuf heures quinze. Jésus, pas étonnant que Kallie soit aussi agacée. C'était le moment du rush et il jura entre ses dents. Peut-être que s'il se noyait dans le travail, il n'aurait pas le temps de songer à Murphy. Ça paraissait efficace, mais c'était loin d'être le cas. Il n'avait pensé à rien d'autre depuis la veille au matin. La vérité, c'était qu'il n'avait guère pensé à autre chose qu'à Murphy depuis qu'il l'avait rencontré.

Et tu l'as fait fuir avec tes manières de névrosé possessif. Bien joué, connard.

Joe laissa échapper un soupir étranglé. Mais quel était son problème ? Il n'avait aucun droit de dire à Murphy où il pouvait, ou non, travailler. Bon sang, il n'avait aucun droit de lui dire quoi que ce soit. Suggérer, peut-être, mais ordonner ?

Alors voilà que maintenant, non content de se sentir incroyablement triste après sa dispute avec Murphy, il devait aussi supporter une dose supplémentaire de culpabilité. En fait, « culpabilité » était l'euphémisme du siècle. Une fois la porte claquée derrière lui, la colère de Joe avait commencé à disparaître, et à la place, un sentiment de remords paralysant s'était mis à l'envahir. Il fallait qu'il s'excuse, qu'il supplie, même, mais il ne pourrait faire ni l'un ni l'autre si Murphy refusait de lui parler.

En soupirant, Joe se leva de sa chaise, enfila son costume d'adulte et se dirigea vers le café. Il ne pouvait rien faire d'autre pour le moment.

À l'intérieur du *Kaffeinate*, c'était le bordel. Un bus rempli de personnes âgées avait fait un arrêt sur le chemin du casino. C'était de la folie, mais Joe était reconnaissant pour la distraction que ça lui offrait. Pourtant, ça ne l'empêchait pas de vérifier son portable ou d'avoir l'espoir de voir Murphy passer la porte chaque fois que la sonnette de l'entrée se mettait à retentir.

Ils venaient de saluer le dernier voyageur quand le téléphone de Joe se mit à vibrer. Il sortit l'appareil de la poche de son short, jeta un coup d'œil à l'écran et faillit avoir une crise cardiaque en reconnaissant le numéro de Murphy.

Il décrocha et pressa le téléphone contre son oreille.

— Murphy ?

— Hum… Salut…

Le son de sa voix lui remua l'estomac.

— J'ai essayé de te joindre.

Un silence étrange, mais bref s'ensuivit avant que Murphy ne réponde.

— Je sais. Désolé de ne pas t'avoir rappelé. J'imagine que j'avais besoin de temps pour me calmer.

Je m'en occupe, articula silencieusement Kallie avant de le chasser. Joe se précipita dans son bureau et s'effondra sur son siège.

— Tu es toujours là ?

— Oui, je suis là. Je suis désolé, Murphy. J'ai complètement dépassé les bornes, hier. Je n'ai aucune excuse pour mon comportement. Je n'avais pas le droit.

Il y eut un instant de silence à l'autre bout.

— Moi aussi je suis désolé. Je n'aurais pas dû m'enfuir. J'aurais dû rester et essayer de trouver une solution.

— Moi aussi je veux trouver une solution, Murphy. Je… Joe ravala la boule d'émotion logée au fond de sa gorge. Tu me manques.

— Oui, toi aussi tu me manques. Tu crois qu'on va pouvoir surmonter ça ?

— J'en suis sûr.

Il changea son téléphone d'oreille, attrapa un stylo et se mit à tapoter le dessus du bureau.

— Est-ce qu'on peut se voir ? Je peux venir chez toi ou tu peux venir ici. Peu importe pour moi.

— Je ne peux pas. Je suis au boulot et je n'ai qu'une minute pour te parler, soupira Murphy. Plutôt après le travail ?

Joe serra les dents et repoussa la colère qui menaçait de déborder. Il allait devoir s'habituer à ce que Murphy travaille pour FF & C parce qu'il n'allait certainement pas renoncer à lui.

— Je dois rencontrer le carreleur à la maison de la plage à cinq heures. Je peux annuler ou tu pourrais passer… Dis-moi juste où et quand, et j'y serai.

— Je passerai vers neuf heures.

Joe avait envie de protester. Il ne voulait pas attendre jusque-là. Putain, il voulait se précipiter vers la porte pour aller le retrouver tout de suite. À la place, il répondit.

— Je serai là. Je suis impatient de te voir.

— Tu n'imagines pas à quel point ça me rend heureux.

Murphy se mit à rire doucement.

— Je dois me sauver. À ce soir.

— Attends une minute, je…

— Désolé, mais je dois vraiment y aller. Mon patron me fait les gros yeux.

— Mais…

— On parlera ce soir. Bye.

La ligne fut coupée. Joe éteignit son portable et le reposa sur le bureau avec un énorme sourire sur le visage.

— Bon, ça a été plutôt pas mal.

On frappa à la porte. Joe soupira.

— Entrez.

La porte s'ouvrit et la tête souriante de Kallie s'encadra dans l'ouverture.

— Alors ? Comment s'est passée ta discussion ? Bien, j'espère ?

Joe serra les lèvres et s'appuya contre le dossier de la chaise.

— Quand as-tu commencé à t'intéresser autant à ma vie amoureuse ?

— Pfff. Je me suis toujours intéressée à ta vie amoureuse, mais encore plus depuis que tu as rencontré Murphy. Je l'aime bien.

— Oui, moi aussi je l'aime bien.

Joe lui adressa un sourire malicieux.

Kallie agita une main dédaigneuse et pénétra dans le bureau. Elle n'attendit pas d'y être invitée, elle prit simplement la chaise située en face de Joe et lui lança un regard chargé d'espoir.

— Je t'ai déjà observé quand tu « aimais bien » quelqu'un, lui rappela-t-elle. Et là, ça va nettement plus loin. Est-ce que tu lui as dit ?

Joe haussa les sourcils.

— Lui dire quoi ?

Il se mit à rire devant son expression exaspérée. Quand il lui avait dit ce qui s'était passé entre lui et Murphy, elle n'avait pas semblé très satisfaite de lui. Elle pensait qu'il méritait une claque derrière la tête pour avoir été un tel idiot. En vérité, elle l'avait menacé de grève s'il ne s'excusait pas auprès de Murphy et ne faisait rien pour améliorer les choses. Voilà que les femmes de sa vie le menaçaient physiquement et le faisaient chanter. Il commençait à entrevoir un schéma dans tout cela, mais il n'était pas encore totalement prêt à accepter qu'elles aient raison. Quoique secrètement, il commençait à penser que ça pouvait être le cas.

— Non, il n'avait pas beaucoup de temps pour parler. Il passera plus tard, ce soir, dit Joe, en restant volontairement flou.

Elle se mit à sourire.

— Mais tu vas le faire, n'est-ce pas ?

Joe recula sa chaise et se leva.

— Tu n'as pas du travail à faire, ou autre chose ?

Kallie sauta sur ses pieds et applaudit.

— Je le savais ! s'écria-t-elle.

Joe pencha sa tête sur le côté.

— D'accord. J'ignore pourquoi tu as l'air aussi satisfaite de retourner travailler. Je pense que je ne comprendrai jamais les femmes.

— Tu n'es pas supposé comprendre. Ça fait partie de notre charme.

Elle se mit sur la pointe des pieds et l'embrassa sur la joue avant de diriger vers la porte. Joe fixa l'espace vide avant de se gratter la tête. Puis Kallie apparut de nouveau.

— Et ne te dégonfle pas. Je sais qu'il t'aime aussi.

Joe attrapa le coussin de la chaise et le lança dans sa direction. Il la rata – la petite diablesse était bien trop rapide, et son rire résonna à travers le corridor.

MURPHY PLAÇA ses mains de chaque côté de la petite ouverture située dans le plafond et se hissa au travers. Attentif à rester sur les planches en bois, il rampa jusqu'au trou que la caméra robotisée venait de détecter dans le conduit. Il était le petit nouveau, alors évidemment, il récoltait toutes les tâches ingrates, mais ça ne le dérangeait pas, surtout ce matin. Sa dispute avec Joe, suivie par la prise de conscience de ses sentiments pour lui, avait jeté son esprit et ses émotions dans la tourmente. Les vingt-quatre dernières heures avaient été une agonie, et il avait peu dormi. Il était fatigué, mais depuis qu'il avait pu parler à Joe, c'était un homme heureux. Ils s'adressaient de nouveau la parole, Joe s'était excusé et ce soir, il allait dormir dans son lit. Bientôt, tout irait mieux dans le meilleur des mondes, pour Murphy.

Alors qu'il terminait son travail, la joie de Murphy faiblit lorsque Jake, le contremaître de nuit, l'informa qu'il allait devoir faire une seconde astreinte. Mais ça n'émoussa pas complètement sa bonne humeur.

Un coup de fil rapide pour le prévenir qu'il serait en retard effaça son froncement de sourcils quand la réponse de Joe fut :

— Entre directement quand tu seras ici. Je t'attendrai.

Il était bien après minuit quand il arriva chez Joe. Murphy rit doucement à la vue de la lumière qu'on avait laissée à l'extérieur pour l'accueillir. Tout doucement, au cas où Joe serait endormi, Murphy franchit la porte qui n'était pas fermée à clé. Il retira ses bottes et les posa à côté. Une fois qu'il eut passé le vestibule, son sourire s'élargit et il s'appuya contre le mur de l'entrée en profitant de la vue. Joe était assis sur le canapé, un pied niché sous lui et la tête posée sur l'accoudoir capitonné. Ses yeux étaient fermés, sa bouche ouverte et relâchée dans le sommeil. Il paraissait tellement paisible que Murphy détestait l'idée de le réveiller, mais le besoin de le toucher était trop grand. Il marcha jusqu'à lui et écarta gentiment une mèche de cheveux de son front, puis fit doucement glisser le bout de ses doigts sur sa joue. Le front de Joe se plissa. Ses yeux papillonnèrent et se fixèrent sur le visage de Murphy.

Ses lèvres s'incurvèrent en un sourire endormi.

— Salut.

— Salut. Désolé, je suis en retard.

— Tu es pile à l'heure.

Ils s'observèrent quelques instants et soudain, le moment que Murphy avait attendu toute la journée lui parut étrange.

— Hum. Donc. Oui… Comment vas-tu ?

Oh, super réplique, crétin. Bon sang, il ne s'était jamais senti aussi étrange ni aussi embarrassé de sa vie.

Heureusement, Joe savait exactement quoi dire.

— Je ne sais pas pour toi, mais moi, je ferais bien un câlin.

Il ouvrit les bras et Murphy, heureux, tomba à genoux entre ses jambes et accepta son étreinte. Pendant un long moment, ils s'accrochèrent l'un à l'autre sans avoir besoin de parler, laissant leurs mains se caresser et se réconforter, en s'exprimant pour eux. Murphy commença à se couler contre Joe, ne souhaitant rien d'autre que l'entraîner vers le lit pour lui prouver à l'aide de son corps combien il était heureux de le voir et à quel point il lui avait manqué. Il recula à contrecœur et leva les yeux sur Joe, dont les yeux étaient aussi injectés de sang que les siens.

— Nous avons vraiment besoin de discuter.

Joe soupira.

— Je sais, mais bon Dieu, je suis épuisé. Je n'ai pas beaucoup dormi la nuit dernière.

Murphy hocha la tête.

— Je connais cette sensation.

Joe posa sa main sur la joue de Murphy.

— Est-ce que tu te sentais aussi mal que moi ?

Murphy s'apprêta à lui répondre, mais les mots furent engloutis par un énorme bâillement.

Joe pencha la tête de Murphy en arrière et déposa un baiser léger sur ses lèvres.

— Mon esprit est en bouillie, et tu as l'air aussi fatigué que moi. Que dirais-tu de dormir ici, de me tenir dans tes bras durant quelques heures, et puis après, promis, nous parlerons.

Il embrassa encore Murphy, plus longuement, cette fois, jusqu'à ce qu'il ressente la puissance de Joe au centre de sa poitrine et qu'une sensation de picotement lui chatouille le dos. Sa queue fit un effort pour se gonfler, mais il était simplement trop fatigué pour que ce soit possible.

Avec beaucoup d'effort, Murphy s'éloigna.

— Je ne fais pas de câlins. Mais si tu m'emmènes au lit, je te laisserai me tenir dans tes bras pendant que je dors.

Joe lui fit un sourire en coin.

— Je suis vraiment impatient de t'avoir dans mon lit. Je pense même pouvoir rassembler suffisamment d'énergie pour un petit coup vite fait.

— Hum, hum, dit Murphy d'un ton sceptique en se remettant sur ses pieds.

Il tendit la main et aida Joe à se remettre debout. Il vacilla légèrement, mais Murphy enroula un bras autour de sa taille pour le stabiliser.

— On fera ça si tu peux la lever.

— Deal.

Ce ne fut pas surprenant qu'aucun des deux ne tienne suffisamment longtemps pour faire autre chose que se brosser les dents, se déshabiller et se couler entre les draps. Joe planta un baiser sur les lèvres de Murphy puis se pelotonna contre sa poitrine. Il s'endormit en le serrant contre lui comme un gigantesque ours en peluche. Contrairement à lui, Joe était un grand adepte des câlins.

Murphy était simplement son remède contre l'insomnie, et la vérité, c'était qu'il adorait cela.

XVI

BIEN AU chaud dans son cocon, les yeux clos, Murphy tendit la main vers Joe et fronça les sourcils quand il ne rencontra rien d'autre que des draps froids. Il s'assit et cligna des yeux jusqu'à ce que son regard s'ajuste au manque de lumière. Joe n'était pas dans la pièce, mais l'odeur du bacon en train de frire indiqua à Murphy où se trouvait l'objet de son affection. Il rejeta les couvertures et se traîna jusqu'à la salle de bain, toujours endormi. Il s'occupa de ses besoins matinaux, se lava le visage et les mains puis se brossa les dents. En se redressant, il grimaça en interceptant son reflet. Le manque de sommeil et les longues heures de travail se laissaient deviner à travers les cernes sombres sous ses yeux injectés de sang. Il était affreux.

Ce fut seulement une fois ses vêtements enfilés et l'heure vérifiée sur son portable qu'il réalisa comme il était tôt. Qui, pour l'amour du ciel, se réveillait à quatre heures du matin et préparait le petit déjeuner ? Il se dirigea vers la cuisine pour trouver Joe debout devant la cuisinière, ses fines hanches ondulant au son de ce qu'il était en train de chanter. Murphy ne reconnaissait pas les paroles ni la mélodie, mais ça devait être une musique enjouée d'après les mouvements de Joe et la manière dont il balançait la tête.

— C'est juste pas normal, indiqua Murphy.

Joe se retourna, une spatule à la main et un énorme sourire sur son visage.

— Bonjour, mon rayon de soleil. Qu'est-ce qui n'est pas normal ?

— D'être aussi joyeux si tôt le matin, pour un être humain, grogna Murphy.

— On dirait que tu aurais bien besoin d'une tasse de café.

— Tu n'as pas idée, répondit Murphy.

Ses yeux se rétrécirent en découvrant la cafetière pleine et il se dirigea vers elle.

— Je pense que c'est le meilleur moment de la journée. Le voisinage est tranquille. Pas d'autres compagnies que les vagues et les oiseaux. Ni bousculade ni agitation, très peu de bruits ; c'est comme le calme avant la tempête humaine.

Murphy se servit une tasse, la porta à ses lèvres et souffla sur le breuvage fumant.

— Si tu ne veux pas de compagnie, je peux m'en aller, mais pas avant que j'ai au moins bu une tasse.

— Je ne parlais pas de toi, imbécile. J'aime t'avoir ici, dit Joe en pointant sa spatule vers le pot de café. Ça te dérange de me servir une tasse ?

— Oh, désolé. C'est un peu trop tôt pour les bonnes manières.

— Reste dans le coin suffisamment longtemps et je ferai de toi une personne matinale.

Une agréable sensation de flottement agita le ventre de Murphy. Il aimait l'idée de « rester dans le coin », même s'il doutait sérieusement de pouvoir un jour devenir un fan des réveils matinaux et de tout ce qui précédait le lever du soleil. Il ne répondit rien. À la place, il prit son temps pour le servir afin de museler les sentiments qui étaient lentement en train de l'envahir dès qu'il était question de Joe.

XVII

— BONJOUR, MURPHY, le salua George. Sa voix était toujours joyeuse, mais il avait l'air fatigué. Les lignes sur son visage étaient bien plus prononcées qu'avant, et des cernes noirs se dessinaient sous ses yeux.

— Bonjour. Tout va bien ? demanda Murphy avec un soupçon d'inquiétude dans la voix.

— Je vais bien. C'est juste que je sens mon âge, ce matin. Je te le dis, fils, ne vieillit pas. C'est un piège, crois-moi.

— J'en ai entendu parler. Tu t'es pris une cuite, la nuit dernière, n'est-ce pas ?

— J'aurais bien aimé. Ma fille a accouché.

— Hé ! Félicitations, grand-père dit Murphy en lui tapotant le dos. Tout le monde va bien ?

— Bien mieux que mon vieux cul qui se traîne.

— Pfff, tu n'es pas vieux. Quel âge ça te fait, quarante-cinq ans ?

— Cinquante-sept.

Murphy fut choqué. Il n'aurait jamais deviné que George était aussi âgé. Il avait certes pas mal de rides sur sa peau tannée comme du cuir, mais il avait pensé que c'était un vieillissement prématuré lié aux nombreuses heures passées à travailler ou à jouer sous le cruel soleil de Floride. En dehors de cela, l'homme était en meilleure forme que la majorité des jeunes de vingt ans que Murphy connaissait. Ses bras étaient puissants, ses muscles bien définis. Murphy ne l'avait jamais vu sans son tee-shirt, mais il était persuadé qu'il possédait des abdos, là-dessous.

— OK, grand-père, vas-y doucement aujourd'hui, le taquina-t-il de bon cœur. Je vais prendre le relais.

— Un peu que tu vas le prendre. L'air ne circule pas correctement à l'étage supérieur. J'ai besoin que tu passes par le conduit et que tu vérifies si tu ne trouves pas d'obstacle ou de fuite.

Murphy grogna. Il s'était déjà tenu dans cet immense dédale de tôle galvanisée et quand l'air conditionné n'était pas branché, le labyrinthe devenait étouffant.

— Allez, n'aie pas l'air si bouleversé. Tu sais quoi, je te paye une bière en sortant du boulot.

Murphy ramassa sa ceinture d'outils posée sur le siège du véhicule et l'accrocha autour de sa taille.

— Ça me paraît une bonne idée, mais j'aurais pensé que tu voudrais te rendre à l'hôpital.

— Elle a subi l'un de ces accouchements à la maison qui sont complètement naturels, dit George, plissant le nez. Je te le dis, Murphy, il y a des choses qui devraient rester secrètes.

— Vu l'expression sur ton visage, je veux bien le croire, l'expérience n'a pas été très plaisante.

— Il n'y avait rien qu'un homme devrait voir, et plus particulièrement un père.

George secoua la tête.

— Allez, au travail. Finissons-en rapidement et nous irons déjeuner en avance.

— On parle le même langage, vieil homme, dit Murphy en riant.

Après s'être assuré que le système était bien éteint, Murphy enfila sa combinaison en papier ainsi que sa casquette et ses bottes. La température augmenta aussitôt. La combinaison servait à protéger quiconque de la contamination par le système de refroidissement, mais son créateur ne s'était pas préoccupé du confort de celui qui devait la porter. La matière ne respirait pas et Murphy se mit à transpirer avant même d'avoir commencé à travailler.

Il leva les yeux vers le loquet. *Mieux vaut en finir rapidement.* Il posa son équipement dans le conduit puis se hissa à travers l'ouverture. Il alluma la lampe attachée autour de son front et, à quatre pattes, rampa à travers les tunnels, inspectant chaque joint et chaque panneau. La chaleur était insupportable, mais Murphy se força à avancer, conservant un œil sur son objectif. Ce n'était pas la fierté du travail accompli ni même le chèque de paie, mais plutôt la perspective d'une bière bien fraîche quand son travail serait terminé.

Il prenait vraiment les paroles de Doc à cœur. C'étaient les petites choses de la vie qui rendaient un homme heureux. Avec un peu de chance, ce ne serait pas seulement *un* homme, et si Murphy était vraiment chanceux, il serait capable de convaincre George d'abandonner le travail pour le restant de la journée.

Il lui sembla que les choses prenaient un temps affreusement long alors qu'il lui fallut en vérité moins d'une heure pour trouver le problème. Une plaque complète n'était plus rivetée et montrait un trou béant qui permettait à l'air de s'échapper vers les chevrons du dessus. Des voix s'élevaient depuis les bureaux en contrebas, montant à travers les grilles jusqu'aux oreilles de Murphy en murmures étouffés.

C'était surement une mauvaise idée et probablement pas très éthique, mais Murphy ne put résister à la tentation. Silencieusement, il s'étira et se positionna pour pouvoir jeter un coup d'œil en dessous.

Assis derrière un bureau en bois sculpté et ornementé, se tenait un homme entre deux âges, le ventre si tendu que les boutons de son costume paraissaient sur le point de sauter. De larges bajoues toutes molles pendaient de chaque côté de son visage rouge et brillant, fraîchement rasé. Il frappa sur le bureau avec un poing gigantesque tout en grognant quelque chose que Murphy ne put entendre. L'homme lui rappelait un personnage de cartoon. La seule chose qui lui manquait, c'était un cigare épais au coin de la bouche. De l'autre côté du bureau se recroquevillait un homme qui avait tout d'un bibliothécaire à l'ancienne mode, jusqu'aux lunettes à monture métalliques perchées précautionneusement sur le bout de son long nez. Quoique le gros homme soit en train de lui dire, ça effrayait vraisemblablement le plus petit des deux. Il avait l'air d'être sur le point de se faire dessus.

Murphy posa son oreille sur la grille et s'étira pour entendre la conversation. Heureusement, Porky Man [1] éleva la voix sans le savoir et lui permit d'entendre la suite.

Porky Man pointa un doigt boudiné sur le bibliothécaire.

— Je commence à être fatigué et j'en ai marre de vous entendre dire que vous ne pouvez pas. Je vous suggère de trouver un moyen ou je vais vous faire plonger. Est-ce que c'est compris ?

— Oui… Oui… Monsieur… Mais…

— Je ne veux pas de « mais », rugit le gros homme. Je veux ce quartier.

— Je comprends bien, monsieur. Mais cette société historique…

— Je me fiche de ces gens. Trouvez un moyen de les contourner. Je me moque que vous deviez brûler le café et le magasin général – bon Dieu, brûlez-moi tout le quartier si cela vous chante. Je le veux. Est-ce que c'est compris ?

-----

1 *Traduire littéralement par : « Homme cochon »*

Le téléphone se mit à sonner. L'homme posa sa main sur le combiné, mais avant de décrocher, il pointa de nouveau un doigt sur le bibliothécaire.

— Sortez de mon bureau et ne revenez pas avant d'avoir fait ce qu'il faut.

— Oui, monsieur. Je vais m'en occuper.

Le bibliothécaire se remit sur ses pieds et se hâta hors du champ de vision de Murphy, et une seconde plus tard, il entendit le son distinct d'une porte qu'on ouvrait et refermait.

Porky Man attrapa le téléphone et s'adossa à son siège en cuir.

— Monsieur Fields à l'appareil.

Les yeux de Murphy s'écarquillèrent. Alors c'était lui, monsieur Fields ! Pas étonnant qu'il soit si riche, c'était un connard sans pitié. Ses yeux s'agrandirent encore et son cœur s'arrêta. La société historique ? Brûler le quartier ? *Merde.* Monsieur Fields parlait du quartier de Joe. Le fils de pute projetait de mettre la main sur le *Kaffeinate* et le reste des entreprises du secteur.

Monsieur Fields parlait toujours au téléphone, mais il avait baissé la voix et Murphy ne pouvait pas entendre ce qu'il disait.

Je dois en parler à Joe.

Murphy se décala lentement de la grille, attentif à ne pas faire de bruit. Sa première pensée fut de contacter Joe – son travail pouvait attendre. Mais il réfléchissait sous le coup de l'adrénaline. Il n'allait rien se passer au cours des deux prochaines heures. Et à côté de ça, comment s'expliquerait-il auprès de George ? Non, il fallait terminer les réparations et emmener George déjeuner avec lui. Dès qu'il serait loin de l'hôtel, il appellerait Joe. En plus, qu'était-il censé dire ? Qu'il avait espionné une entreprise gigantesque et puissante ? Murphy n'avait aucune preuve, et même s'il en avait, il était certain qu'ils se mettraient à sa poursuite sitôt qu'ils auraient découvert qu'il avait été envoyé dans le conduit pour travailler au-dessus des bureaux. Non, il fallait trouver un plan. Il allait agir comme si tout était normal, et à la première occasion, il parlerait à Joe de ce qu'il avait entendu. Mais il fallait rester à l'écart. Ce qu'il y avait de sûr, c'est que c'était le dernier jour où il posait un pied dans un immeuble appartenant à *Fields, Fields & Cohen.* Qu'ils aillent au diable avec leurs chèques. Il refusait de continuer à travailler pour des bâtards corrompus.

Silencieusement, Murphy franchit une distance considérable depuis la grille, revenant presque à son point de départ. Cette fois, il s'assura de faire suffisamment de bruit afin que quiconque l'entende, en dessous. Il se mit également à siffler pour faire bonne mesure.

Comment réalisa-t-il les réparations, Murphy ne le sut jamais ? Son esprit courait en tous sens et il avait du mal à respirer, sans parler des difficultés à se concentrer sur les rivets et l'étain. D'une manière ou d'une autre, il y parvint. À onze heures, deux heures et demie après avoir commencé, Murphy se dirigeait vers la sortie. Il trouva George assis sur le siège passager du véhicule de BMC, le visage renversé en arrière, la bouche ouverte et les yeux fermés. Le pauvre homme avait vraiment eu une nuit difficile.

Murphy le secoua doucement par l'épaule.

— George. Tu es prêt pour cette fameuse bière ?

George se réveilla en sursaut, paniqué durant quelques secondes. Puis il se frotta les yeux.

— Désolé, j'ai dû m'assoupir. As-tu trouvé d'où venait le problème ?

— Facilement, répondit Murphy, avant d'ouvrir la porte coulissante et de charger son équipement. L'une des sections du conduit n'avait pas été fixée correctement. Il y avait un trou béant. Tout est réparé maintenant. Donc, je te repose la question : es-tu prêt pour cette fameuse bière ?

Murphy referma les portes.

— Pour ça et pour un bon plat bien gras.

— Ça résonne comme une musique à mes oreilles.

Il tapota le bras de George.

— Boucle ta ceinture, je vais conduire.

Murphy démarra le véhicule et sortit du parking, sans cesser de jeter des coups d'œil dans le rétroviseur. C'était ridicule ; il doutait que monsieur Fields sache qu'il l'avait espionné. Et pourtant, la sensation étrange l'accompagna bien après qu'il eut quitté l'hôtel. Il lui fallut toute sa volonté pour ne pas se précipiter chez Joe.

Respire profondément, mec. Tu es en train de paniquer.

Cette fois, il écouta la voix dans sa tête. Il ne pouvait pas se permettre de se jeter dans la gueule du loup avant d'être prêt ni de prendre le risque d'amener les gens à le suspecter. Si monsieur Fields n'avait aucun scrupule à brûler un quartier entier, il ne permettrait certainement pas à un sombre employé d'usine sans un sou de le mettre bas.

— Où veux-tu manger ? demanda-t-il à George, surpris que sa voix sonne aussi normale alors que la panique rampait en lui.

— Qu'est-ce que tu penses du *Shack*, plus bas, dans Western Street ? Ils ont de la bière fraîche, des fruits de mer et, ils sont bon marché.

— Alors ce sera le *Shack*.

Murphy n'y avait encore jamais mangé, mais il était déjà passé devant, et les gars en parlaient souvent.

L'endroit n'avait rien de particulier, c'était un bar typique du front de plage avec un décor kitch sur l'océan pour attirer les touristes.

— Salut, George, lança joyeusement une serveuse en s'avançant avec un large plateau alourdi par le poids de plusieurs plats.

— Salut mon cœur, répondit George avec un grand sourire.

À la surprise de Murphy, son propre estomac se mit à gargouiller quand il sentit l'odeur du poisson frit et de l'ail qui s'attardait après le passage de la serveuse. Il suivit George jusqu'au bar et prit un siège à ses côtés.

— Ils ont le meilleur mérou frit de tout l'état, l'informa-t-il.

— Le meilleur du pays, corrigea le barman.

Devant eux, il posa une serviette en papier pour les cocktails et pointa un doigt vers George.

— Une Bud légère puis, en se tournant vers Murphy : et pour vous ?

— Une Guinness extra-forte si vous avez.

— J'en ai.

Le barman leva les yeux au ciel.

— Ne fais pas attention à Victor. Il aime bien fanfaronner, mais le poisson est vraiment excellent, ici.

Victor revint avec leurs bières, et Murphy et George commandèrent tous les deux le mérou.

— Je vais passer aux toilettes avant de déjeuner. Je reviens tout de suite.

George hocha la tête avec son verre à la main.

Dès l'instant où la porte fut refermée et verrouillée, Murphy sortit son téléphone et composa le numéro de Joe. Il tomba directement sur la messagerie.

— *Vous êtes bien sur le portable de Joe. Je ne peux pas vous répondre pour le moment, mais si vous souhaitez laisser un message, je vous rappellerai aussi vite que possible.*

Murphy n'avait pas l'intention de lui envoyer un message pour lui parler de ce qu'il avait entendu. Quand le téléphone bipa, il dit,

— C'est Murphy. Appelle-moi dès que tu peux.

Puis il ajouta,

— C'est important.

Il raccrocha et remit le téléphone dans sa poche. C'était mieux comme ça, parce qu'il n'allait certainement pas parler de cela au téléphone. C'était une discussion qu'il valait mieux avoir face à face. À ce moment-là, Joe pourrait lire la sincérité dans son regard quand il s'excuserait pour avoir été un véritable imbécile, pour avoir douté de lui et plus important que tout, pour ne pas lui avoir fait confiance.

Murphy se lava les mains et fit courir ses doigts dans ses cheveux ébouriffés. Ça ne faisait pas très longtemps qu'il avait quitté le Michigan et il avait déjà des difficultés à reconnaître l'homme qui le fixait dans le miroir. C'était étrange.

Ce n'était pas comme s'il avait cherché à échapper à quelque chose, ou s'il avait détesté l'homme qu'il était là-bas. Il y avait l'irritation liée à son ex, mais leur rupture n'avait été traumatisante ni pour l'un ni pour l'autre. Il avait une grande famille, de chouettes amis, une bonne vie. Et pourtant, aussi loin qu'il remontât, il avait toujours rêvé de quitter le Michigan. Ça allait plus loin qu'un simple dégoût pour les hivers trop froids. Il n'était pas sûr de ce que c'était, mais le désir avait toujours été là.

Et voilà qu'il était ici, maintenant, un véritable étranger qui vivait en Floride, et ses rêves étaient devenus réalité. Enfin, jusqu'à aujourd'hui. Il se retrouvait de nouveau sans emploi, et il semblait que ses rêves soient devenus très brefs.

Bon sang, il pouvait être tellement mélodramatique, parfois.

Il se détourna de son reflet et se dirigea vers l'extérieur pour rejoindre George. Surpris de trouver son plat qui l'attendait sagement, il se glissa sur son siège.

— Bon sang, c'était rapide.

— Eh bien, j'étais prêt à manger le tien, commenta George, la bouche pleine de poisson.

Murphy éloigna son assiette de George.

— Ça m'étonnerait.

Il préleva un morceau de poisson et le porta à ses lèvres. C'était incroyablement délicieux. Quelques minutes auparavant, il aurait été incapable de manger avec son estomac qui jouait aux montagnes russes. Mais voilà qu'il était soudainement affamé, et il dévora son poisson, sa salade de chou, et chaque miette de friture. Il s'essuya la bouche avec sa serviette puis la laissa tomber dans son assiette vide.

— Je t'avais dit que c'était bon. La cerise sur le gâteau, si je puis dire, c'est leur tarte au citron.

Murphy secoua la tête et s'adossa au siège avec un sourire satisfait et en tapotant son estomac.

— Impossible pour moi d'avaler une autre bouchée.

— Ça ne te fait rien d'attendre jusqu'à ce que je mange la mienne, n'est-ce pas ?

— Ma foi, non, ça ne me fait rien. Prends tout ton temps. Plus longtemps, on restera ici, moins on travaillera.

George fit un geste de la main à l'attention de Victor.

— Nous n'y retournerons pas. Je vais faire une sieste et toi, tu peux faire ce que tu fais habituellement quand tu ne travailles pas.

Il commanda son dessert et Murphy commanda une autre bière. Il attendit que Victor se soit éloigné avant de se tourner vers George.

— Est-ce que je peux te demander quelque chose ?

— Bien sûr.

— Que sais-tu à propos de *Fields, Fields et Cohen* ?

— Je sais que ce sont des fils de putes extrêmement riches. Qu'ils possèdent une bonne partie de Tampa, et d'après ce que j'ai compris, qu'ils aimeraient s'approprier toute la ville.

Murphy ne put ignorer la pointe d'amertume dans la voix de George.

— Et j'ai comme l'impression que tu n'es pas un fan de leurs projets.

— Comprends-moi bien, je suis à fond pour le tourisme – c'est ce qui permet à Tampa d'exister –, mais nous sommes tellement plus que cela. Je déteste voir les locaux poussés hors de chez eux et de leurs business.

— Et pourtant tu travailles pour eux, dit Murphy d'un ton hésitant.

— Je ne travaille pas pour eux, riposta George. Ça fait un moment déjà que je dis à monsieur Barton qu'il doit trouver de nouveaux projets. Lui non plus n'est pas d'accord avec les pratiques de FF & C, mais il doit continuer à faire travailler son équipe. Ils ont des factures à payer, des familles à nourrir.

— Donc, il couche avec l'ennemi, songea Murphy à haute voix, reprenant l'affirmation que Joe avait faite au sujet de son nouvel employeur.

— On fait tous des choses dont on est pas toujours fiers.

C'est certain. Murphy prit une grande gorgée de sa bière et baissa les yeux sur le liquide ambré.

— Que se passerait-il s'il était prouvé que la société FF & C était corrompue ?

George eut un rire sans joie.

— C'est déjà quelque chose de connu, et pourtant ils continuent à mener leur business.

Murphy fut presque tenté de lui parler de ce qu'il avait entendu, mais il se retint. C'est à Joe qu'il devait le dire. Il saurait quoi faire avec cette information.

XVIII

JOE REPOSA brutalement son téléphone sur le bureau et laissa retomber sa tête dans ses mains. Ça faisait des heures qu'il essayait d'appeler Murphy, mais il ne répondait pas. Il avait perçu le sérieux dans le ton de sa voix quand il avait dit, « C'est important ». Quelque chose n'allait pas. Joe s'était senti suffisamment inquiet pour courir à l'étage, mais après avoir tambouriné à la porte à de nombreuses reprises sans obtenir de réponse, il avait abandonné.

Habituellement, son portable était toujours dans sa poche ou à portée de main, mais il l'avait oublié sur son bureau et avait passé la plus grande partie de la veille à travailler dans la maison de la plage et à faire tout son possible pour ne pas penser à Murphy. Ça n'avait pas été facile – il semblait incapable de faire autre chose que penser à lui. La seule fois où Murphy avait vraiment besoin de lui, Joe oubliait son putain de portable. Quel débile !

Son téléphone se mit à sonner. Il jeta un œil sur l'écran et son cœur rata un battement quand il vit le nom de Murphy. Il décrocha et le pressa contre son oreille.

— Murphy ?

— Oui, c'est moi.

Le son de sa voix lui remua l'estomac.

— Hé ! Je n'ai pas arrêté d'essayer de te joindre. J'ai oublié mon stupide téléphone sur mon bureau, la nuit dernière. Tu as eu mon message ?

— Je l'ai bien eu. J'ai vraiment besoin de te parler.

Joe se raidit.

— Qu'est-ce qui ne va pas ?

— Je ne veux pas en parler par téléphone. J'ai encore quelques commissions à faire, mais peut-on se voir plus tard ?

Joe se sentit envahi par l'effroi, et il dut se forcer pour avaler la boule qui se formait dans sa gorge. Ça y était. Murphy allait s'en aller, mettant fin à ce qui venait à peine de se déclencher entre eux.

— Oui, bien sûr. Mais peux-tu me donner un indice sur ce qui se passe ?

— Non, je ne peux pas. Je dois y aller. Est-ce que tu préfères que je vienne, ou…

— Je suis au café. À quelle heure seras-tu à la maison ?

Joe entendit un froissement puis le silence.

— Je devrais être à l'appartement vers trois heures.

Joe ne manqua pas la manière dont Murphy se référait à l'endroit comme étant l'appartement plutôt que la maison. Ça n'augurait rien de bon. Il avait espéré que Murphy souhaiterait rester après la fin des rénovations. Apparemment, il y avait peu d'espoir pour que, ce soit le cas.

— Je serai là.

La tension était palpable à travers la ligne, et Joe voulait lui demander ce qui se passait, mais il savait que ce serait inutile.

— Murphy ?

— Attends une seconde, j'ai un autre appel, finit-il par dire.

Un clic se fit entendre et il n'y eut plus rien d'autre que le silence sur la ligne. Joe attendit. Chaque tictac de l'horloge augmentait son anxiété, jusqu'à ce que son cou se raidisse et que sa tête commence à pulser.

— Désolé pour ça, s'excusa Murphy quand il revint sur la ligne. J'ai reçu un autre appel que j'ai dû prendre.

Joe était curieux de connaître l'identité de celui qui l'avait appelé, mais une fois de plus, il sut qu'il était inutile de demander.

— C'est bon. Je ne fais rien de spécial, pour l'instant, de toute façon.

— Je suis désolé, mais je dois vraiment y aller. Je te verrai vers trois heures.

— Pas même un indice à propos du sujet de discussion ?

— Je te le dirais si je le pouvais. À plus tard.

Avant que Joe puisse ajouter quelque chose, la ligne fut coupée. Il serra les paupières et tenta de se souvenir comment respirer. Il s'était trompé au sujet de Murphy. Il s'était déjà frayé un chemin à travers la carapace de Joe, et maintenant qu'il était prêt à partager ses sentiments avec lui, il semblait que Murphy allait y mettre fin. Qu'est-ce que ça pouvait être d'autre ? Au moins était-il suffisamment un homme pour faire les choses en personne plutôt que par texto.

Mais ça ne l'aidait pas à se sentir mieux pour autant.

Quelqu'un donna un coup sur la porte. Joe soupira.

— Entrez.

— Hé, Joe ! Tu as une seconde ? demanda Kallie.

— J'imagine. Entre.

Kallie fronça les sourcils et se percha sur le bord du bureau de Joe.

— Tout va bien ?

— Je vais bien.

Joe fit de son mieux pour sourire, mais il eut du mal à donner le change.

— Tu as toujours été un terrible menteur. Il n'y a rien que je ne puisse faire ?

Joe posa sa main sur la cuisse de Kallie.

— Ne fais pas attention. Je me comporte comme un imbécile.

— C'est à propos de Murphy ? demanda Kallie, attrapant sa main.

— Oui, il m'a finalement appelé.

— Est-ce qu'il va bien ?

Joe secoua tristement la tête. Elle était au courant de ce qui se passait entre lui et Murphy. C'était plutôt dur à cacher quand il se morfondait parce que Murphy ne s'était pas rendu au *Kaffeinate* tous ces derniers jours pour son café matinal. Elle était suffisamment intelligente pour additionner deux plus deux.

— Il veut me parler à propos de quelque chose, répondit Joe.

Le froncement de sourcil de Kallie s'accentua.

— Il n'a pas dit à quel sujet ?

— Non, mais j'ai une idée assez claire de ce que ça va être.

— Tu crois que tu le sais. Mais tu sais aussi ce qu'on dit à propos de ce qu'on croit ?

— Ouais, ouais, j'ai déjà fait bien pires que ça.

Joe repoussa sa chaise et se redressa. Il n'avait pas envie de parler de cela. Sa tête lui faisait mal et son cœur était lourd dans sa poitrine.

— Bon, j'étais sur le point de commander à déjeuner. Tu veux quelque chose ?

— Jolie manière de changer de sujet. Tu n'as même pas encore pris ton petit déjeuner.

Joe se passa la main dans les cheveux.

— Je sais. Je n'ai aucune envie de parler de tout cela maintenant. Mais je te promets de venir te trouver si j'ai besoin d'une épaule sur laquelle pleurer.

— Tout ça n'a pas l'air très bon.

Joe agita une main méprisante.

— Honnêtement, ne fais pas attention à moi. Je suis d'une humeur de chien. Alors, de quoi avais-tu besoin ?

— Peu importe, ça n'est plus très important.

Kallie se dirigea vers la porte. À mi-chemin, elle s'arrêta et se retourna.

— Ah oui, au fait ! La caisse enregistreuse est encore bloquée.

— Est-ce que tu as essayé avec un marteau ?

La vieille machine usée et dépassée aurait dû être changée depuis bien longtemps.

— Je l'aurais fait si j'en avais un sous la main.

— Je vais essayer de t'en trouver un.

Joe était reconnaissant de la diversion.

Kallie le précéda à l'extérieur du bureau, posa une main sur son bras et le regarda avec une expression sévère.

— Je sais que ce ne sont pas mes affaires, mais j'espère sincèrement que les choses vont s'arranger entre Murphy et toi. Je vois bien que vous tenez l'un à l'autre, mais vous êtes trop têtus pour le reconnaître.

— Il se passera ce qu'il se passera, dit-il en se penchant et l'embrassant sur la joue. Maintenant, allons soulager notre frustration sur cette vieille machine.

Il n'avait pas pu trouver le sommeil, la nuit précédente. Il avait passé toute la soirée à se tracasser à propos de Joe qui ne le rappelait pas, de ce qu'il avait découvert et, si oui ou non il allait retourner sur le site dès le lendemain.

Toute la journée, il s'était interrogé sur sa décision à propos de l'hôtel Calm Winds. Il savait qu'il faisait le bon choix. Il avait été incapable d'imaginer une histoire crédible sur la raison pour laquelle il avait besoin d'une journée de repos, et à la fin, il avait fini par se dire que s'il voulait que BMC continue à l'employer sur d'autres projets, il valait mieux qu'il fasse ce pour quoi on le payait. Durant toute la journée, il hésita entre l'embarras et l'irritation, et il faillit sauter de joie quand George lui envoya un message pour lui dire que la journée était finie.

Après avoir poussé les portes de l'établissement et s'être retrouvé dans l'éclatant soleil de l'après-midi, Murphy ne put atteindre le van assez rapidement à son goût. Il vibrait littéralement en attendant George. *Allez, allez, allez.* Il en était à vouloir laisser une note pour repartir à toute allure vers le bureau et sa voiture. La seule raison pour laquelle il ne put suivre son plan, ce fut parce que George finit par apparaître.

Il se glissa sur le siège passager.

— Je pensais que tu avais le feu au cul à la manière dont tu t'es rué dehors.

— Désolé, j'ai un rendez-vous. Je suis un peu excité, tu vois.

— Elle doit être vraiment spéciale, dit George, les sourcils haussés.

Murphy soutint son regard.

— Il l'est.

George ne montra rien.

— OK, allons-y avant de nous retrouver coincés dans les embouteillages de l'après-midi.

Murphy ne savait jamais comment les gens allaient réagir en apprenant qu'il était gay. D'après son expérience, les conneries de macho qu'il avait connues dans les milieux de la production et de la construction lui avaient toujours laissé croire qu'une grande majorité des hommes travaillant dans ces domaines n'étaient que des trous du cul intolérants. C'était rafraîchissant de voir que George n'était pas tombé là-dedans.

Comme Murphy manœuvrait dans les rues, lui et George s'engagèrent dans une brève discussion, principalement à propos de son petit-fils. Une fois qu'il eut atteint le bureau, Murphy se gara dans un emplacement vide, coupa le moteur et jaillit du véhicule.

— Bon sang, tu es vraiment impatient, dit George d'une voix traînante.

Il l'était, mais pas pour les raisons auxquelles pensait George. Murphy lui lança les clés et prit les siennes dans sa poche.

— En fait, j'ai juste besoin de lui parler, c'est tout, expliqua Murphy. À demain.

Il était à mi-chemin de sa voiture quand George le rappela.

— Hé ! Murphy !

Murphy s'arrêta et se retourna.

— Oui ?

— Si cette petite discussion avec Monsieur Spécial ne se déroule pas comme tu le veux, est-ce que tu pourras me faire une faveur ?

— Bien sûr, laquelle ?

— Vire mon fils du sous-sol. Je suis fatigué de l'entendre se plaindre qu'il n'y a pas un seul homme potable à Tampa.

Murphy éclata de rire. Maintenant, il savait pourquoi George n'avait pas réagi : il avait un fils gay. Murphy se mit instantanément à l'aimer encore plus, non pas parce qu'il avait un fils gay, mais parce qu'apparemment, il avait accepté sa sexualité.

— Je tâcherai de ne pas oublier.

MURPHY ALLAIT et venait en serrant ses mains moites l'une contre l'autre. Bon sang, comme il se sentait nerveux. Il n'avait aucune idée de la manière dont Joe allait réagir quand il lui dirait ce qu'il avait entendu. Murphy avait déjà été témoin de son tempérament fier et ne pouvait qu'espérer lui faire entendre raison s'il était déterminé à se confronter à monsieur Fields.

Un coup sec sur la porte le figea sur place et son cœur accéléra. Il était temps de voir jusqu'où allait sa mesure. Heureusement, ce serait toujours mieux que la fois où ils avaient tenté de se réfréner sexuellement. Cette pensée fit fleurir un sourire sur le visage de Murphy.

Il se dirigea vers la porte et l'ouvrit.

— Salut, Joe.

Joe se tenait là, plus incertain que jamais. Il n'y avait pas trace de son sourire habituel et sa posture pleine de fierté avait disparu.

Il préférait fixer le montant de la porte à la place de Murphy.

— Tu m'as dit que tu voulais discuter à propos de quelque chose.

Murphy toucha son coude.

— Regarde-moi, tu veux ?

Joe fit glisser son regard vers lui.

— Je suis désolé d'avoir été si énigmatique. Mais j'ai cru que ce n'était pas une bonne idée de parler de ça au téléphone.

— Je crois que je vais avoir besoin de boire quelque chose.

Joe regarda au loin, mordillant sa lèvre inférieure.

— Est-ce que tu vas me laisser entrer ?

Murphy recula pour lui permettre d'entrer. Il referma la porte et la verrouilla derrière Joe.

— Désolé, je n'ai que de la bière et de l'eau. Je peux faire un saut jusqu'à l'épicerie au coin de la rue si tu souhaites quelque chose de plus fort.

Joe s'appuya contre l'îlot avec une expression lasse sur le visage.

— À toi de me le dire. Est-ce que je vais avoir besoin de quelque chose de plus fort ?

Murphy lui prit la main et la porta à ses lèvres. Il embrassa le bout de ses doigts puis noua leurs mains ensemble.

— Je pense que le whisky serait contre-productif. Ce que je m'apprête à te dire va peut-être… dit Murphy, secouant la tête. Non, pas peut-être. Tu vas surement être en colère.

Pendant un moment, Joe resta silencieux. Il observait Murphy avec une expression indéfinissable. Puis l'expression disparut avant que Murphy puisse deviner ce que c'était. Joe libéra sa main.

— Je pense que je vais finalement prendre une bière.

Murphy alla jusqu'au frigidaire et en sortit deux bières. Quand il se retourna, Joe s'était effondré sur l'un des tabourets de bar, complètement perdu. La poitrine de Murphy se serra en le voyant si bouleversé, il n'était pas impatient à l'idée de le rendre plus malheureux. Il posa l'une des bières devant Joe et prit une longue gorgée de l'autre.

Joe descendit pratiquement sa bière en une seule et longue gorgée. Puis il s'essuya la bouche du dos de la main.

— OK, je t'écoute.

— Hier, j'étais en train d'inspecter le conduit dans le plafond du Calm Winds.

Murphy prit une autre gorgée et tritura l'étiquette de la bouteille.

— Et ? le pressa Joe.

— Je me trouvais juste au-dessus du bureau de monsieur Fields. J'ai… comment dire…

Joe se tendit visiblement.

— Dis-moi.

Murphy bougea et jeta un coup d'œil vers la porte. Les jambes de Joe étaient plus longues que les siennes, mais Murphy était rapide. Il était pratiquement sûr de pouvoir le rattraper avant qu'il atteigne la porte. Pour s'en assurer, il fit le tour de l'îlot. Il posa une main sur l'épaule de Joe et la pressa doucement pour l'encourager à se tourner vers lui.

Quand ce fut fait, Murphy se plaça entre ses jambes.

— Tu avais raison. Ils sont corrompus, et je suis désolé de ne pas t'avoir écouté.

Joe lui lança un regard furieux.

— Bon sang, Murphy, dis-moi ce que tu as entendu.

— Ils projettent de mettre la main sur ton quartier. Fields a dit à un autre homme que s'il ne pouvait pas trouver un moyen de contourner la société historique, il allait brûler les immeubles jusqu'aux fondations.

— Tu plaisantes ? rugit Joe.

— Non, Joe, tu sais que je ne plaisanterais jamais à propos de quelque chose comme ça.

Joe bouillait de rage, son visage arborait une horrible teinte cramoisie et ses lèvres étaient retroussées dans un grognement.

— Il faudra me passer sur le corps.

— Je ne pense pas que ça leur pose de problème. Monsieur Fields est un homme puissant et très dangereux.

— Est-ce qu'il m'a menacé ? Je vais tuer ce fils de pute.

Joe tenta d'écarter Murphy de son chemin, mais ce dernier l'attrapa par les épaules, le forçant à rester assis.

— Tu ne peux pas aller là-bas et te mettre à le menacer.

— Ce ne sera pas une menace, répliqua Joe.

— Tu n'arriveras jamais à passer la sécurité et même si tu y arrives, qu'est-ce que tu feras ? Tu penses réellement que tu vas le tuer ? demanda Murphy, incrédule.

— C'est tout ce que cet enfoiré mérite. Comment ose-t-il, ne serait-ce que songer, à détruire la vie des gens en leur enlevant leurs maisons et leurs rêves ? dit Joe en repoussant encore Murphy. Maintenant, dégage de mon chemin.

Une fois encore, Murphy fut le plus rapide, mais pas sans difficultés. Il avait peut-être fait plus de musculation que lui, mais Joe restait quand même fort.

— Joe, pour l'amour du ciel, écoute-moi. Tu ne peux pas aller là-bas. La seule chose que tu vas récolter, c'est la prison. Et alors quoi ? Comment protègeras-tu *Kaffeinate* et les autres commerces ?

Joe cessa de se débattre et croisa le regard de Murphy avec une expression pleine de fierté.

— Je ne peux pas rester assis ici sans rien faire.

— Si, c'est exactement ce que tu vas faire.

Les yeux de Joe s'écarquillèrent.

— As-tu perdu l'esprit ?

— Non. Nous allons rester ici, prendre une autre bière et *parler* de tout cela, dit Murphy, posant sa paume contre sa joue. Compris ?

Durant de longues secondes, Joe se tint raide, sans répondre ni ajouter un mot. Et juste quand Murphy commençait à se dire qu'il allait refuser, ses épaules retombèrent comme s'il se résignait.

— Est-ce que j'ai le choix ?

— Non.

Murphy l'embrassa sur le nez avant de s'éloigner, certain que Joe n'essaierait plus de s'enfuir. Il était en colère, à juste titre, mais c'était aussi un homme raisonnable.

Murphy attrapa deux autres bières puis s'assit près de lui autour de l'îlot.

— On devrait aller voir les flics.

— Pour leur dit quoi ? demanda Murphy.

— Que ces bâtards sans scrupules vont raser le quartier.

Murphy secoua la tête.

— On ne peut pas. Je l'ai espionné, et à côté de cela, tu sais que ce serait leur parole contre la mienne.

Joe se renfrogna. Il serrait sa bouteille si fort que ses articulations blanchirent.

Ils burent leur bière en silence. Murphy ignorait quoi dire, mais il savait que Joe avait besoin de temps pour digérer l'information. Il pouvait pratiquement entendre les rouages tourner dans sa tête. Il lui était reconnaissant de ne pas s'être retourné contre lui, en répliquant qu'il l'avait prévenu. C'était tout ce que Murphy aurait mérité, et il était heureux de ne pas l'avoir entendu dire cela ni de lire la désapprobation sur son visage.

— Tu sais, c'est drôle, dit finalement Joe.

— Je ne vois vraiment rien de comique dans cette histoire.

— Tu as raison, mais quand j'ai reçu ton message et ton appel, avec toi me disant qu'on ne pouvait pas se parler par téléphone... J'ai d'abord pensé que tu allais venir pour me dire que tu ne voulais plus me voir.

— Pour être honnête, j'y ai songé une fois ou deux.

— Vraiment ?

Murphy hocha la tête.

— Et est-ce que tu y penses encore ?

Murphy le regarda bêtement.

— Je viens juste de te dire qu'une espèce de taré voulait brûler ton business, et tu es inquiet de savoir si je veux toujours te voir ?

— Je pense que la situation serait plus facile à gérer pour moi si je savais que tu vas rester dans le coin. Joe haussa les épaules.

La poitrine de Murphy se serra. Malgré ses grands airs et ses tentatives de se convaincre qu'il n'avait pas besoin des complications qui accompagnaient généralement les relations, il était toujours là. Plus important que tout, il n'avait pas l'intention de partir, et aussi longtemps que Joe voudrait de lui, ça n'était pas près de changer.

Il prit la main de Joe dans la sienne et noua leurs doigts ensemble.

— Je serai là aussi longtemps que tu auras besoin de moi.

Le sourire de Joe était brillant.

— Je suis un homme plein de besoins.

— Je peux vivre avec ça.

Il embrassa Joe – pas l'un de ces baisers passionnés qui consumait tout sur son passage, mais un baiser plein de tendresse et de promesses. Quand il prit fin, Murphy posa son front contre celui de Joe.

— Maintenant qu'on est d'accord, il faut qu'on réfléchisse à ce qu'on va faire à propos de Fields.

XIX

JOE ÉMERGEA du sommeil au son de la pluie frappant la fenêtre et d'un bruit assourdissant qui venait de l'extérieur suivi par un flash de lumière. Pas totalement prêt à se réveiller, il tira les couvertures sur lui et passa un temps interminable à observer la pluie qui peignait des figures abstraites sur les vitres de la chambre. Il était au chaud, satisfait, et n'avait besoin que d'une seule chose pour que tout soit parfait. Il tendit la main pour attirer Murphy plus près, mais les draps étaient froids au toucher.

En fronçant les sourcils, Joe se redressa en position assise, frotta ses paupières ensommeillées et plissa les yeux en regardant autour de lui.

— Murphy ?

— Ici, lui répondit Murphy depuis la chambre principale. Je sors dans une seconde.

Joe l'entendit traîner les pieds derrière la porte fermée. L'eau s'écoula brièvement puis la porte s'ouvrit et Murphy sortit d'un pas nonchalant, une serviette drapée autour de la taille, des ruisselets d'eau courant le long de sa poitrine musclée.

— Désolé, je ne voulais pas te réveiller. J'avais besoin d'une douche.

— C'est la foudre qui m'a réveillée, mais j'aurais préféré que ce soit toi. J'aurais été plus que satisfait de te frotter le dos.

— Une chance pour moi que je prends autant de douche ! Est-ce que j'ai droit à un autre tour ?

— Absolument.

Joe attrapa son poignet à la seconde où il fut suffisamment proche de lui et l'attira dans le lit.

— Huummm. Chaud, humide et tu sens tellement bon.

En riant, Murphy l'embrassa sur le nez.

— Au moins, l'un de nous deux sent bon. Tu sens le sexe et l'haleine matinale.

— C'est ta faute. Et c'est l'autre raison pour laquelle tu aurais dû me réveiller. J'aurais l'haleine fraîche et je sentirais bon. Et là, peut-être que j'aurais pu négocier un petit plaisir matinal.

Murphy poussa son nez dans le cou de Joe.

— C'est exactement le bon moment, mais puis-je te suggérer de te dépêcher parce qu'il se pourrait que je commence sans toi ?

Joe palpa le sexe de Murphy, la serrant rudement.

— Tu n'as pas intérêt, ou je vais devoir prendre un temps extrêmement long pour une toilette extra minutieuse. Et tu sais à quel point ma queue aime être savonnée.

La chaleur s'alluma dans les yeux de Murphy, et il chassa la main de Joe loin de son entrejambe.

— Tu as cinq minutes.

Joe ne perdit pas une seconde, il bondit hors du lit et se précipita dans la salle de bain. Pendant qu'il se tenait sous le jet d'eau chaude, la conversation de la veille lui revint en tête. Il n'avait visiblement pas su s'y prendre avec Murphy. Là dehors, il y avait un salopard richissime et corrompu qui voulait anéantir huit années de sang, de sueur et de larmes en une seule fois. Et au lieu d'avoir ce problème urgent à l'esprit en se réveillant, il préférait songer à Murphy et à la manière de prendre son pied. Encore une fois.

Le problème au sujet de ses ennuis actuels, c'est qu'il ne pouvait rien y faire. Chaque bribe de son corps lui criait de courir jusqu'au bureau de monsieur Fields et de se confronter à lui. Mais la partie logique de son cerveau savait bien que Murphy avait raison. Rien de bon ne sortirait d'une telle explosion de rage et on l'enverrait probablement en prison. Ils n'avaient aucune preuve, et la manière dont Murphy avait obtenu ses informations ne pouvait être utilisée légalement. S'ils prévenaient monsieur Fields, il ne faisait aucun doute qu'il utiliserait son argent et son pouvoir pour se sortir de là. Et alors, où Joe irait-il ? Au moins connaissait-il les plans de monsieur Fields pour l'instant, et pouvait-il essayer de les contrer. Si le bâtard changeait ses plans parce qu'il soupçonnait Murphy de l'avoir espionné, alors ils n'auraient aucun indice sur ses prochaines intentions. Le pire étant qu'il pouvait mettre Murphy en danger. C'était totalement inacceptable.

Obsédés comme ils l'étaient par le sexe, ils ne risquaient pas de trouver de solution à leurs problèmes. Non, le mieux, c'était d'abord de régler cela et ensuite, ils pourraient tenter de trouver comment protéger le quartier.

Ses projets arrêtés, Joe repoussa ses inquiétudes au fond de son esprit. Il avait un homme sexy et complètement nu dans son lit qui n'attendait que lui. Il referma les robinets et se sécha rapidement. Son excitation revenue, il se dépêcha de se brosser les dents pour retourner auprès de Murphy.

— Joe ? l'appela-t-il.

— Mmm, répondit Joe, la bouche pleine de dentifrice.

— Il te reste trente secondes ou je commence sans toi.

Il leva les yeux et croisa son regard écarquillé. *Oh putain non, tu ne le feras pas.* Juste le temps pour lui de cracher, de se rincer la bouche et il était ressorti sans perdre son temps à éteindre la lumière ou à attraper une serviette pour se sécher les cheveux.

Murphy lui adressa un sourire espiègle.

— Dix secondes.

Joe bondit par-dessus le lit, faisant grincer les ressorts, et Murphy laissa échapper un *oomph* douloureux quand Joe l'attrapa et les fit rouler ensemble. Avant que Murphy puisse protester, Joe s'empara de sa bouche et lui donna un baiser profond et jouissif.

L'une des jambes de Murphy s'enroula autour de ses hanches. Sexe contre sexe, ils ondulèrent l'un contre l'autre. L'érection de Murphy frotta contre la sienne et le fit trembler, et son cœur se mit à accélérer. La chaleur de cette délicieuse friction était tout bonnement parfaite, il se frotta plus fort, plus vite, voulant être envahi par cette sensation de plaisir. Joe ne voulait pas que ça s'arrête. Il aurait pu jouir juste avec des baisers sensuels et la queue de Murphy glissant contre la sienne. Cependant, Murphy avait d'autres plans.

— J'ai besoin d'être à l'intérieur de toi. Attrape le lubrifiant.

Même si le corps de Murphy lui procurait beaucoup de plaisir, Joe savait que les choses pouvaient devenir encore meilleures. Il adorait la manière dont ce dernier le remplissait et l'étirait. Un grognement profond s'échappa de sa poitrine. Pourtant, il était incapable de s'éloigner de sa chaleur. Il resserra son bras autour de sa taille et les fit rouler jusqu'à ce que Murphy soit sur lui. Il prit ses lèvres et l'embrassa lentement, paresseusement pendant qu'il tâtonnait dans la table de nuit à la recherche du lubrifiant.

Murphy ne parut pas s'offusquer du changement de position. Il lui retourna son baiser avec une passion agressive, cherchant à le dominer. Il ondula contre lui pendant qu'il explorait chaque centimètre de sa bouche jusqu'à ce qu'ils soient tous les deux essoufflés.

Murphy mit fin au baiser et sourit.

— Es-tu en train d'essayer de me distraire ?

— Pourquoi est-ce que je ferais ça ? Je profite simplement de chaque seconde.

Le sourire de Murphy s'élargit.

— Moi de même. Alors, où est ce lubrifiant ?

Joe lui tendit le tube.

— Ta-da !

Sans le quitter du regard, Murphy lui prit le tube et s'assit sur ses mollets. Il versa une petite quantité de lubrifiant sur ses doigts en les frottant avec son pouce.

Le regard lourd de Murphy et la manière dont il prenait tout son temps pour enduire ses doigts firent grandir l'anticipation dans le ventre de Joe jusqu'à ce qu'il soit littéralement vibrant de désir.

Murphy le fit attendre encore quelques secondes, et juste quand Joe songeait qu'il allait éclater, Murphy écarta sa cuisse à l'aide de son autre main.

— Écarte pour moi. Montre-moi ce joli petit trou.

Joe plaça ses pieds sur le matelas, écarta les jambes et souleva ses fesses. Il fut récompensé avec deux doigts glissants qui vinrent taquiner son entrée, tapotant doucement, puis se poussant lentement à l'intérieur. Joe haleta et se courba encore plus, attirant les doigts de Murphy plus profondément en lui.

Murphy écarta les doigts et la brûlure fit haleter Joe. Puis il émit un long gémissement interminable alors que le plaisir pulsait dans son corps. Une légère torsion du poignet et Murphy effleura son point sensible. Joe se mit à crier et son dos s'arqua.

— Putain, t'es sexy, murmura Murphy. J'adore te voir comme ça.

Joe essaya de lui répondre, de dire quelque chose, mais il était incapable de former des mots. Le plaisir le submergeait. Son corps tressaillit, son sexe se redressa et coula sur son estomac. Il était si proche, quelques mouvements un peu rudes et il pourrait jouir. Il tendit la main vers son érection.

Murphy retira ses doigts et l'empêcha de se toucher.

— Oh non, tu ne feras pas ça. J'ai d'autres plans pour toi.

— Moi aussi, grogna Joe.

Il avait vraiment, vraiment envie de jouir, mais à la place, il attrapa la tête de lit pour s'empêcher de céder à la tentation. Il souleva ses hanches, les poussant en avant une ou deux fois.

— Allez, Murphy, touche-moi.

Murphy tapota la cuisse de Joe avant de saisir le préservatif sur la table de nuit et de l'ouvrir.

— Tu es loin du compte, là. Tu sais ce que je veux dire.

— Je te promets de me faire pardonner.

Murphy cessa aussitôt de le taquiner. Il roula la capote le long de sa verge puis guida l'extrémité vers l'orifice de Joe.

Leurs regards se soudèrent, Joe respirant à peine quand Murphy le pénétra lentement en une seule et longue poussée jusqu'à ce qu'il soit profondément enfoncé en lui.

— J'adore la manière dont tu te resserres autour de moi, grogna Murphy.

Il se mordit les lèvres et poussa doucement, une fois, deux fois, avant de se retirer complètement et de s'enfoncer de nouveau à l'intérieur.

Joe glissa ses bras sous ses genoux, ramena ses jambes contre sa poitrine et souleva ses fesses, forçant Murphy à le pénétrer plus loin à chaque coup. Murphy bougea légèrement et Joe gémit quand il pilonna sa prostate.

— Putain ! C'est ça, juste là, dit-il.

Murphy recommença, encore et encore jusqu'à ce que Joe le supplie et gémisse, se tortillant à chaque poussée et l'implorant avec son corps jusqu'à ce qu'il soit aux limites de l'orgasme, si intense qu'il put difficilement le contenir. Il ferma les yeux et serra les dents, en essayant de repousser l'inévitable durant quelques minutes.

Les coups de Murphy devinrent irréguliers et quand Joe rouvrit les yeux, sa tête était légèrement rejetée en arrière, lèvres écartées comme il cherchait le soulagement. Cette vision lui coupa la respiration et faillit le pousser à l'orgasme.

Quand Murphy donna une dernière poussée et se figea, Joe sut qu'il n'avait plus besoin de se retenir et quelques secondes plus tard, Murphy lui prouva qu'il avait raison en criant son nom. Joe relâcha la pression et se laissa aller à son tour.

Combien de temps resta-t-il prisonnier de cet état de béatitude, c'était difficile à dire. La seule chose qu'il savait, c'était qu'il ressentait un plaisir pur – il s'était littéralement envolé grâce à lui, et quand il redescendit sur terre, Murphy était là.

Joe relâcha ses jambes, enroula ses bras autour de Murphy et le serra contre lui.

— Bon sang, j'en avais vraiment besoin.

Murphy grogna en réponse.

Joe posa son menton sur sa tête et dessina des motifs le long de sa colonne vertébrale. Il aurait aimé rester là éternellement, épuisé et satisfait. Juste tous les deux, à l'abri des problèmes dans leur petit cocon tiède. Mais c'était prendre ses désirs pour des réalités. Ils n'avaient droit qu'à un court répit avant que la dure réalité ne les rattrape.

— Il faut qu'on décide de ce qu'on va faire pour FF & C, lâcha doucement Murphy, comme s'il venait de lire dans ses pensées.

Joe grimaça.

— Je sais, mais je ne suis pas encore prêt à ruiner mon état post-orgasmique. Et toi ?

— Non plus.

Murphy se déplaça légèrement pour mieux se serrer contre Joe, qui l'étreignit. Après quelque temps, Murphy s'endormit, produisant ces curieux petits sons qu'il adorait. Il le serra plus fort, laissant la chaleur de Murphy le bercer jusque dans le sommeil.

XX

On aurait pu penser que c'était la vie de Murphy qui avait été menacée, tant son cœur tambourinait dans sa poitrine et son estomac jouait aux montagnes russes. C'était dingue qu'il semble être le seul à péter un plomb pendant que Joe restait tranquillement assis de l'autre côté de la table, comme s'il n'avait rien à craindre.

Murphy avait déjà assisté au tempérament féroce de Joe, il en avait même été victime, et pourtant il restait assis, moins de vingt-quatre heures après avoir découvert ce que monsieur Fields avait dit, calme et serein en mangeant des pancakes.

— Comment peux-tu manger cela ?

Joe leva les yeux avec une expression confuse sur le visage.

— Comment ? Tu n'aimes pas ça ? Est-ce que tu préfères autre chose ?

— Non, ils sont délicieux, mais maintenant que je n'ai plus envie de te sauter, je ne peux pas m'empêcher de penser à ce que j'ai entendu, et ça me contrarie l'appétit. Je suis surpris que ça ne soit pas le cas pour toi.

— Tu n'as plus envie de me sauter ? demanda Joe d'un air blessé.

Murphy se contenta de le regarder stupidement.

— Sérieusement ? C'est tout ce que tu as retenu de ma phrase ?

Joe se mit à sourire par-dessus sa tasse avant de prendre une gorgée.

— J'ai toujours envie de te sauter.

Murphy leva les mains en l'air.

— J'abandonne. Tu es trop bizarre, Joe Sterling.

Joe engouffra un large morceau de pancake et parla tout en mâchant.

— Crois-moi, je sais à quel point la situation est mauvaise. Je me suis réveillé la nuit dernière et je suis resté un long moment allongé, en réfléchissant à tout cela.

Joe fit passer la nourriture avec une gorgée de café.

— Je l'avoue, mon premier instinct était de descendre chez ce fils de pute et de le passer à tabac. Cependant, je n'arrête pas de penser à ce que tu as dit, et tu as raison. Je ne pourrais pas faire grand-chose pour protéger le quartier en étant derrière les barreaux.

Murphy se sentit libéré d'une partie de sa tension. Il n'avait pas réalisé que jusque-là, l'idée de Joe en train de s'énerver et de se livrer à quelque chose de dingue était ce qui le rendait le plus nerveux. Ce sentiment nauséeux s'estompa et il fut capable de poursuivre son petit déjeuner.

— Dis-moi, si tu n'as pas prévu d'aller en prison, que vas-tu faire ? demanda-t-il après avoir mastiqué un morceau de bacon.

— Je n'y ai pas encore réfléchi, mais je vais trouver quelque chose.

— Je suis certain que oui, lui assura Murphy. Tu ne peux pas savoir à quel point je suis désolé de ne pas t'avoir écouté. J'ai déjà dit à George que je ne travaillerai plus pour ce bâtard. Il essaie de me faire transférer sur un autre chantier.

Murphy baisser les yeux, incapables de soutenir le regard de Joe.

— Je ne suis pas fier d'être resté hier et c'est seulement parce que George me l'a demandé. Je lui ai dit que je partirai s'il ne peut pas me transférer ailleurs.

— C'est bon. Honnêtement, je comprends.

Joe retomba dans le silence en terminant son petit déjeuner. Il nettoya la table et fit la vaisselle sans un mot, une expression songeuse sur le visage, comme s'il réfléchissait toujours à ce que Murphy lui avait dit. Ce dernier ne le poussa pas, mais c'était étrange. Joe aimait discuter, il le faisait tout le temps. Bon sang, Murphy n'aurait pas été surpris que Joe se mette même à parler pendant son sommeil. Quoique, étant un sacré dormeur, il ne le sache probablement jamais.

Joe s'était rassis avec une nouvelle tasse de café à la main avant que son silence ne commence à l'agacer.

— OK, je deviens dingue. À quoi penses-tu ?

— Je ne suis pas certain que je devrais te le dire. Je suis encore en train de peser le pour et le contre, expliqua Joe.

— Putain, qu'est-ce que c'est censé vouloir dire ?

Joe soupira profondément.

— J'ai cette idée qui ne me lâche pas, mais je suis inquiet à propos de la façon dont tu vas voir les choses.

— Il n'y a qu'une seule manière de le découvrir.

Joe l'étudia pendant un moment. Murphy pouvait voir le conflit animer les lignes de son visage. Puis Joe secoua la tête.

— Non, je ne peux pas te demander ça. C'est une mauvaise idée. Je ne peux pas te mettre en danger.

— Bon sang, Joe. Est-ce que tu vas me le dire et me laisser décider par moi-même ?

Les mots sonnèrent plus sèchement qu'il ne le voulait, mais tout ce bordel mystérieux commençait à lui taper sur les nerfs.

— J'étais en train de penser que si tu voulais bien retourner dans ces conduits, mais en emportant cette fois un matériel d'enregistrement, nous pourrions obtenir des preuves.

Murphy écarquilla les yeux.

— Je t'avais dit que c'était une mauvaise idée.

Joe se remit sur ses pieds en emportant sa tasse de café avec lui, et il commença à aller et venir.

Il fallut quelques secondes rythmées par le tictac de l'horloge avant que Murphy ne soit capable de comprendre où Joe voulait en venir. Ce n'était pas une mauvaise idée, mais… ses doigts tapotèrent la table pendant qu'il y réfléchissait.

— Je pourrais réussir, lui assura-t-il. Le problème, c'est que c'est illégal d'enregistrer quelqu'un sans un mandat.

Joe se figea à mi-chemin et lui lança un regard noir. Les flammes s'allumèrent dans ses yeux.

— Illégal ? Ce mec veut brûler tout un quartier, et tu me parles d'enregistrement illégal ?

Et voilà la passion que Murphy était habitué à voir chez Joe. C'était étrange que lorsque Joe était gonflé à bloc de cette manière, ça l'excitait et ça le mettait en colère tout à la fois.

— Parce que deux illégalités vont forcément donner quelque chose de bien ?

— T'es con ou quoi ? Je n'arrive pas à croire que tu compares ses procédés aux miens !

L'irritation prit le dessus et Murphy sauta sur ses pieds, marcha sur Joe d'un pas raide et lui enfonça son index dans la poitrine.

— Insulte-moi encore une fois comme ça et je te jure que je te botte le cul.

Ils se tinrent face à face, prêts à en découdre. Joe tenta d'utiliser sa taille en le regardant de haut, dans l'intention évidente de l'intimider. *Ouais, c'est ça.* C'était loin de marcher.

Il le poussa avec son doigt.

— Je le pense vraiment.

Joe continua à le fusiller du regard pendant un moment, avant que le bon sens et la logique ne le secouent. Ses épaules s'affaissèrent.

— Putain, j'ai recommencé. Lorsque je m'énerve, les conneries s'envolent de ma bouche sans que je puisse ne rien y faire.

Il glissa un bras autour de la taille de Murphy et serra.

— Tu me pardonnes ?

Murphy resta figé, décidé à s'accrocher à son irritation. Joe n'était pas le premier à lui dire des choses haineuses sous le coup de la colère. Lui-même avait bien dû le faire une centaine de fois dans sa vie. Il avait toujours réagi de façon impulsive avant de réfléchir. Dylan en avait fait l'expérience plus d'une fois. Il le suspectait même de le provoquer dans un but précis. Dylan était un amoureux du drame.

— Alors ? demanda Joe en le tirant de ses pensées.

— Ouais, je te pardonne, mais fais attention à ta langue fourchue. Je suis de ton côté, ici, tu te souviens ? J'essaie seulement de t'aider.

— Je sais., répondit Joe en l'embrassant sur le front. Désolé d'être un parfait connard.

— Peut-être pas si parfait…

Murphy tenta de ravaler son sourire, mais sans succès quand Joe ajouta :

— Juste un connard.

Ils se mirent à rire et la tension dans la pièce disparut.

— Que dirais-tu de prendre notre café sur le canapé, de décompresser et de voir si on peut trouver un autre plan ? suggéra Joe.

— Je suis entièrement d'accord. Sauf en ce qui concerne le canapé.

— Et pourquoi cela ?

Murphy se libéra de l'étreinte de Joe. Il attrapa son mug et l'emporta jusqu'au comptoir pour le remplir.

— Tu veux toujours me sauter, donc j'imagine que le seul moyen pour toi de rester concentré, c'est de garder un obstacle entre nous.

Il leva la cafetière.

— Un autre ?

— Un bon point pour toi, dit Joe avec un reniflement.

Il lui tendit sa tasse afin que Murphy la remplisse à ras bord.

Après une seconde cafetière, ils tournèrent et retournèrent leurs idées dans leur tête, en tentant de trouver une solution pour stopper la corruption de Fields sans pour autant finir en prison ou être exposés à toutes sortes de dangers inutiles. Ils s'accordèrent sur la mise en place d'un système d'enregistrement et décidèrent que surveiller le bureau de Fields était une bonne idée. Le problème était de savoir ce qu'ils devraient faire ensuite des preuves incriminantes.

Joe voulait les envoyer directement à Fields pour faire chanter le salaud et l'obliger à renoncer. Peut-être Murphy avait-il visionné trop de séries policières, parce que la seule chose qui lui revenait sans cesse en esprit, c'était des morceaux de Joe rejetés par la marée. Ils devaient trouver quelque chose qui ne révèlerait pas leur implication.

— Pourquoi ne l'enverrait-on pas anonymement à la police locale ? suggéra Joe.

— Je suis sûr qu'ils parviendront d'une manière ou d'une autre à remonter jusqu'à nous. En plus, ce serait seulement s'ils nous prennent au sérieux, en souhaitant que le ciel empêche l'un de ces hommes d'être dans les petits papiers de Fields et d'en entendre parler.

Soudain, la lumière se fit dans son esprit.

— C'est ça !

— Comment ça ?

— Nous allons l'envoyer anonymement !

— Mais tu viens de dire…

Murphy leva un doigt.

— Nous n'allons pas l'envoyer aux autorités. Nous allons l'envoyer au *Tampa Bay Times*.

Joe le fixa avec un regard vide. Il lui fallut quelques secondes afin que la lumière le frappe à son tour, et son visage s'éclaira.

— Et je sais exactement à qui l'envoyer ! Il y a quelques années, Mitch Leverette a écrit une colonne pour le *Tampa Tribune* sur les lois environnementales que FF & C violait. Peu de temps après que l'article fut sorti, lui et le rédacteur en chef ont démissionné et toute l'histoire fut étouffée. Mitch travaille à présent pour le *Times*

— Parfait. Maintenant, tout ce qu'il nous reste à faire, c'est obtenir les preuves. "

— C'est décidé, dit Joe en se remettant sur ses pieds avant de tendre la main à Murphy. Allons-y.

Murphy prit sa main sans hésitation.

— Où allons-nous ? demanda-t-il.

— Célébrer notre plan, dit Joe, le tirant vers la chambre.

— Sérieusement, Joe ?

— Hé ! Je suis celui qui veut toujours te sauter, tu te souviens ? Et en plus, c'est la seule chose sur laquelle on ne se dispute pas et on ne se bat jamais.

Dès l'instant où ils furent dans la chambre, Murphy libéra sa main et poussa Joe vers le lit.

— Un putain de bon point pour toi.

— J'ai des moments, comme ça, dit Joe d'un air suffisant.

— J'ai aussi les miens, répondit Murphy juste avant de lui faire l'amour.

XXI

PLACER L'ENREGISTREUR fut facile. Et ce fut une bonne chose, car George fit transférer Murphy sur un autre chantier deux jours plus tard. C'était dommage que ce soit à une heure de route au sud de Tampa, mais ça valait le coup de ne plus avoir le nom de FF & C sur ses chèques de paie. Il n'avait pas parlé à George de ce qu'il avait entendu – mais il n'en avait pas besoin. Ce qu'il ne comprenait toujours pas, c'était pourquoi BMC continuait à accepter de travailler pour ces salauds corrompus. George ne le lui avait pas dit, mais il pouvait affirmer que c'était un point sensible pour lui. Murphy suspectait George de ne pas être déçu si FF & C s'écroulait. Cependant, c'était loin d'être gagné. Cela faisait, déjà deux semaines, et Fields n'avait encore rien dit d'incriminant.

Peut-être qu'aujourd'hui serait leur jour de chance. Il ouvrit la porte du *Kaffeinate* et s'avança à l'intérieur.

— Bonjour, Murphy, le salua Kallie.

— Bonjour mon rayon de soleil.

Murphy jeta un œil autour de lui. Une personne était assise près de la fenêtre, à part ça, l'endroit était vide. La seule chose positive à propos du fait de se lever une heure plus tôt pour son nouveau job, c'était qu'il n'y avait pas de queue devant lui.

Kallie pointa le comptoir du doigt et un grand sourire s'étala sur le visage de Murphy. Devant le premier tabouret se trouvait un grand café glacé, un roulé à la cannelle et le journal, ouvert à la page des sports.

Il prit un siège et attrapa son café pour en prendre une grande gorgée.

— Eh bien, je deviens vraiment prévisible. Merci, Kallie.

— Ne me remercie pas moi, remercie-le-lui.

Murphy se tourna vers l'endroit qu'elle lui indiquait et son sourire s'élargit encore davantage quand il vit Joe passer la porte. Ce dernier s'avança nonchalamment jusqu'à lui.

— Bonjour.

C'était un unique mot bien innocent, et pourtant le sang de Murphy ne fit qu'un tour. Que ce soit lié à l'expression narquoise sur son visage ou à son ton séducteur, ou que Murphy soit juste un obsédé, ça n'avait pas d'importance. Le résultat était le même : érection instantanée.

— Arrête ça.

— Je n'ai rien fait.

Joe se pencha, ses lèvres effleurant l'oreille de Murphy.

— Pour le moment.

Murphy refoula le frisson qui commençait à le gagner. Ce matin-là était le premier depuis une semaine où Murphy ne s'était pas réveillé aux côtés de Joe. Ils étaient vite tombés dans une routine épuisante : sexe matinal, café, boulot, sexe, dîner, sexe. La nuit précédente, Murphy avait levé le pied et décidé de rester à l'appartement au-dessus du coffee shop. Quand Joe avait protesté, Murphy lui avait répondu que son sexe allait finir par tomber s'il restait une nuit de plus. Joe avait abandonné de mauvaise grâce, surement pour lui épargner la douleur de devenir un eunuque.

— Oui, et ce n'est pas prêt d'arriver, pour l'instant, lui assura-t-il.

Il n'avait pas l'intention de laisser Joe gagner avant qu'il puisse lui-même toucher sa queue sans tressaillir de douleur. La stupide chose refusait bien malgré lui de coopérer : elle était déjà dure et prête à se remettre au boulot. Il soupira.

— Oh, mais tu me manques.

Joe plissa les lèvres dans l'intention de bouder, mais ça ne marcha pas.

— Ça ne fait même pas vingt-quatre heures, lui rappela Murphy.

Il lui tapota le bras.

— Je suis pratiquement sûr que tu vas pouvoir survivre un jour de plus sans sexe.

Les yeux de Joe s'écarquillèrent comiquement.

— Tu veux dire que je n'obtiendrai rien ce soir, non plus ? Qu'est-ce que je t'ai fait pour que tu me traites aussi mal ?

Murphy se contraignit à ne pas lever les yeux au ciel.

— Tu m'as fait mal aux couilles. Donc le seul à être puni ici, c'est moi.

Il sourit puis se fourra un gros morceau de roulé à la cannelle dans la bouche.

Joe soupira dramatiquement. Murphy savait très bien que ce n'était que du cinéma. Le salaud paraissait bien trop satisfait de lui-même. Si Murphy avait pu agir sans se causer des dommages permanents, il aurait peut-être envisagé quelque chose.

— Est-ce que se faire tailler des pipes est aussi à proscrire ?

Murphy lui lança un regard exaspéré et ne s'embêta même pas à lui répondre. À la place, il enfourna un autre gros morceau de sa pâtisserie.

— OK, OK, lui concéda-t-il avec un soupir exagéré. Pas de sexe, pas de fellation, pas même une seule caresse si tu viens et que tu restes à la maison ce soir. Je te promets qu'il n'y aura que des câlins dans mon lit.

— Je ne fais pas de câlins, insista Murphy.

Joe leva les mains.

— Je le jure. Je ne te ferai que des câlins. Tout ce que tu as à faire, c'est dormir près de moi.

Murphy réfléchit un moment.

— Très bien, mais garde ton slip sur toi. Je ne veux pas être réveillé pendant la nuit parce que tu essaies d'entrer par-derrière, dit-il, pointant un doigt sur lui. C'est compris ?

Joe rayonna.

— Compris !

Il se pencha et lui donna un baiser.

— J'ai de la paperasse à faire. Je te vois après le travail.

— Je serai là.

Murphy l'attrapa par les cheveux et l'embrassa bruyamment. Pas de raison qu'il soit le seul à aller au travail avec une queue dure et insatisfaite.

XXII

S'IL ÉTAIT un homme vraiment méchant, Joe serait en train de se vanter en disant « Je te l'avais bien dit ». Murphy aurait dû savoir qu'ils étaient incapables de garder leurs mains éloignées l'un de l'autre trop longtemps. Il n'était qu'un pauvre imbécile de l'avoir cru.

Allongé sur le lit, épuisé et haletant, qui était-il pour se plaindre du manque de retenue de Murphy ? Joe aurait dû se sentir mal à propos du fait que Murphy allait souffrir en enfilant son short, mais en vérité il s'en fichait. Il se sentait trop bien.

Murphy roula sur le côté et posa sa tête sur sa main.

— Tu sais quoi ?

— Quoi ?

Joe embrassa le nez de Murphy, qui plissa les yeux et souffla bruyamment.

— Tu vas me le payer.

En riant, Joe roula lui aussi sur le côté et copia sa position.

— Je ne suis même pas désolé.

Le froncement de sourcils de Murphy se fondit en un sourire narquois.

— Je n'imaginais pas que tu le serais, mais… honnêtement ? C'était fantastique, y compris le sexe douloureux et le reste.

— C'était le top.

Joe fit glisser sa main vers le bas pour empoigner la hanche de Murphy.

— Tu veux recommencer ?

— Oh putain ! Non ! Tu ne peux pas réellement…

Évidemment, il se rendit compte que Joe le taquinait.

— Enculé !

— C'est bien moi puisque je suis celui qui se fait baiser ! dit-il en gloussant.

Murphy éclata de rire et le repoussa sur le dos en posant sa tête sur sa poitrine.

— Il va falloir qu'on commence à remplacer mes roulés à la cannelle par des Wheaties.

171

— Considère que c'est fait.

Ils restèrent allongés là tous les deux, profitant du calme et de la chaleur. Mais au bout d'un moment, le sperme séché sur le ventre de Joe commença à l'irriter.

— Je ferais mieux d'aller me nettoyer avant qu'on reste collés pour toujours.

— Ça rendrait le boulot compliqué et la nourriture aussi, répondit Murphy d'un ton ensommeillé.

Joe s'extirpa de dessous Murphy et procéda à une toilette rapide dans la salle de bain. Il rapporta une serviette tiède et la tendit à Murphy avant de se glisser dans le lit auprès de lui, décidant de s'accorder une sieste de dix minutes avant de préparer le dîner.

Murphy avait une meilleure idée.

— Ça fait un petit moment qu'on se voit, mais je n'ai pas l'impression que je te connais très bien. Apprends-moi quelque chose que j'ignore.

— Voyons, laisse-moi réfléchir.

Joe reprit la serviette et la jeta sur le sol. Il l'attira dans ses bras et l'encouragea à poser sa tête sur sa poitrine.

— J'aime faire l'amour avec toi.

Murphy le frappa légèrement.

— J'ai dit : quelque chose que j'ignore, pauvre type.

— Oh oui, d'accord. J'ai été major de ma promotion au lycée.

— C'est cool. Ça ne me surprend pas vraiment, mais c'est cool. J'étais nul au lycée. Sans le football, j'aurais surement tout raté.

— Laisse-moi en douter. Tu ne m'as pas dit que tu étais allé dans un collège technique ?

Du bout des doigts, Murphy dessinait des motifs sur la poitrine de Joe.

— Uniquement parce que je n'étais pas obligé de suivre des cours d'anglais.

— J'en doute. Tu as un très bon vocabulaire.

— Ouep, je connais vingt-cinq manières différentes de dire « baiser », dit Murphy en riant.

— Tu vois, l'encouragea Joe. OK, c'est à ton tour maintenant. Dis-moi quelque chose que je ne connais pas à propos de toi.

Murphy resta silencieux durant un moment pendant qu'il continuait à dessiner des motifs sur lui. Il leva ensuite son visage et croisa le regard de Joe avec un sourire impertinent.

— J'ai joué dans un spectacle de drag queens quand j'avais dix-huit ans.

Joe explosa de rire.

— Tu n'es pas sérieux !

— Si. Avec des talons de quinze centimètres et tout le pataquès. J'étais sexy.

Joe gloussa si fort qu'il s'étouffa.

— Ça ne t'aidera pas beaucoup si tu te moques de moi.

— Désolé bébé, lâcha Joe en reniflant.

Il fit courir sa main sur la mâchoire de Murphy.

— J'ai juste beaucoup de mal à t'imaginer en robe.

— Bon OK, je n'étais peut-être pas une Queen très convaincante, ricana Murphy. Très bien, à ton tour maintenant.

— J'adorerais aller en Europe, mais j'ai peur des avions et des bateaux.

— Des bateaux ? Mec, tu vis au bord de l'océan !

— Et alors ? J'ai eu une très mauvaise expérience avec un petit canard dans ma baignoire.

— C'est ça.

— Je suis sérieux. Laisse-moi deviner : toi, tu n'as peur de rien.

— Non ! Appelle-moi Barney Badass, le mec qui déchire.

— Ou Eugene.

Murphy attrapa son téton et le tordit méchamment jusqu'à ce qu'il glapisse.

— Je me rends ! Je veux dire « Aie ! Barney, lâche-moi ! »

— C'est mieux, dit Murphy avec un sourire satisfait, frottant le téton malmené. En fait, il y a bien une chose dont j'ai peur.

— Dis-moi.

— Ve...

Il marmonna quelque chose, mais sa voix était devenue si basse que Joe ne put entendre.

— Qu'est-ce que tu as dit ?

— Vers.

— Qu...

Murphy lui pinça les lèvres pour le faire taire.

— Ne dis rien. Pas tous les vers, juste les gros vers de terre nocturnes.

Il frissonna.

Joe chassa sa main d'une tape.

— Les serpents, je peux comprendre, les araignées aussi, et même les moufettes, mais les vers de terre ?

— Notre piscine a craqué quand j'avais à peu près cinq ans, et tous ces vers de terre sont sortis du sol humide en se tortillant, rampant sur mes pieds, visqueux, et juste… beurk.

— OK, je peux comprendre que ça puisse traumatiser un gosse. Qu'est-ce que tu dirais de te lever et tu pourras m'en dire plus à propos de ton passé pendant que je nous prépare à dîner ?

Murphy s'étira et pressa ses lèvres sur celles de Joe.

— Seconde meilleure proposition reçue de toute la nuit.

XXIII

MURPHY TENDIT la main pour frapper à la porte de Joe, mais elle s'ouvrit avant que ses doigts n'entrent en contact.

— Entre vite, lui dit Joe, excité.

Il agrippa la main de Murphy et le tira à l'intérieur.

— Il faut que tu entendes ça.

— Comment ça ?

Joe referma la porte derrière eux et plaça un énorme baiser mouillé sur la joue de Murphy.

— On va l'avoir, ce fils de pute !

Murphy frissonna d'excitation pendant que Joe ouvrait son ordinateur portable. Depuis treize jours, ils attendaient quelque chose, n'importe quoi qu'ils puissent utiliser contre Fields, et apparemment, leur attente était terminée.

— Qu'a-t-il dit ?

— Attends une seconde, tu vas pouvoir l'entendre par toi-même.

Joe tapa sur le clavier, ouvrit un programme et alluma les enceintes. Il posa sa main sur la souris.

— Assieds-toi et profite du spectacle.

Murphy s'assit sur le canapé près de Joe et écouta.

« J'ai tout essayé, monsieur. Il n'y a aucun moyen de contourner la classification historique. »

— Je reconnais cette voix. C'est le gars qui ressemble à une espèce de bibliothécaire, s'exclama Murphy.

— C'est John Clare, l'assistant du gouverneur, dit Joe en montant le volume. Écoute.

« Alors, essayez mieux que ça. Je ne vous paie pas pour essayer. Je veux des résultats ! » La voix de Fields fut suivie par un bruit assourdissant, comme s'il venait de frapper du poing sur son bureau.

« Monsieur Fields, s'il vous plaît, » couina Clare. *« Je peux vous assurer que j'ai tout tenté. Argent, menaces, damnation éternelle ; le conseil refuse de changer de position. »*

— Est-ce que Chandler s'est opposé à vous ? Lui avez-vous dit que je ressortirais certains vieux dossiers si je n'obtiens pas ce que je veux ? demanda Fields.

— Il est à la tête du service de construction industrielle de Tampa, chuchota Joe en donnant un coup de coude à Murphy, qui hocha la tête pour manifester sa compréhension.

« Je l'ai fait, monsieur. Il m'a dit de vous dire qu'il le ferait s'il le pouvait, mais que ça n'était tout simplement pas possible. Il a également dit qu'il se mettrait une balle dans la tête avant de se retrouver en prison. Il a l'air d'être sur le point de basculer. Il était pâle et tremblant comme une feuille dans la tourmente. Je pense honnêtement qu'il agirait comme il faut s'il le pouvait. »

« Cet imbécile serait plus utile mort que vivant, si vous voulez mon avis, » déclara Fields. Il y eut un bruit de papiers froissés et le grincement d'une chaise. « Alors, je suppose que nous n'avons pas d'autres choix. »

Murphy jeta un œil à Joe dont le visage était devenu rouge. Il tremblait visiblement. Ce qui arrivait ensuite n'avait pas l'air bon du tout.

— Des gens pourraient mourir, marmonna Clare.

— Ça leur fera du bien, répliqua Fields. Ne voyez-vous pas combien j'ai perdu d'argent dans cette histoire ? Eh bien, je vous rassure, je ne perdrai pas un centime de plus !

— Je ne prendrai pas part à cela. Je ne participerai pas à un meurtre.

— Ah, pourtant mon cher monsieur Clare, vous y avez déjà pris part, l'informa Fields, son ton tranchant et meurtrier. Maintenant, vous allez faire exactement ce que je vais vous dire ou vous vous retrouverez sur la table d'autopsie aux côtés de tous ceux qui se sont mis en travers de mon chemin. Me suis-je bien fait comprendre ?

Joe grimaça, referma le portable et sauta sur ses pieds.

— J'ai besoin de prendre un verre.

Il partit en trombe dans la cuisine.

— C'est tout ? demanda Murphy.

— Qu'est-ce que tu veux dire par « C'est tout » ? Tu ne trouves pas que c'est suffisant ?

Murphy se redressa et suivit Joe. Il l'attrapa par le bras et l'obligea à se retourner.

— Ce n'est pas moi l'ennemi, ici. Je me demandais seulement s'il donnait des dates, des délais… tu comprends, pour que nous puissions nous préparer ?

Les épaules de Joe s'affaissèrent et il se raccrocha à Murphy.

— Je sais. Bon Dieu, Murphy, je suis désolé. Je ne sais pas quoi faire avec ma colère. J'ai l'impression qu'elle va m'engloutir et me noyer. J'ai besoin de l'évacuer.

Murphy le retint. Joe tremblait si fort que Murphy craignait qu'il n'explose s'il le lâchait. C'était déjà terrible de l'entendre indirectement, mais c'était complètement différent d'écouter un homme planifier la destruction de tous vos rêves. Et votre meurtre. Murphy était furieux au-delà de toute raison. Il ne pouvait qu'imaginer combien les choses pouvaient être affreuses pour Joe.

— Que dirais-tu qu'on se prenne ce verre et qu'on réfléchisse à ce qu'on va écrire dans cette lettre pour monsieur Leverette. Hum ?

Joe hocha la tête.

— D'accord.

Murphy l'entraîna vers un tabouret au bar, puis servit une bonne dose de Bourbon à chacun. Il rapporta les verres sur la table et en plaça un devant Joe puis prit le siège à côté du sien.

— J'étais justement en train d'y réfléchir. Et je ne sais pas si nous devons vraiment écrire une lettre pour accompagner cet enregistrement. Après tout, c'est assez explicatif en soi.

Joe vida la moitié de sa boisson.

— C'est ce que je pense aussi. Je préfèrerais que personne ne découvre que c'est toi qui as placé le matériel d'enregistrement.

— Ou ton implication.

Joe chassa ses mots d'un geste dédaigneux.

— Je me fiche qu'ils apprennent mon existence. Ce n'est pas ton combat, et je veux bien être maudit plutôt que de te laisser en payer le prix à ma place.

Il avala le reste de son verre et le reposa sèchement sur la table. Sa colère était visible, elle frémissait toujours sous la surface.

Murphy revint brutalement à la réalité.

— Comment oses-tu me dire ça ?

Joe cligna des yeux.

— Pardon ?

— Que tu te fiches qu'ils apprennent ton implication. Ces hommes sont terriblement dangereux, Joe. Est-ce que tu as la moindre idée de ce que ça me ferait si quelque chose t'arrivait à cause des informations que j'ai obtenues ? Est-ce que tu as la moindre idée du niveau de culpabilité que je ressentirais ? s'écria Murphy dont la voix ne cessait de grimper.

JOE LEVA les yeux vers Murphy qui était en train de s'emporter, étonné du venin présent dans sa voix et de la colère qui brillait dans ses yeux.

— Pourquoi es-tu en train de me crier dessus ? répliqua Joe. Est-ce qu'un homme ne peut pas protéger ceui qu'il aime ?

Merde ! Il n'avait pas eu l'intention de s'exprimer à voix haute.

Ça n'avait cessé de bourdonner dans son cerveau depuis quelque temps, mais il n'avait pas prévu d'examiner ces sentiments de près avant que le merdier avec FF & C ne soit clarifié. Dire qu'il était récemment devenu une sorte d'épave émotionnelle était un putain d'euphémisme.

Joe ramena sa chaise près de celle de Murphy et passa un bras par-dessus ses épaules.

— Je suis désolé. Ce n'est pas le meilleur moment pour faire ce genre de révélation, n'est-ce pas ?

Murphy écarquilla les yeux, le choc se lisait clairement dans ses yeux et sur ses traits tendus. Après une seconde ou deux, il se pencha en avant pour poser sa tête sur l'épaule de Joe.

— Waouh. Ce n'est pas évident d'être pris de court, comme ça. Peut-on essayer de régler un seul problème à la fois ?

Le cœur de Joe se serra. Ce n'était pas le meilleur moment pour proférer son amour, il le savait. Mais c'était terriblement douloureux que Murphy n'ait pas voulu y répondre.

— Je sais. J'aimerais pouvoir revenir en arrière.

Joe lui souleva le menton pour l'embrasser sur les lèvres.

— Ignore ce que je viens de dire. Je suis trop dingue, pour l'instant. Les émotions m'ont épuisé, tu vois ?

—C'est normal, dit Murphy d'un ton sincère. Je pense que nous avons eu tous les deux beaucoup trop de choses à gérer. Mais on va surmonter tout cela. Une chose après l'autre, d'accord ?

— Ensemble ?

Murphy caressa la mâchoire de Joe et l'embrassa doucement.

— Bien sûr ensemble, imbécile.

Joe fut soulagé que Murphy ne cherche pas à rejeter ses sentiments, en mettant simplement la conversation de côté pour l'instant. Il pouvait vivre avec ça, et la prochaine fois qu'il parlera du mot A, ce ne serait pas quand leurs tempéraments exploseraient.

— OK, donc nous sommes d'accord que nous n'enverrons aucune lettre avec l'enregistrement ?

Murphy lui sourit avec sincérité.

— Quoi que tu décides, je serai derrière toi à cent pour cent.

Il lui tapota doucement le visage.

— Aussi longtemps que nous n'avons pas à aller en prison.

— Formidable. On est redevenu comme avant, lui répondit Joe.

Il fit glisser sa main derrière la tête de Murphy et l'attira vers lui pour un long baiser. Et tout fut parfait dans le meilleur des mondes durant un bref moment.

Murphy se rassit sur sa chaise avec son verre et prit une gorgée.

— Alors, quand vas-tu l'envoyer ?

— Il n'y a pas de meilleur moment que maintenant, répondit Joe, heureux que leur moment de gêne soit passé.

— Comment vas-tu le faire passer à cet homme ? Tu ne peux pas l'envoyer par mail ; ils seraient capables de te traquer grâce à ton adresse IP.

— Merde. Je n'avais pas pensé à ça.

Joe tapota ses doigts contre son verre pendant qu'il en fixait le contenu.

— Que dirais-tu qu'on le dépose au journal ?

— Non, il y a des chances pour qu'ils aient des caméras et que tu sois reconnu.

— Un autre point pour toi. Une chance que tu sois à moi.

À la seconde où les mots furent lâchés, Joe grimaça. *Bon sang, quand vas-tu apprendre à fermer ta grande gueule ?*

À la surprise de Joe, Murphy se pencha en avant et posa sa main libre sur son genou.

— Tu as foutrement raison là-dessus. J'aimerais seulement être là pour voir la figure de Fields quand cette histoire sera diffusée.

— Ce sera une sacrée vision, c'est certain !

Joe leva son verre vide.

— Prêt pour un autre ?

— Bien sûr.

Joe resservit à chacun un Bourbon puis retourna vers l'îlot. Une pensée horrible le frappa soudain.

— En parlant de caméra, tu crois qu'il y a un risque afin que Fields possède une vidéo de toi installant le matériel d'enregistrement ?

— Le bâtiment possède une flopée de caméras. C'est définitivement un établissement sécurisé. J'ai dû subir tout un tas de vérifications personnelles avant de pouvoir y travailler. Mais je doute fortement qu'ils en aient posé dans les conduits.

Murphy frotta la couture intérieure du short de Joe.

— Je suis désolé d'avoir été un tel crétin, quand tu as cherché à m'expliquer qu'ils étaient malhonnêtes. Je veux faire tout mon possible pour les arrêter.

Joe se mit à rire devant l'ironie de la situation.

— Quoi ? demanda Murphy. Qu'est-ce qui est si drôle ?

Joe secoua la tête.

— Rien. J'étais en train de me dire que la prochaine fois, il faudra que je sois plus prudent par rapport à ce que je souhaite.

La compréhension éclaira le regard de Murphy.

— Tu as prié pour toute cette merde ?

— Non, imbécile. Je n'allais certainement pas prier pour des incendies et des meurtres… Quoiqu'en y réfléchissant, je l'ai peut-être fait, finalement. J'ai prié pour qu'ils se montrent tels qu'ils sont vraiment : des ordures.

— Ouais, tu devrais être plus prudent avec ce super pouvoir. Ça pourrait te revenir dans la gueule et te botter le cul.

— En fait, je ne suis pas contre une petite claque sur les fesses de temps en temps.

Murphy secoua la tête.

— J'aurais dû m'y attendre…

— Ce n'est pas ma faute. Normalement, j'ai un meilleur contrôle, mais c'est toi qui me fais ça.

Joe attira la main de Murphy jusqu'à son entrejambe pour qu'il puisse sentir son érection.

Murphy arracha ses doigts de son étreinte.

— Putain, non !

— Oh, allez bébé.

— Non, et tu n'arriveras pas à me persuader, cette fois, espèce de sale nymphomane.

Murphy pointa un doigt vers le salon.

— Maintenant, va chercher ton ordinateur et mettons tout cela sur une clé USB.

Joe plissa sa lèvre inférieure, mais le regard sévère de Murphy lui signala qu'il n'était pas prêt à lui parler de sexe avant un moment, cette fois-ci. Le malheureux avait une queue douloureuse. Joe n'était pas certain de pouvoir l'aider. Le pouvait-il ? Bon sang, oui ! Il l'avait dans la peau à ce point-là, et il doutait d'en avoir un jour assez.

XXIV

JOE SORTIT de son bureau et percuta quelqu'un. Il tendit la main et se rattrapa à l'encadrement de la porte pour ne pas atterrir sur les fesses.

— Eh ! s'exclama Kallie. Fais attention !

Il se redressa et ne remarqua qu'à ce moment précis le rose qui colorait les joues de Kallie et la présence de Jeremy de l'autre côté de la porte, arborant un air coupable.

— Tiens, tiens, tiens.

Kallie roula des yeux.

— Non, pas de : tiens, tiens, tiens. Je pensais que tu allais rentrer tard.

— Évidemment, dit Joe, poussant Jeremy du coude. Hein, petit pervers ?

Kallie le frappa au bras. Durement.

— Hé ! C'était pourquoi, ça ?

— Jeremy est juste venu m'aider à ranger quelques fournitures.

Le regard de Joe passa de l'un à l'autre. Ils arboraient tous les deux l'expression de quelqu'un qui aurait été pris la main dans le sac. Et en souvenir de toutes les fois où Kallie avait mis son nez dans ses affaires de cœur, Joe ne put résister au plaisir de lui rendre un tout petit peu la pareille.

— Ah bon ? Mais Kallie, nous n'avons pas reçu de livraison, aujourd'hui…

Kallie mit ses mains sur ses hanches et le fusilla du regard.

— Très bien. Il est là pour m'aider à réorganiser le stock.

— Hum ?

— Allons, Jeremy, nous avons encore du travail à faire.

Elle saisit la main de Jeremy et le tira à l'intérieur du café, Joe sur les talons.

— Jeremy et Kallie sont assis sous un arbre. K…

Kallie se retourna brusquement et sa mâchoire se décrocha.

— Tu es tellement puéril.

— Je sais. Ça fait partie de mon charme.

— Peut-être que je devrais aller vérifier la pièce du fond, proposa Jeremy.

Kallie se tourna vers la machine à café.

— Non. Tu peux remplir ces filtres à café. Ne laisse pas Joe t'effrayer, il se comporte juste comme un crétin.

Joe se pencha tout près et lui dit, dans un chuchotement théâtral :

— Le karma est injuste, n'est-ce pas ?

— Et qu'est-ce que c'est supposé vouloir dire ?

Joe attrapa le distributeur de serviettes en papier et en vérifia le contenu.

— Combien de fois as-tu fourré ton nez dans ma vie amoureuse ?

— Je ne m'implique dans la tienne que parce que tu as sérieusement besoin d'aide, précisa Kallie. Moi, à côté de ça, je n'ai pas de vie amoureuse. Donc je n'ai besoin de l'aide de personne.

Joe vit le visage de Jeremy s'affaisser après cette déclaration. Le malheureux était en train de pâtir des taquineries de Joe. Cependant, il était heureux de voir ces deux-là ensemble. Il finirait par connaître toute l'histoire plus tard. Tout ce qu'il avait à faire, c'était leur payer une paire de boissons alcoolisées aux fruits, et il en apprendrait probablement plus que ce qu'il avait vraiment envie de savoir. En souriant, il remplit le distributeur et vérifia les autres.

Un petit coup à la porte lui fit lever les yeux. Alaina, la livreuse de journaux, se tenait à l'extérieur et lui fit signe de la main.

— Je m'en occupe, dit-il à Kallie.

Il alla jusqu'à l'entrée et la déverrouilla.

— Bonjour, Alaina. Comment vas-tu en ce splendide lundi matin ?

Avec un profond soupir, Alaina lui tendit le tas de journaux.

— C'est *lundi*, Joe.

— Premier jour de la semaine, chérie. « Le lundi est notre meilleure chance pour corriger les erreurs de la semaine passée. »

— Ouais, eh bien si chaque jour est un tel cadeau, j'aimerais savoir à qui je peux renvoyer le lundi.

— Ooh ! Joli ! dit-il en lui faisant un clin d'œil.

— À demain pour les astuces du mardi.

Joe se mit à rire.

— D'accord.

Il la salua et referma la porte derrière elle.

Depuis six mois qu'Alaina faisait ce job, ils n'étaient toujours pas arrivés à court de citations. Il se demanda brièvement si elle faisait la même chose que lui : il possédait une application sur son portable qui lui envoyait une citation par jour. Mais il n'avait pas l'intention de le lui avouer. Son esprit compétitif n'était pas prêt à l'admettre.

Joe laissa tomber les journaux sur le comptoir, et sa mâchoire faillit se décrocher quand il lut les gros titres.

UN SOUFFLE d'air frais provoqua un frisson chez Murphy, et il tendit la main vers Joe. Il fronça les sourcils quand il ne rencontra que les draps froids de l'autre côté du lit. Il frissonna encore et saisit les couvertures qui avaient glissé à ses pieds et les tira jusqu'à son menton.

Les deux dernières semaines, lui et Joe avaient pratiquement passé toutes leurs nuits ensemble, et ça surprenait Murphy de voir la vitesse à laquelle il s'était accoutumé à la présence de Joe dans son lit. Après ses nombreux refus d'accepter une relation avec qui que ce soit, voilà que maintenant il avait du mal à se passer de Joe et ce dernier lui manquait quand il n'était pas dans le coin. Ça allait bien au-delà d'une simple attirance physique. Bien sûr, le sexe était bon entre eux, divinement bon, mais il y avait plus. Tellement plus.

Murphy roula sur le côté et regarda au-dehors à travers la fenêtre ouverte. Les lumières colorées de la ville dansaient sur les murs de la chambre qui s'obscurcissait. Son amour pour Tampa avait grandi d'un seul coup depuis qu'il était venu s'installer ici. L'atmosphère, les gens et la vue magnifique étaient addictifs. Il commençait même à s'habituer à la chaleur. Un peu moins à l'humidité, mais au moins, les choses devenaient supportables. La plupart du temps. Cependant, la nécessité pour les résidents de posséder l'air conditionné lui assurerait toujours un travail qui n'impliquerait pas qu'il sente le cornichon.

Et puis il y avait Joe.

Murphy avait eu pas mal de grandes discussions à propos du fait de tenir Joe à distance, durant la semaine écoulée. Mais honnêtement, ça le rendait dingue. Il n'était pas loin de marcher jusqu'au journal pour savoir ce qui se passait avec cette histoire. Non, mais sérieusement, combien de temps leur fallait-il pour taper ce putain d'article ? Murphy soupira. Mais il ne ferait jamais quelque chose d'aussi stupide. Il souhaitait juste que cette énorme merde avec FF & C soit terminée pour qu'ils puissent mettre tout cela derrière eux et redémarrer sur de nouvelles bases. Comme discuter du mot en A.

Il secoua la tête. Non, ça n'était pas encore le bon moment, peu importe ce qu'il en pensait. Ils devaient rester concentrés et vigilants pour continuer à protéger le quartier. Les caméras que Joe avait installées à l'extérieur, à l'avant et à l'arrière du *Kaffeinate*, devaient rester allumées, les patrouilles au cœur de la nuit étaient toujours nécessaires et ils devaient être attentifs. L'enjeu allait bien au-delà d'une simple histoire de briques et de mortier. Il était question des vies et des gagne-pains des gens.

Murphy glissa hors du lit et traversa le parquet froid en direction de la salle de bain. S'il devait être totalement éveillé, autant se lever et faire quelque chose. Peut-être une balade autour du quartier avant de rentrer pour prendre son café.

Après une douche rapide, Murphy se dirigea vers les escaliers de l'arrière. Il descendit l'allée tout en scannant les environs pour repérer ce qui clochait. Il sortit sa lampe-stylo et éclaira les recoins sombres au passage. Tout semblait correct, il n'y avait aucun signe de cambriolage ou de vandalisme. Au bout de l'allée, il tourna au coin et remit sa lampe dans sa poche. Les rues principales étaient largement éclairées par les lampes et les devantures colorées. Le timing était parfait. Il s'arrêta à l'extérieur du *Kaffeinate* juste au moment où Joe déverrouillait la porte.

Joe poussa la porte, saisit Murphy par le bras et le projeta à l'intérieur.

— Dépêche-toi, il faut que tu voies ça.

Il tirait si fort que Murphy faillit trébucher.

— Eh ! C'est quoi ce bordel, Joe ?

Joe ignora les protestations de Murphy et l'attira jusqu'au comptoir.

— Regarde !

Murphy fronça les sourcils. Aucun signe de son café ou de son roulé à la cannelle, uniquement le journal du matin, qui n'était même pas ouvert à la page des sports. Il fut surpris de voir que ça le rendait triste. Il s'était habitué à être traité de façon particulière.

— Eh bien ?

— Et bien, quoi ? demanda Murphy d'un air confus.

Joe empoigna le journal et le poussa vers son visage.

— Lis les putains de gros titres.

La corruption à Tampa court sous la surface.

Étonné, Murphy croisa le regard de Joe.

— Est-ce que c'est ce que je pense que c'est ?

Joe lui sourit, dévoilant des rangs de perles blanches, et hocha la tête. Il l'embrassa bruyamment avant de placer les papiers sur le comptoir.

— Assieds-toi. Je vais te chercher ton café pendant que tu lis.

Sous le coup de l'excitation, les jambes de Murphy commencèrent à trembler et il fut trop heureux de lui obéir. Il attrapa le journal et commença à lire :

BAIE DE TAMPA — Vendredi, le grand jury fédéral a demandé la mise en examen du Président et Directeur Général Reginald Fields Senior de Fields, Fields et Cohen*, une société de développement d'établissements hôteliers basée dans la baie de Tampa. Fields a été mis en garde à vue durant le week-end et pourrait être relâché après avoir versé une caution à la suite de son audition préalable au tribunal, dont la date n'avait pas encore été communiquée à la presse dimanche soir. Alors que la plupart des détails de cette mise en examen partielle ne sont pas encore disponibles, une source issue du bureau du procureur fédéral a confirmé que Fields serait présenté pour les chefs d'accusation suivants : corruption, extorsion et complot de meurtre.*

Cette enquête considérable, qui s'élève à des niveaux locaux et nationaux a été lancée il y a environ deux semaines, après que des preuves ont été mises à la lumière et qu'une corruption à grande échelle a été prouvée. Un tuyau anonyme aurait été envoyé à la Tribune *et aurait mis le feu aux poudres.*

John Clare, l'assistant du gouverneur de Floride Douglas Walker, a également été cité à comparaître dans cette affaire. Le gouverneur n'a pas souhaité s'exprimer à ce sujet.

Joe posa un café frappé devant Murphy et ce dernier s'en saisit.

— Alors, ça y est.

En levant la tête, il croisa le regard de Joe.

— On l'a fait.

Joe se pencha et déposa un baiser sur ses lèvres.

— Non, c'est toi qui l'as fait.

— Je n'arrive pas à croire qu'ils l'aient déjà mis en examen. J'ai surveillé les informations et il n'y a même pas eu un bruit à ce propos.

— Je pense que Mitch a renvoyé l'enregistrement directement auprès des autorités. J'ignore comment ils ont pu garder le silence là-dessus, mais apparemment, ils y sont parvenus.

— Alors c'est fini ? Plus d'inquiétudes à avoir ? demanda Murphy.

Il aurait dû ressentir de la joie, ou au moins un peu de soulagement, mais son estomac était toujours crispé pour une raison qu'il ignorait.

— Notre participation là-dedans est finie. Je suis certain que Fields ne va pas se laisser faire. Mais maintenant qu'il a été exposé de cette manière, je doute qu'il puisse encore mettre la pagaille dans notre petit secteur.

Murphy bondit, jeta ses bras autour du cou de Joe et le serra fort.

— Ça mérite une célébration !

XXV

JOE ÉTAIT appuyé contre le mur en brique du *Kaffeinate* et observait les fêtards et les touristes alors qu'ils passaient devant lui. Tout le monde paraissait de bonne humeur, ajoutant à son état d'esprit positif. Il jeta un œil à sa montre ; il aurait été beaucoup plus heureux encore si Murphy voulait bien se dépêcher. Il sortit son téléphone de sa poche et composa son numéro.

Murphy répondit à la seconde sonnerie.

— Que se passe-t-il, bouton-d'or ?

— Qu'est-ce que tu fais ?

— Patience, patience.

— Je n'ai pas envie d'être patient, j'ai faim. Qu'est-ce qui te prend si longtemps ?

— Désolé bébé, mais ma mère a appelé, expliqua Murphy. Je vais arriver.

— Oh, c'est trop mignon. Le petit garçon à sa maman.

— Va te faire voir.

Le ton piquant de sa voix rude fut adouci par un rire avant que la ligne ne soit coupée. Joe remit son portable dans sa poche. Il avait vraiment très faim, mais il était encore plus anxieux d'emmener Murphy dîner afin qu'ils profitent de la soirée tous les deux. Un nuage sombre avait plané au-dessus de leur tête durant les semaines passées. Maintenant que le soleil était revenu – pas littéralement, bien sûr, mais quand même –, il était prêt à profiter de sa chaleur.

Tapant du pied impatiemment, Joe essaya de chasser l'irritation qui menaçait de gagner son visage alors qu'il saluait les gens qui passaient près de lui. Il leur fit un geste de la main, regarda de nouveau sa montre, et épongea la sueur sur son front.

—Allez, Murphy, murmura-t-il.

Sa respiration s'accéléra quand il vit Murphy tourner le coin de la rue. Si ses genoux n'étaient pas soudain devenus tout faibles, il aurait couru vers lui. Il s'humecta les lèvres.

— Eh bien, salut beauté.

Murphy se rengorgea, poussant son torse en avant. Il étendit ses bras de chaque côté et tourna sur lui-même, lui offrant un véritable show. Son pantalon en lin moulait ses fesses, et sa chemise bleu ciel était parfaitement coupée et mettait en valeur son corps tonique.

— Je retire ce que j'ai dit, lança Joe, avançant vers lui d'un pas raide. Tu n'es pas juste beau, tu es incroyablement sexy.

Le rose monta aussitôt aux joues de Murphy.

— Mon pantalon est une taille plus petite que ce que je porte habituellement. Je peux t'assurer que je n'arrive pas à respirer.

Joe renifla.

— Eh bien, je ne t'obligerai pas à le porter plus longtemps que nécessaire.

— Bien, pourtant je ne pense pas pouvoir manger avec. Je ferai mieux d'aller me changer.

Murphy tourna les talons et commença à s'éloigner par où il était arrivé. Joe se tint là, émerveillé par le balancement de son cul étroit. Il fallut une seconde à son cerveau brouillé par le désir pour comprendre, et il arrêta Murphy avant qu'il aille plus loin.

— Si tu le gardes, je te promets que tu ne le regretteras pas plus tard.

Murphy l'observa pendant un moment, puis haussa les sourcils.

— Et comment ?

— Tu ne voudrais pas ruiner ta surprise, n'est-ce pas ?

Joe le fit tourner sur lui-même et l'attira près de lui, en lui laissant deviner son excitation grandissante.

Murphy frotta son aine contre Joe durant un moment, puis se figea soudain.

— Mauvaise idée.

Il se libéra de l'étreinte de Joe et pressa sa main contre sa queue.

— Il y a tout juste assez de place pour le petit gars.

Joe se mit à rire.

— Je vais essayer de bien me comporter.

Il prit la main de Murphy dans la sienne, s'inclina et l'embrassa. Il se redressa et lui lança un regard sous ses longs cils.

— Pour l'instant.

— Arrête ça, où il n'y aura pas de dîner, le réprimanda Murphy, avant de tirer sur sa main. Alors, qu'est-ce que tu as envie de manger ?

Joe s'apprêtait à ouvrir la bouche, mais Murphy le réduisit au silence avec un seul doigt.

— Ne t'avise pas de le dire.

— Quoi ? demanda Joe en feignant l'innocence. C'est comme si tu pensais savoir ce que j'allais dire.

— Je sais comment ton cerveau fonctionne. Et à côté de ça, je sais ce que *moi* j'aurais dit, et sachant que tu es un bien plus grand obsédé que moi… Murphy sourit d'un air narquois. Quoi qu'il en soit, où allons-nous ?

— Je m'apprêtais à te suggérer une grande assiette bien calorique de fruits de mer panés, et de la bière. Cependant, comme tu sembles inquiet au sujet de ta silhouette, je connais un endroit fabuleux pour manger vegan à deux lotissements d'ici. Ils font des choses incroyables avec des algues et du tofu.

— Si tu me nourris avec des algues et des haricots, je peux te jurer que tu n'auras plus de sexe pendant un mois, grogna Murphy d'un ton bas.

— Ce sera le *Shack*, alors ! annonça Joe en les entraînant dans la direction opposée.

MURPHY SE tortilla inconfortablement sur son siège. Ça n'avait rien à voir avec les quantités impressionnantes de crevettes frites, de mérou et de noix de saint-jacques qu'il avait consommées ni avec les quatre bières qu'il avait descendues, quoi que son pantalon soit effectivement un peu serré, et pas de la bonne façon. Depuis la nuit où Joe lui avait avoué qu'il l'aimait, Murphy avait eu du mal à penser à autre chose. Il se maudissait encore d'avoir stoppé Joe au moment où ce dernier lui avait confié ses sentiments. Ça l'avait choqué au plus profond de lui, et parce qu'il n'avait pas su quoi lui répondre, il avait préféré éviter ce moment embarrassant par peur de se rendre ridicule.

— Murphy ?

L'inquiétude dans la voix de Joe le ramena brutalement à la réalité.

— Je suis désolé, qu'étais-tu en train de dire ?

Joe pencha la tête sur le côté.

— Je suis content que tu sois de retour.

— Pardon ?

— Je t'ai appelé deux fois, expliqua Joe. Où que tu sois allé, ça n'a pas l'air d'être un endroit sympa.

La bouche sèche, Murphy attrapa sa bière et l'engloutit à grands traits.

— Qu'est-ce qui te fait penser ça ?

Joe tendit la main par-dessus la table et fit courir son doigt entre les sourcils de Murphy.

— Tu as attrapé des rides à force de les froncer.

Murphy prit la main de Joe et embrassa ses articulations.

— J'étais juste ailleurs durant un moment. Qu'est-ce que tu me demandais ?

— Seulement si tu étais prêt pour le dessert.

Murphy vida le restant de sa bière.

— Prêt quand tu veux.

Joe se mit à rire.

— Et c'est moi l'obsédé !

— C'est exact, et insatiable par-dessus le marché.

— Et là, tu vois, j'étais en train de parler d'une part de tarte aux pommes recouverte de glace à la vanille et de caramel.

Heureux d'avoir été tiré de ses réflexions pour une situation qu'il pouvait contrôler, Murphy étira son pied et le fit glisser de haut en bas le long du mollet de Joe.

— Mais bien sûr…

— Je suis très sérieux.

À l'étonnement de Murphy, Joe fit signe à la serveuse. Il aurait pu jurer que Joe allait se mettre sur ses pieds et le tirer hors de ces lieux. Il avait la sensation étrange que Joe était en train de préparer quelque chose. Murphy allait devoir redoubler d'efforts pour le découvrir.

Retirant son mocassin, Murphy fit glisser son pied de son mollet à sa cuisse. Il taquina les coutures intérieures de son pantalon avec ses orteils pendant que Joe commandait un dessert et deux bières supplémentaires. Lorsque Joe se tendit, Murphy dissimula son sourire derrière sa serviette comme il essuyait les bribes de nourriture de ses lèvres. Il se pencha encore un peu dans sa chaise et rapprocha son pied.

Joe resserra alors sa main autour du pied de Murphy et lui fit signe d'arrêter.

Murphy tenta de pousser son pied davantage, mais la prise s'accentua.

— J'étais juste en train de me gratter le pied.

— Hum.

Joe repoussa son pied de là où il se trouvait.

— Est-ce que tu es sûr de ne pas vouloir de dessert ?

Murphy laissa échapper un soupir exaspéré. Il n'était pas habitué à cet aspect de la personnalité de Joe. Il était plutôt habitué à le voir l'aborder dans la rue, toujours prêt pour une farce.

Il plissa les yeux devant le sourire narquois de l'homme en face de lui.

— Qu'est-ce que tu prépares ?

Joe s'accouda à sa chaise avec sa bière à moitié vide.

— Je profite d'un dîner agréable et d'une super conversation, et j'attends avec impatience de pouvoir l'améliorer avec une petite gâterie sucrée.

— Joe, grogna Murphy.

— Murphy, répondit Joe en souriant plus largement.

— Je...

— Oh ! Regarde ! Ma tarte arrive.

Murphy fut tenté de le secouer, ou mieux encore, de lui mettre une véritable fessée. *C'est ça ! Le petit bâtard sournois fait tout cela dans un seul but !* Comme pour lui prouver qu'il avait raison, Joe plongea son doigt dans la crème glacée, puis le suça en entier en laissant échapper un petit gémissement.

— J'imagine que c'est bon ? demanda Murphy.

— C'est à mourir. Tu veux goûter ?

Murphy hocha la tête pendant qu'un plan se formait dans son esprit. Ils pouvaient être deux à jouer à ce petit jeu. Joe plongea sa cuillère dans la glace, en prit un peu et la tendit à Murphy. Il la goûta, c'était bon, mais pas au point de gémir.

— C'est pas mal, mais ce serait peut-être meilleur de la manière dont tu l'as mangé.

Joe plongea son doigt dans la crème.

— Comme ça ?

Sans le quitter du regard, Murphy attrapa son poignet et ramena sa main vers sa bouche. Il offrit le même traitement au doigt de Joe, mais y ajouta sa langue, en la faisant tournoyer autour de son articulation, sans même essayer de rester discret pendant qu'il gémissait.

— Mmm, tu as raison, c'est fantastique. Tu vas partager le reste ?

Joe bougea sur son siège, et le regard rempli de désir qu'il porta sur lui lui avoua qu'il était en train de perdre le contrôle.

— Bien sûr, mais je pense que je devrais demander une autre cuillère dans ce cas-là.

— Pas besoin.

Murphy attrapa un morceau de pomme. Il le lapa avec le bout de sa langue, puis referma ses lèvres autour avant de le sucer lentement dans sa bouche. Il fut récompensé par un gémissement profond de la part de Joe. *Je te tiens.*

Joe grogna et gesticula à l'attention de la serveuse.

— S'il vous plaît !

Murphy ne put s'empêcher de rire.

— Très drôle. Tu paieras plus tard pour tes taquineries.

Murphy attrapa un autre morceau de pomme et le mit dans sa bouche.

— Juste après que je t'ai mis une bonne fessée pour avoir essayé de le faire avec moi.

— S'il vous plaît ! appela Joe, provoquant chez Murphy un nouvel éclat de rire.

Dès que Joe eut payé la note, Murphy dut pratiquement courir pour rester à sa hauteur alors qu'il se précipitait à l'extérieur du *Seafood Shack*.

— Chez moi ou chez toi ?

— C'est chez toi aux deux endroits, lui rappela Murphy. Tu choisis.

— Je ne vais pas discuter sur ce point maintenant. La maison de la plage est la plus proche.

Au moins les choses étaient-elles revenues à la normale : plus de disputes, plus de conversations trop ambigües, juste un désir brut et animal qui montait entre eux. Leurs mains vagabondèrent et leurs vêtements disparurent avant même qu'ils atteignent la maison de la plage.

Une fois le seuil franchi, Joe attira Murphy dans ses bras, le poussa contre le mur et colla leurs lèvres l'une contre l'autre.

Murphy ouvrit la bouche et accueillit la langue de son amant. Bon Dieu, c'était bon. Chaque fois que leurs lèvres se rencontraient, des étincelles s'allumaient en lui et envoyaient des picotements qui couraient dans chacun de ses nerfs. Il n'avait jamais connu d'amant dont le moindre contact, le plus doux des baisers pouvait le consumer aussi totalement. Il n'avait jamais rencontré quelqu'un dont il soit incapable de se lasser. Cependant, il y avait aussi ce petit problème au sujet d'une punition… Une taquinerie qui réclamait une leçon.

Stoppant le baiser, Murphy les fit rouler jusqu'à ce que le dos de Joe soit épinglé contre la porte. Il fit une marque dans son cou puis descendit jusqu'à sa poitrine, s'arrêtant suffisamment longtemps pour s'occuper de chaque téton jusqu'à ce qu'ils deviennent durs et que Joe gémisse et se courbe sous ses caresses. Murphy lécha, mordilla et l'embrassa en descendant vers son nombril. Il le taquina avec sa langue pendant qu'il enfonçait ses doigts sous la ceinture de son pantalon.

— Mmm, j'aime la manière dont tu agis, bébé, grogna Joe en poussant ses hanches vers l'avant.

Plutôt que de se mettre sur les genoux, Murphy remonta le long du corps de Joe.

— Hé ! Je te voulais là en bas, maugréa-t-il.

— Je sais.

Il attrapa son sexe dans sa paume et le serra légèrement.

— Mais si je me souviens bien, je te dois une punition.

Joe agrippa ses hanches et l'attira à lui.

— Oh, allez, bébé, tu n'as pas envie de te soulager, d'abord ?

La chaleur dans ses yeux fut suffisante afin que le sang de Murphy se mette à courir et que son sexe palpite.

— Oh si, rassure-toi. L'un de nous deux sera soulagé d'ici peu.

Il s'arracha à l'étreinte de Joe.

— Maintenant, dirige tes fesses sexy vers la chambre.

Un frisson agita Joe et Murphy ne put s'empêcher de se sentir encore plus sûr de lui.

Il le suivit dans la chambre.

— Retire le reste de tes vêtements.

Sans le quitter des yeux pendant qu'il retirait son pantalon et ses sous-vêtements, Murphy dénoua sa ceinture et son propre pantalon et le tira vers le bas, grimaçant quand le tissu serré se pressa contre sa queue rigide. Il le fit glisser au-delà de ses cuisses puis le laissa tomber autour de ses mollets et s'en débarrassa avec ses pieds.

Joe se tenait devant lui, les mains sur les hanches, dans toute sa glorieuse nudité.

— Et maintenant ?

Murphy se rapprocha, serra légèrement sa queue rouge et fuyante, et la caressa de la base à l'extrémité. Il se mit sur la pointe des pieds et effleura sa bouche de ses lèvres.

— Maintenant, je vais te montrer pourquoi tu ne devrais jamais essayer d'allumer ton maître. Grimpe sur le lit, mets-toi à quatre pattes.

Joe laissa échapper un authentique pleurnichement et recula quand Murphy relâcha sa prise. Murphy se mordit les lèvres pour ravaler son rire devant un son aussi pitoyable. Pourtant, Joe lui obéit. Il grimpa sur le lit et commença à se déplacer vers le centre.

Murphy l'attrapa par le mollet.

— Arrête-toi là. Avec tes pieds de chaque côté du matelas, genoux écartés.

Joe se mit en position avec son joli petit cul bien serré oscillant à chaque mouvement et Murphy ne put résister à la tentation. Il recula son bras et lui administra une claque sur la fesse droite.

— Oooh bébé ! Recommence ! le nargua Joe.

— Ce n'était pas pour ton plaisir. Mais pour le mien.

Murphy enfonça son visage dans les fesses de Joe, léchant et goûtant son délicieux petit orifice. Joe émit un grondement profond débordant de plaisir, et son dos s'arqua. Pendant qu'il continuait à le besogner, Murphy tendit la main, attrapa sa queue rigide et la caressa avec de grands gestes fermes. Il fallut peu de temps avant que Joe ne se mette à se tortiller, les muscles de ses cuisses frissonnants, gémissements et suppliques se déversant de sa gorge, et Murphy accéléra les mouvements de sa main pendant que sa langue s'enfonçait en lui au même rythme.

Le tremblement de ses jambes augmenta, ainsi que les sons qui s'échappaient de lui. En observant ses mouvements et la manière dont sa queue pulsait dans sa main, Murphy vit que Joe était tout près de succomber. Il relâcha son sexe, se redressa et posa sa main sur la hanche de Joe pour se soutenir. Joe n'était pas le seul à trembler.

— Qu'est-ce que tu fous, putain ? Pourquoi est-ce que tu t'es arrêté ?

— J'étais en train de me dire que nous pourrions aller faire une grande et belle balade le long de la plage. La lune est pleine. Ce serait incroyablement romantique.

Les sourcils de Joe se haussèrent jusqu'à son front avant qu'il ne plisse les yeux.

— C'est ce que tu entendais par « punition », n'est-ce pas ?

Le sourire de Murphy s'élargit.

— Je n'ai absolument aucune idée de ce dont tu parles.

Joe bougea si vite que Murphy n'eut même pas le temps de lui répondre : la seule chose qu'il savait, c'est que la seconde suivante, il était allongé sur le dos avec Joe qui le fixait au-dessus de lui.

— Si je promets de ne plus jamais faire ça, est-ce que tu me pardonneras de t'avoir allumé, et tu me baiseras ?

Murphy fit semblant d'y réfléchir durant un moment, mais avec le regard rempli de désir de Joe et son sexe dur qui se pressait contre sa cuisse, il n'y avait réellement qu'une seule réponse possible. Il glissa ses doigts dans les cheveux de Joe, attira son visage vers lui et lui donna un baiser torride.

SANS METTRE fin au baiser, Joe se débattit pour mettre la main sur le lubrifiant qu'il avait caché sous son oreiller, pendant que Murphy continuait à lui ravager la bouche. Après un moment passé à fouiller, il réussit non seulement à le trouver, mais à ouvrir le tube. *Yes !* Il importait peu qu'il y en ait autant sur le lit que sur sa main, ou que la bouteille ne soit pas vraiment fermée quand il la lâcha près de lui sur le matelas.

Joe s'assit et soutint le regard de Murphy.

— Laisse-moi me préparer pour toi, bébé, ronronna Joe avant de tendre la main vers l'arrière pour lubrifier son entrée.

— Putain, Joe.

Joe plongea ses doigts aussi loin qu'il le put et gémit pendant qu'il les tordait et les écartait pour mieux étirer ses muscles serrés. Il haleta et se courba quand Murphy enroula son poing autour de sa hampe érigée et pompa durement et rapidement.

— Putain, Murphy ! Préservatif. Dessous, dit Joe d'un ton raide, indiquant l'oreiller de sa main libre.

Heureusement, Murphy le relâcha juste à temps. Un nœud se formait déjà à la base de sa colonne vertébrale, et il n'en faudrait pas beaucoup pour que Joe bascule.

— Tu ne l'as pas encore enfilé ?

— Donne-moi une seconde. Tu n'es quand même pas si nerveux…

Murphy se rejeta en arrière, jeta l'emballage et déroula le préservatif sur sa verge.

Joe n'aurait pas pu lui répondre, même si sa vie en dépendait. Il retira ses doigts, attrapa le membre gainé de Murphy et étala le lubrifiant dessus. Puis il se mit à genoux au-dessus de son corps, s'aligna au-dessus de lui et s'empala en un seul mouvement fluide, arrachant à Murphy un cri étranglé.

Durant quelques instants, ils demeurèrent immobiles, en respirant bruyamment. Des éclairs d'électricité traversèrent le dos de Joe. Le plaisir était tellement intense qu'il pouvait difficilement s'exprimer. Il avait envie de se libérer, mais il combattit ce besoin avec chaque fibre de son corps. Murphy le remplissait et l'étirait complètement, et Joe pouvait sentir son érection pulser à l'intérieur de lui. Il planta ses mains sur son large torse et haleta jusqu'à ce que le besoin de jouir soit passé.

— Tu as failli me faire jouir, dit Murphy en serrant les dents.

— On est deux, dans ce cas-là Joe se pencha et l'embrassa lentement.

Ils respirèrent l'un contre l'autre, offrant à chacun une chance de se calmer. Joe, en tout cas, en avait désespérément besoin ou il risquait de jouir après la première poussée.

Après ce qui leur parut une éternité, la pression se dissipa. La tension dans la poitrine de Murphy s'évanouit, signalant qu'il était de nouveau capable de se contrôler et Joe se frotta contre lui.

Murphy en eut le souffle coupé.

— J'adore la sensation de ton cul autour de moi.

Joe bougea encore, une autre lente ondulation de ses hanches contre le corps de Murphy.

— Et la manière dont tu me remplis... Bon Dieu, Murphy... C'est trop bon...

Joe se rassit, plantant ses mains sur les cuisses de Murphy. Ce dernier agrippa ses hanches et ensemble, ils bougèrent en chœur. Joe savait que ça ne durerait pas, c'était impossible. La nuit passée à se taquiner, la queue épaisse à l'intérieur de lui, les doigts s'enfonçant directement dans ses hanches, tout conspirait à anéantir sa volonté.

Murphy lâcha un gémissement éraillé. L'une de ses mains trouva le sexe de Joe et s'enroula autour avec le niveau de pression idéal, créant une délicieuse friction.

— C'est ça, bébé.

Joe le fixa, émerveillé par l'homme qu'il était en train de chevaucher. Bon Dieu, il aimait voir Murphy ainsi, son visage rougit, ses yeux remplis de désir. Enfonçant ses doigts dans ses cuisses tendues, Joe se releva jusqu'à ce que seule l'extrémité de son sexe le pénètre. Alors, très lentement, il se baissa de nouveau. Encore et encore, il fit le même mouvement jusqu'à ce qu'il lui arrache un son étranglé.

L'intensité s'accentua de manière exponentielle. Chaque nerf présent dans le corps de Joe vibrait de désir, un désir qui s'élevait et grimpait à chaque poussée. Le sexe de Murphy sembla devenir incroyablement plus épais, l'étirant, sublimant chaque mouvement dans une explosion de sensations. Murphy caressa le sexe de Joe en rythme avec chaque coup donné, créant un concert de gémissements et de soupirs de la part de son amant.

À la manière dont il tremblait et se tendait, Murphy n'allait plus durer très longtemps, mais ça lui allait, vu que Joe lui-même chancelait déjà au bord du gouffre.

Soudain, il n'était plus seulement en train de vaciller. Il plongea la tête la première dans le plaisir et il eut tout juste le temps de lâcher entre ses dents serrées : « Je jouis », avant que les premières gouttes de sperme ne viennent se déposer sur l'estomac de Murphy.

— Vas-y, bébé. Donne-moi tout ce que tu as.

Murphy resserra sa prise sur le sexe de Joe et pompa durement et rapidement, réclamant chaque goutte.

En gémissant, Joe se releva avant de se rabattre sur Murphy une dernière fois, dirigeant sa queue au plus profond de lui. Murphy faillit le renverser quand il s'arqua en criant son nom et qu'il explosa à l'intérieur de Joe.

Joe tomba en avant sur son torse, haletant, respirant le parfum de Murphy. Il grogna quand son amant se glissa hors de son corps, puis enfouit son nez au creux de son cou.

— Bon sang, bébé. J'en avais vraiment, vraiment besoin.

— Mmmm. Moi aussi.

Murphy enroula ses bras autour de Joe, le serrant contre lui pendant que ses doigts dessinaient des figures aléatoires le long de son dos.

— Je suis content que l'histoire avec FF & C soit terminée et qu'on ait décidé de venir ici. Ton lit est tellement plus confortable que le mien.

— Tu sais que tu pourrais dormir ici chaque nuit, dit Joe en hésitant.

La main de Murphy hésita au-dessus de sa peau.

Joe avala sa salive, mais ne regretta pas ce qu'il venait de dire. Il avait eu envie d'en parler avant même de lui avoir avoué son amour. Cependant, il n'avait pas souhaité ramener ça sur le devant de la scène tant que les problèmes rencontrés avec FF & C n'étaient pas résolus. Maintenant que la société allait vraisemblablement être très occupée avec des problèmes bien plus importants, Joe imaginait qu'ils auraient beaucoup moins de temps pour se préoccuper de ce petit coin de Tampa. À côté de cela, Joe était amoureux de Murphy, il voulait passer sa vie auprès de lui. S'il partageait son cœur, c'était naturel qu'il partage aussi sa maison.

— Joe…

Joe se redressa et croisa le regard de Murphy.

— Dis que tu vas vivre avec moi.

Joe posa une main sur son torse, au-dessus de son cœur.

— Je m'étais promis de ne pas ramener cela dans la conversation jusqu'à ce que toute cette histoire avec FF & C soit terminée, et j'ai tenu ma promesse. Mais putain, Murphy, je t'aime et je ne veux pas passer une nuit de plus sans toi à mes côtés.

Il pressa un doux baiser sur ses lèvres.

— S'il te plaît, dis que tu vas rester ?

— Je ne sais pas trop, j'aime bien vivre dans mon appartement.

Un sourire joueur retroussa le coin de ses lèvres.

— Ce n'est pas très loin de mon coffee shop préféré.

— Désolé, mais il n'est pas disponible.

— Ah bon ?

— Non. Je l'ai promis à Kallie.

Murphy leva un sourcil à son attention.

— Sérieusement ?

Joe ne put retenir son sourire.

— Non, mais je suis sûr qu'elle sera intéressée. Peut-être qu'elle et Jeremy pourront le louer ensemble.

— À ta place, je ferais attention en jouant les entremetteurs auprès de Kallie. J'ai le sentiment qu'elle ne va pas apprécier, et tu sais que tu ne peux pas te permettre de la perdre, précisa Murphy.

— Je le sais. Je n'essaie pas de les mettre ensemble. D'après ce que j'ai vu quand je suis sorti de mon bureau l'autre jour, ce serait inutile.

— Vraiment ?

— Oui, mais je n'ai pas envie de parler d'eux, pour l'instant. Qu'ils le louent ou non, ça n'a aucun rapport avec le reste. Tu as fait un tel travail que je suis certain de trouver un locataire prêt à verser le loyer que je réclame, et en moins de temps qu'il n'en faut pour le dire.

Il posa sa paume sur la mâchoire de Murphy.

— Alors, qu'est-ce que tu en dis ? Est-ce que tu vas vivre avec moi ?

Murphy mordilla sa lèvre inférieure.

— Eh bien, putain. Tu es sûr que c'est ce que tu veux ? Je peux être assez autoritaire.

— Je n'en avais pas la moindre idée, dit Joe en souriant. Mais je suis d'accord pour te laisser me donner des ordres par-ci par-là, si tu promets de me garder sur le droit chemin avec une bonne fessée de temps en temps.

— Tu as aimé ça, n'est-ce pas ? demanda Murphy d'un air entendu.

— Tu sais bien que oui. Mais encore une fois, j'aime tout ce que tu me fais. Alors, dis que tu vas vivre avec moi. S'il te plaît ?

Murphy l'observa durant un bref moment. Joe retint sa respiration, espérant et souhaitant silencieusement qu'il dise oui. Quand un immense sourire s'étala sur le visage de Murphy, Joe relâcha son souffle et la chaleur se répandit en lui.

— OK.

— Tu vas vivre avec moi ?

— Oui. Tu vas surement finir par le regretter. Je suis un porc au lit et je ne fais jamais de câlins, tu sais.

— Oui, Murphy, je le sais, mais je doute de regretter ta façon de ne pas faire de câlins, dit Joe, se mettant à rire. Est-ce qu'on devrait sceller notre accord avec un baiser ?

Murphy agrippa le visage de Joe à deux mains et amena leurs lèvres l'une contre l'autre. Ce fut doux, tranquille et plein de promesses. Pour Joe, rien n'avait jamais semblé aussi juste. Ce ne serait pas toujours facile, vu à quel point ils étaient tous les deux passionnés et enclins à grogner. Pourtant à la manière dont Murphy était entré dans sa vie et lui avait volé son cœur, il était prêt à faire un effort sur son tempérament. Parce qu'une vie sans Murphy n'était pas vraiment une vie, du moins pas une vie heureuse.

Murphy mit fin au baiser, effleurant des lèvres la mâchoire de Joe.

— Ça ne va pas être facile, tu sais ? Je ne suis pas évident à gérer, quelquefois. Certains diraient même que je suis un poil têtu.

Joe haussa un sourcil.

— Un *poil* têtu ?

— Ne me cherche pas là-dessus, mon petit monsieur. Tu es toi-même très entêté

— Une preuve de plus que nous sommes faits l'un pour l'autre, insista Joe joyeusement.

— Non, nous serions parfaits ensemble si nous n'étions pas collés l'un à l'autre par toutes sortes de fluides dégoûtants.

Murphy se mit à bâiller.

— Je suis crevé, bébé.

Joe l'embrassa sur le nez puis glissa loin de lui.

— OK, alors laisse-moi nettoyer mon mec et le border.

— Je te frotterai le dos si tu frottes le mien, offrit Murphy.

La poitrine de Joe se serra agréablement quand il réalisa que Murphy allait être dans son lit chaque nuit, et que se frotter mutuellement le dos deviendrait bientôt un détail quotidien entre eux. Bon sang, il était vraiment chanceux. Il sortit du lit et tendit la main vers Murphy. Dès qu'il fut sur ses pieds, Joe l'attira à lui pour un autre baiser lent, puis en souriant, il noua leurs doigts et l'entraîna vers la douche. *Notre douche.* Son sourire s'élargit encore plus.

ÉPILOGUE

Joe se tenait sur la terrasse arrière et fixait l'océan. Il prit une grande inspiration, la saveur du sel et des embruns imprégnant la brise de ce début de soirée. Au cours des deux semaines passées, Murphy et lui avaient travaillé côte à côte chaque soir pour construire la terrasse. C'était l'un des endroits préférés de Joe pour se poser après le travail. Quoiqu'ils possèdent tous les deux un tempérament explosif (avec une mèche très courte), ils avaient découvert qu'ils travaillaient extrêmement bien ensemble. Aussi longtemps qu'ils étaient d'accord sur les mêmes choses. Quand ce n'était pas le cas… Joe se mit à rire et secoua la tête quand il se remémora le désaccord qu'ils avaient eu au sujet de la rambarde. Il avait voulu des fuseaux traditionnels en bois, Murphy avait insisté sur le fait que du métal et du verre offriraient une vue plus dégagée de la plage. Joe avait perdu le pari, il avait joui plusieurs secondes avant Murphy. Parce qu'ils réglaient la plupart de leurs disputes de cette manière, à coup de compétitions sexuelles, qui étaient, dans l'esprit de Joe, la seule façon d'y parvenir. Une situation gagnant-gagnant. Il fit courir sa main le long du métal chaud et sourit. Il avait peut-être perdu le pari, mais il était loin de se sentir perdant. Il avait vécu un orgasme époustouflant, et la nouvelle rambarde en verre était superbe.

— Votre Screw Mimosa, monsieur, annonça Murphy.

Joe accepta la boisson et fit glisser son bras autour de la taille de Murphy.

— Un autre truc sur lequel tu avais raison.

Ajouter de la vodka à un simple Mimosa [2] était une idée de génie et c'était délicieux.

— Est-ce qu'il m'arrive de me tromper ?

— Eh bien…

En riant, Murphy donna un coup dans la cuisse de Joe.

— Ne réponds pas. Quelle était l'autre chose sur laquelle j'avais raison ?

— J'étais en train d'admirer la rambarde.

_____

2 *Cocktail à base de champagne et de jus d'orange*

Il guida Murphy vers le large siège conçu pour deux, posa son verre sur la table et l'attira au milieu des coussins.

— J'adore la vue qu'on a d'ici.

— Je te l'avais dit, répondit Murphy avec un sourire sûr de lui. Tu devrais vraiment m'écouter plus souvent.

— Quoi ? Mais je t'écoute tout le temps !

Murphy se rapprocha de Joe, balança sa jambe par-dessus sa cuisse et enfouit son nez au creux de son cou.

— Faux. Si c'était le cas, on serait déjà en train de retirer nos vêtements et de détonner sur ce glorieux décor en arrière-plan, plutôt que de devoir rester ici à amuser les autres.

Un frisson parcourut Joe quand Murphy fit jouer sa langue sur un endroit très sensible juste en dessous de son oreille. La chaleur s'accumula entre ses jambes, durcissant son sexe. Bon sang, pourquoi avait-il fallu qu'il invite Kallie et Jeremy ici ? Il avait tendance à se sentir bien plus heureux quand ils n'étaient que tous les deux, mais il pouvait aussi se rendre compte à quel point il était facile de devenir un ermite. La dernière chose qu'il souhaitait, c'était s'éloigner de ses amis.

En soupirant dramatiquement, il repoussa les jambes de Murphy et appuya sa main sur sa queue.

— Tu pourras me faire payer mon manque de jugement plus tard. Comment se déroule le repas ? demanda-t-il pour changer de sujet avant de se jeter sur lui.

— Tout est prêt. Tout ce que tu as à faire, c'est allumer le grill une fois qu'ils seront ici.

Joe se pencha et pressa un baiser chaste sur sa joue.

— Qu'est-ce que je ferais sans toi ?

Murphy tourna la tête et essaya de capturer ses lèvres, mais Joe anticipa le mouvement et s'éloigna aussitôt.

Murphy fronça les sourcils.

— J'étais sur le point de te demander de t'emballer un peu moins à mon sujet, mais ça sera surement le cas dans un futur très proche. Maintenant, reviens ici et embrasse-moi.

— Est-ce que c'est la sonnette que j'entends ?

Le froncement de Murphy s'accentua davantage, mais avant qu'il puisse lui reprocher son mensonge, la sonnette retentit.

— J'y vais.

— Hu-Hum, souffla Murphy.

203

Joe se dirigea vers la porte d'entrée sans pouvoir s'empêcher de sourire. Il adorait le fait que Murphy soit incapable de garder ses mains loin de lui, et lui prouvait ainsi qu'il était aussi insatiable que lui. Ils allaient vraiment bien ensemble.

Joe ouvrit la porte sur Kallie qui arborait un immense sourire et tenait une assiette de roulés à la cannelle à la main.

— Salut ! J'ai apporté le dessert ! annonça-t-elle en poussant l'assiette vers lui.

— Tu n'aurais pas dû.

Il fixa les mêmes roulés qu'il voyait chaque matin au café.

— Vraiment, tu n'aurais pas dû.

— Je n'ai rien fait. C'est de la part de madame Williams.

Kallie le repoussa pour entrer en tirant Jeremy derrière elle. Les joues de ce dernier rougirent, mais il paraissait plus heureux que Joe ne l'eût jamais vu.

— Murphy est dehors, sur la terrasse. Pourquoi n'allez-vous pas le rejoindre ? Je vais aller vous chercher quelque chose à boire.

— Merci, je vais prendre une bière, lui cria Kallie.

— La même chose pour moi, lui dit Jeremy.

Joe posa les pâtisseries sur le plan de travail de la cuisine puis attrapa les boissons pour ses invités avant de les rejoindre.

— Oh ! Mon Dieu ! Joe, cette terrasse est magnifique, commenta Kallie en acceptant la bière. Je suis terriblement jalouse. Vous devez adorer passer vos soirées ici.

Murphy fit frétiller ses sourcils. Certaines soirées plus que d'autres.

Elle le frappa au bras en le taquinant :

— Garde-la dans ton pantalon. Tu as de la compagnie, ce soir. Plus sérieusement, c'est vraiment merveilleux.

— Merci. Murphy est un artisan hors pair. Joe saisit son verre et le leva à l'attention de Murphy qui se rengorgea un peu sous le compliment.

— Tu n'avais pas besoin de me le dire. J'ai vu ce qu'il a fait avec l'appartement. En parlant de cela, est-ce que tu l'as déjà mis en location ?

— Non, je n'ai pas encore eu le temps de m'occuper de l'annonce. Pourquoi poses-tu la question ?

— Je pensais que, peut-être, je pourrais…

Elle se tourna vers Jeremy.

— Enfin, que *nous* pourrions le louer.

Joe renifla et faillit s'étouffer avec sa boisson. Murphy se mit à rire avec lui.

Kallie plissa les yeux, une main délicate posée sur sa hanche.

— Qu'est-ce qui est si drôle ?

Joe croisa le regard de Murphy, ce qui était une mauvaise idée parce que ça ne fit que redoubler son rire.

Kallie n'eut pas l'air impressionnée.

— Peu importe, Joe. Si tu ne veux pas nous le louer, dis-le, c'est tout.

Joe s'approcha d'elle et passa un bras autour de ses épaules.

— Désolé, je n'étais pas en train de me moquer de toi. Bien sûr que tu peux le louer.

Elle le fixa avec une expression méfiante et Joe la serra plus fort contre lui.

— Honnêtement, je n'imagine pas quelqu'un d'autre que toi pour y vivre.

Une fois que les choses furent réglées, la conversation tourna au papotage léger à propos du travail, des rénovations et du temps – des sujets futiles pendant que Murphy maniait la spatule. Les délicieux arômes du poulet grillé et du cheddar fumé firent gronder l'estomac de Joe. Il avait facilement rempli le rôle de cuisinier pour leur repas du soir, mais dès qu'il était question de préparations en extérieur, Murphy prenait le relais avec plaisir. Il était également bon à ça.

Leurs ventres pleins, les quatre amis s'assirent avec leurs digestifs en profitant de la brise fraîche. C'était un automne trop chaud qui n'était pas vraiment de saison, et pour Joe, la définition du meilleur moment de la journée allait rapidement devenir l'équivalent d'une soirée froide où il pourrait rester assis dehors, blotti auprès de Murphy sous une couverture légère.

— Alors, toi et Jeremy, hein ? chantonna Murphy.

— Alors, toi et Joe, hein ? répliqua Kallie.

— Eh bien, il s'en est mijoté des choses, chez Joe, et je ne parle pas que du café, ajouta Jeremy.

Ils l'observèrent un moment, lui qui parlait si peu habituellement, avant d'exploser de rire. Joe se blottit contre Murphy et l'embrassa sur la joue. Bien des choses autres que le café avaient eu lieu, et Joe était un sacré chanceux.

FIN

BAD BOY

SJD PETERSON

Avec sa crête, ses tatouages et ses piercings, Ridley Corbin correspond à l'image du parfait bad boy – ce qui lui convient bien, puisqu'il se voit comme le défenseur des plus faibles. Mais ce qu'il veut par-dessus tout, c'est devenir le héros d'Alex Firestone.

Alex, bibliothécaire discret et délicat, vient de s'installer à Slater, paisible ville étudiante, dans l'espoir d'échapper à son passé. Solitaire, il se fait toutefois remarquer par la brute du campus. Mais les apparences sont parfois trompeuses. Le passé d'Alex le rattrape, et l'heure vient pour lui de devenir le héros.

www.dreamspinner-fr.com

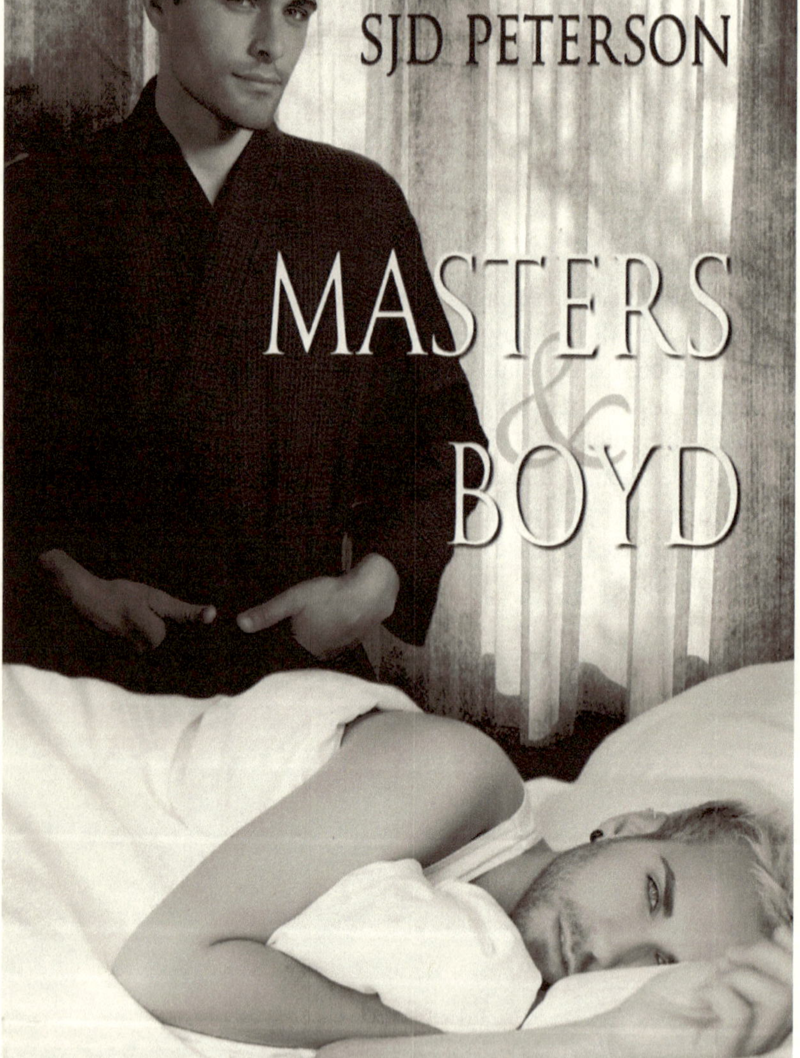
SJD PETERSON
MASTERS
&
BOYD

Carrick Masters et Edward Boyd ont déjà trouvé le véritable amour – c'est le 'ils vécurent heureux jusqu'à la fin de leurs jours' qui leur échappe. Entre le travail de Carrick comme chirurgien orthopédiste et la carrière d'Ed comme avocat de la défense, ils n'ont guère de temps à passer ensemble, et le peu d'heures qu'ils partagent semblent être empoisonnées par le ressentiment. Carrick et Ed savent qu'ils ont besoin de se recentrer pour faire fonctionner leur mariage, mais ils ont sérieusement besoin de plus qu'une nuit de rendez-vous épicé une fois par semaine pour les remettre sur la bonne voie.

www.dreamspinner-fr.com

CHIOT

LES GARDES DE FOLSOM

SJD PETERSON

Les Gardiens de Folsom, tome 1

Micah 'Chiot' Slayde a su qu'il voulait de Tackett Austin dès le moment où il a posé les yeux sur lui aux 'Gardes de Folsom'. Il veut toujours avoir raison, être pris en charge et prendre soin de son Dom – il veut lui faire entièrement confiance, vivre pour lui, lui appartenir. Pour devenir son tout. Micah est sûr que Tackett est l'élu. Le problème, c'est que pour être un soumis parfait, il a besoin de rester concentré et ce n'est pas chose facile pour Micah qui souffre de ce qu'il désigne comme 'un cerveau cassé'. Problème de concentration et trouble déficitaire de l'attention coexistent rarement ensemble.

Depuis la cérémonie de pose de collier entre Ty Callahan et Blake Henderson, Tackett pense trop souvent à sa propre solitude. Même si Ty lui présente Micah qui l'exhorte à lui accorder un essai, il n'est pas le genre de Dom à se laisser facilement convaincre. Il a passé toute sa vie à poursuivre une carrière aujourd'hui réussie, et les soumis qu'il domine n'apprécient presque jamais deux fois le baiser de son fouet. Ayant vingt ans de plus que Micah, Tackett n'éprouve aucun intérêt à prendre et à apprivoiser un si jeune soumis arrogant… Mais il est difficile de résister à un chiot aussi adorable lorsqu'il supplie.

www.dreamspinnpress-fr.com

SJD PETERSON, plus connue sous le nom de Jo, est originaire du Michigan – qui n'est pas le meilleur endroit au monde pour quelqu'un qui déteste le froid et la neige. Jo passe beaucoup de temps à lire, à écrire, à consulter les derniers résultats de la National Hockey League près du radiateur et à regarder les Red Wings mettre la pâtée à d'autres équipes. Elle est incapable de cuisiner et rate le panier à linge neuf fois sur dix, mais elle est très adroite avec les outils électriques.

Par SJD PETERSON

Bad Boy
Masters & Boyd
Quelque chose mijote chez Joe

LES GARDIENS DE FOLSOM
Chiot

Publié par DREAMSPINNER PRESS
www.dreamspinner-fr.com

www.ingramcontent.com/pod-product-compliance
Lightning Source LLC
Chambersburg PA
CBHW022141240626
47153CB00007B/2456